戴朝福 著

真善美的世界

——高中高職國文賞析

臺灣學生書局印行

自序

處在進步的時代，一切都要日新又新，國文的教學自也不例外。大體說來，國文教學可分為三個層面：一是語文能力的訓練，二是文章形式的欣賞，三是人文精神的陶冶。

就語文能力的訓練言，它包括了標點符號的使用，字形（如錯字、別字）的分辨，字音（如破音字）的區別，字義（如文字的本義與引申義）的認識，虛字的用法，詞義（如成語的由來）的了解，句子的翻譯，以及國學常識（如作者生平事蹟）的認知等等，其目的，在加強學生語文認識的能力，使之能看懂作品，了解內容，進而能運用文字來表達自己的意見。

就文章形式的欣賞言，它側重在對文詞使用的技巧，章法的分析，及整篇作品的架構等等之欣賞，目的在培養學生能夠局部或整體地看到文章形式的美，從而吸取為自己寫作技巧的養分。

就人文精神的陶冶言，它的目的，在使學生超越作品的形式內容之外，悟會文章背後所蘊存的精神內涵，從而陶冶出高尚的人格；此中包含了道德精神與藝術精神：道德精神即

「善」的精神，人生之「真」的精神，亦即是人生命中的德慧，透過它，而展現出生命的意義與價值，在這裏，我們領受到生命的莊嚴性與神聖性。而藝術精神即「美」的精神，亦即是人對自然界之境物所引生的藝術情調，在這裏，可讓我們神遊於內在心靈之美的世界中，詩詞中所謂的「意境」即屬這種精神。

在上述三種層面中，語文能力的訓練，純屬認知的層面，它是記問之學，有確切的認取標準可尋，學生的程度，從這裏可作一客觀的評斷，這也是為求公平、公正，各種測驗學生語文能力的考試，最常採用的一種方式。至於文章形式的欣賞，則較具主觀、彈性，每個人都可從不同的角度來解析它、欣賞它，因而不同的人，對同一篇作品，往往會有相對之優劣高下的不同評價，甚至同一個人，在不同的時段裏，對同一篇文章也會有不同的看法，考試中的作文，需要兩人或兩人以上來評審，理由在此。然而它所重的，畢竟還是在文章形式的內容與技巧上，所以它雖不是記問之學，卻仍屬一種語文能力的訓練，一種「工具價值」的學習。

人文精神的陶冶則不然，它是既主觀又客觀之超越形式的「目的價值」的學習，它所講的雖是一抽象的「道」，但只要是人生的大道，其意義與價值，都能引起每個人心靈的迴響，所以具有普遍性、客觀性；然而它又是超越形式的抽象，所以不易為人所悟會，即或悟會，也可有不同的感受與啟發，因而說它又是特殊的、主觀的，不論主觀或客觀的，要之，它可以給出人生的智慧，使學生陶醉在人文精神的境域中。

在人文精神日益式微的今日，家庭教育問題重重，社會習染越趨嚴重，學校教育很需要作一番革新，不能仍「以不變應萬變」地唯知識傳授為務，否則，我們真不知道下一代的希望在那裡？朱子謂：「學校之政，不患法制之不立，而患理義之不足以悅其心。夫理義不足以悅其心，而區區於法制之末以防之，是猶決湍水注之千仞之壑，而徐翳蕭葦以捍其衝流，必不勝矣。」（《續近思錄‧卷九》）這番話，值得我們省思。要理義悅心，國文的教學就要重視人文精神的陶冶，教師不只要授業，更要傳道，不只要解「業」惑，更要解「道」惑，此即我們不可只當教匠，更要以當經師、當人師自許，唯當經師人師，才能自勉於道，使自己的人格更成長，而感召學生，使師生在教學過程中，體會更豐美的人文精神，獲得更精彩的人生啟示，領受更鮮活的道德智慧，學生術德兼修，教師道業並授，這樣的教學，才更具有意義與價值，而本書撰寫的動機，即基於此。

全書蒐集高中、高職國文課文心得四十二篇，《文化基本教材》（《論語》、《孟子》）十篇，凡五十二篇，大部分作品曾發表於《中央日報》、《中國語文月刊》、《國文天地》、《教學通訊》、與《孔孟月刊》等園地，今結集成書，並於每篇心得之後，隨附相關之課文，以便對照參讀，省去另尋原文之困擾。

人文精神的領域博廣浩瀚，其所蘊存於國文之中，常是多方位的，只要我們細心領略，「風簷展書讀，古道照顏色。」隨時都可能引生心靈不同的觸動，因此，本書各篇心得，只是「拋磚引玉」地揭示人文精神之一二而已，其餘「宗廟之美，百官之富」，有待大家再探索，再引申，依自身之生活體驗，再作生動的闡述，如是，在教學歷程中才可引起學生心靈的共鳴，而不致視為呆滯的說教。「民可，使由之；不可，使知之。」在道德淪喪的今天，學生可行道，則使其踐履之，學生如已受習染而不可行道，也要使之知道「道」乃當然之理，蓋真知乃能篤行，沒有正確的道德理念而盲行，都可能誤入歧途，沒有敲開人生的智慧而使之心儀於道，都可能使人心物化，精神凋敝，國文教學能朝文化陶冶的方向去努力，在可預見的將來，對那些「只有知識，沒有智慧」的學子，應可產生振聾發聵的作用。是為序。

戴朝福謹識

民國八十五年十月

《真善美的世界——高中高職國文賞析》目錄

人格尊嚴的覺醒

——疏解顧炎武〈廉恥〉

人是萬「物」之「靈」，可見人活著有兩個存在的層面：一是物性的存在，即以生理機能之需求為主的動物性存在，一是靈性的存在，即以心靈價值之需求為主的人格存在。人之生理機能之需求，與一般動物無異，其所顯的只是一「物」格；人之心靈價值的需求，則非其他動物所能及，「人之所以異於禽獸者幾希」的「希」處，即在此中凸顯，人之人格尊嚴，亦在此中建立。

人之人格尊嚴既在心靈的價值表現，則國家便不是平鋪的由人群所組成，它乃是人之精神的結合體，所謂「國者，人之積；人者，心之器。」一國必有一國之立國建國精神，而人民亦必須具有禮義廉恥的道德涵養，才能護持國家的存在，故顧炎武在〈廉恥〉一文中開宗明義即引《五代史．馮道傳》論曰：「禮、義、廉、恥，國之四維，四維不張，國乃滅亡。」「義」是應然的價值判斷，「禮」是由此「應然之價值判斷」所展現的生命文采，所謂「義以為質，禮以行之。」」（《論語·衛靈公》）此即「禮」是「義」之外發表現，「義」是「禮」之內在實質，「文質彬彬，然後君子。」一國之中有更多的君子，國家才更具有一股強大的精神力量，社會乃得安定祥和，所以為政者當「道之以德，齊之以禮。」人人陶養於禮義之中，國家才能長治久安，當國家有難，人民亦才能慷慨就義，做最慘痛的犧牲，故曰：「禮、義，治人之大法。」

禮、義都根於仁，仁是心靈的自覺，在日常生活中人不貪求、不妄取，時時保持心靈的清白，即是廉；當行事有過惡，心會有所不安，猛然覺得這樣的過惡，會傷害到自己「人格」的尊嚴，而有所羞愧，不願為非，即是恥。人有廉恥，即表心靈不麻木，即可時時顯發道德意識，而謹固操守，人之精神提振得起，人格生命自能挺立起來，故曰：「廉恥，立人之大節。」

人之可貴處在心靈，一切道德根源的發動，即在心靈的自覺，而「恥」正是行事不善而不安以求善求安的一種心靈的覺悟，所以「四者之中，恥尤為要。」此心靈自覺，雖人人具有，可惜在人倫日用中，人總不易自我提撕，即或偶有心靈觸動，亦旋開旋閉，渾噩過日，能超拔流俗，擺脫自然人之動物性，時時覺悟自己是人，而努力活出「人」格尊嚴的人，我們稱之為「士」，此等人特能由自覺而展現精神價值，誠難能可貴，故古人以士為四民之首，此尊稱，不是要養成知識份子的傲慢，而是對其「人格尊嚴」之覺醒的敬重。孔子之論士曰：「行己有恥。」常人之恥，恥在事後，士之恥，恥在事前，常人之恥，自外而至，士之恥，自內而生，此即士之恥不只在行事後之覺得不善而感到羞愧，即在行事前之思維有不善即覺得有恥，乃至在思維未起之先，即當提醒自己或有思想不善之可能，能時時覺醒，恥於可能不善之幾之前，則過惡無由而生，此時人之存在必是一有價值的存在，人之生命亦時時展現「人格」的尊嚴，此所以孟子曰：「人不可以無恥。無恥之恥，無恥矣！」

恥是人格尊嚴的覺醒，有此覺醒，則當下即是一真實的存在，「恥之於人大矣！為機變之巧者，無所用恥焉！」何以故？因其以詐偽為得計，而不知真實為人者也，不知真實為人，則亦無所用其恥矣。心不自覺，人之精神提振不起來，一切言行舉止都可能為現實所錮蔽而物化。可知「人之不廉而至於悖禮犯義，其原皆生於無恥也。」至於士大夫，他一方面是「士」，具有彰朗個「人」之精神價值的存在，一方面是「大夫」（為政者），統整社會各層面的力量，向一理想價值邁進，以使國家凸顯一立國建國的精神，所以他是社會的中堅，是國家的支柱，此等靈魂人物如心不自覺，國家即喪失其精神象徵，「故士大夫之無恥，是謂國恥。」

曾子曰：「士不可以不弘毅，任重而道遠。仁以為己任，不亦重乎？死而後已，不亦遠乎？」（《論語·泰伯》）士不只要修身其自己，更要任重道遠，蔚成社會良好的風氣，以兼善天下，蓋社會之風氣，繫乎一二人的心向，所謂：「君子之德，風；小人之德，草；草上之風，必偃。」風氣與潮流不同，潮流乃指外來的力量，具掃蕩性、衝擊性，一般人不易違逆、抗拒，只有跟隨它，與之俱往；而風氣則自內生，具溫和性、生命性，自發自主，有其一番內在精神，不受外力轉移。質言之，風氣乃是心靈自覺的產物，由教化而來，故曰風教、風化，這是需要漫長時間來醞釀的，社會風氣之向好向壞，這是人人的責任，更是士的責任，故士須時時自我惕厲，以天下為己任，乃能移風易俗，否則，將使社會日趨敗壞而不自知，〈廉〉文謂：「吾觀三代以下，世衰道微，棄禮義，捐廉恥，非一朝一夕之故。」顧炎武之有如此感慨，即為歷代之士不能踵武前賢，共承擔起社會的責任而哀；別以為一二人不尚德事小，一二人不尚德，即可影響整個社會層面，乃至影響後代的世道人心。然而真正夠格的「士」，他的心靈隨時都是自覺的，能時時覺醒人格的尊嚴，則道之將廢，雖不能回天而易命，卻能守道，不與流俗沈浮，則其緒有傳，其風有繼，「松柏後凋於歲寒，雞鳴不已於風雨，彼眾昏之日，固未嘗無獨醒之人也。」只要士志氣不失，性情不失，時時保任清明的理性，寧為寂寞狂狷的少數，不屑為依阿鄉愿的多數，群體中保存有一股清流，我們的社會仍然是有希望的。

《顏氏家訓》有這樣的一段記載：「齊朝一士夫，嘗謂吾曰：『我有一兒，年已十七，頗曉書疏。教其鮮卑語及彈琵琶，稍欲通解，以此伏事公卿，無不寵愛。』吾時俯而不答。」語言與音樂，雖有雅俗之分，卻都是一種藝，人之習藝，可培養藝術之公情，原亦值得讚賞，然「以此伏事公卿，無不寵愛。」將純然之藝文活動化作諂諛異族權貴的工具，則不但喪失了藝術的本質，亦且損害了人格的尊嚴，尤其對心地純潔之年僅十七的孩子，竟教他崇拜勢力，隨俗流轉，不教他隨處對可能實現的價值，作一實際的抉擇，此人遏阻其子心靈抉擇的自由，即是桎梏其子人格尊嚴的覺悟，這種失敗的人格教育，實有背於父道，顏之推「時俯而不答」，此不答，一則表示了無力風化流俗的無奈，一則也表示了拒絕為流俗所化的情操，所以告誡其子弟說：「若由此業，自致卿相，亦不願汝曹為之！」顏之推「播越他鄉，無復資蔭，兼以北方政教嚴峻，全無隱退者。」（《顏氏家訓．終制篇》）不得已仕於亂世，但人窮志不窮，他時時保任人格尊嚴的覺醒，展現一清亮高潔的氣節，不僅值得顧炎武當時媚外的漢人深思，更值得現實功利社會的我們深思。

【課文附錄】

廉恥

顧炎武

《五代史．馮道傳》論曰，「『禮、義、廉、恥，國之四維；四維不張，國乃滅亡。』善乎管生之能言也！禮、義，治人之大法；廉、恥，立人之大節。蓋不廉則無所不取，不恥則無所不爲。人而如此，則禍敗亂亡，亦無所不至。況爲大臣而無所不取，無所不爲，則天下其有不亂，國家其有不亡者乎？」

然而四者之中，恥尤爲要，故夫子之論士曰：「行己有恥。」孟子曰：「人不可以無恥。無恥之恥，無恥矣！」又曰：「恥之於人大矣！爲機變之巧者，無所用恥焉！」所以然者，人之不廉而至於悖禮犯義，其原皆生於無恥也。故士大夫之無恥，是謂國恥。

吾觀三代以下，世衰道微，棄禮義，捐廉恥，非一朝一夕之故，然而松柏後凋於歲寒，雞鳴不已於風雨，彼衆昏之日，固未嘗無獨醒之人也。

頃讀《顏氏家訓》，有云：「齊朝一士夫，嘗謂吾曰：『我有一兒，年已十七，頗曉書疏。教其鮮卑語及彈琵琶，稍欲通解，以此伏事公卿，無不寵愛。』吾時俯而不答。異哉！此人之教子也！若由此業，自致卿相，亦不願汝曹爲之！」嗟乎！之推不得已仕於亂世，猶爲此言，尚有〈小宛〉詩人之意；彼閹然媚於世者，能無愧哉？

通識教育與價值自覺

——〈哲學家皇帝〉給我們的省思

〈哲學家皇帝〉一文，係陳之藩先生在民國四十四年赴美深造期間所寫的，該文距今雖已四十年，但文中所陳述美國當時社會的忙碌、生活的緊張、以及美國人積極奮進的精神，於今觀之，歷歷如昨，不但沒有過時，且極具代表性，所以讀來頗覺歷久彌新，有親切、真實感。

〈哲〉文內容所述的，之所以具「代表性」，乃因它從美國現實社會的寫照中，扣住了美國的民族精神與文化特色（美國的民族精神與文化特色，實即代表了西方的民族精神與文化特色），凡文化之具有特色（民族精神即在文化特色中顯），都是長期在它的特殊歷史、社會背景中醞釀出來的，故有綿延性、普遍性，文化成了特色，就有它的優點，也有它不足之處，〈哲〉文可貴的地方，即以美國人生活的淺顯實例，簡潔地指出了西方文化的利弊得失。

美國人重視個人的生活，重視現實的享受，但其求物質上的富足，並不依賴家財（此即「耶魯大學有個學生，父親遺產三十萬美金，他拒絕接受」之故），而全憑個人辛勤工作以獲得，因此「中學生送牛奶、送報，大學生作苦力、作僕役，已經是太習慣了的事。這些工作已經變成教育中的部分。這種教育，讓每一個學生自然的知道了甚麼是生活，甚麼是人生。所以一個美國孩子，永遠獨立、勇敢、自尊，像個『哲學家皇帝』。」他們所體會出來的生活，即：人應生活在有「生」氣，有「活」力的氛圍中，勇敢地面對現實，承擔現實，「從生硬的現實上挫斷足脛再站起來，從高傲的眉毛下滴下汗珠來賺取自己的衣食。」這種從工作中所培養出來的獨立、自主、勇敢的性格，自然產生了「人生是一奮鬥的戰場，到處充滿了血滴與火光，不要作一甘受宰割的牛羊，在戰鬥中，要精神煥發，要步伐昂揚」的積極剛健的人生觀。

一個人本乎積極剛健的精神去從事工作，則工作的貴賤便無關宏旨，每一種工作，都是一種奉獻，一種服務，都能藉以發展個人獨立自主的人格，故「作卑微的工作」，也能「樹高傲之自尊」，人人有此共識，蔚成了風氣，大家「這樣拚命的工作，這個國家當然要強。」誠然，美國建國至今才不過兩百餘年，它能成為世界超級強國，主要原因，即在於人民擁有了這股強烈的「勇者不懼」戮力以赴的民族精神。

然而，由於個人本位及現實主義的色彩太濃厚，美國人普遍對世間的整體關懷不足，所以「美國學生很少看報的，送報而不看報。」此即所謂「人文素養」的欠缺，人文者，乃人與人相處所表現出來的社會性、歷史性的文采，人活在世間，不只是一己的存在，更是一己與眾人相互配合而成的社會存在，不只有現實的存在價值，更有過去、現在、未來連續不斷的生命存在價值，所以生命不應只為現實計，生活不應只為個人計，能超越一己的限隔，兼以關懷整個社會的生活，跨過現實的障蔽，看到整體歷史的生命，這樣，一個人才真具有價值的自覺，所以〈哲〉文明白指出：「哲學家皇帝」，不僅要受苦，還要有一種訓練，使他具有雄偉抱負與遠大的眼光。

「多少專家都是人事不知的狗」，人事者，乃以人為主，以事為輔，「事」因「人」而顯其價值，而人是有理性、有情感的，有理性、有情感，才能從一己之中通出去，而感通整體社會，感通整個歷史，這正是人的可尊可貴處，亦是人之所以為萬物之「靈」的地方，專家每易蔽於一己之所專，看不到別人、他事的價值，更看不到整體人事的價值，彼此不相通互知，不相互欣賞、關懷，若不施行「通識教育」以濟之，而各執其偏，終必相互排斥，相互傷害，「這種現象是會窒死一個文化的」。

唯人人接受通識教育，培養出價值的自覺，民主的基本精神才真能落實到客觀的制度上來，蓋民主原不是以「一群會投票的驢」之民為主的，「民主確實需要全國國民都有『哲學家皇帝』的訓練」（即「不僅要受苦，還要有雄偉抱負與遠大眼光」的訓練），唯如此，以多數的「量」（選票）來決定「質」，才真能獲得「選賢與能」的絕對保證，否則，成了「庸俗的民主」，必會損害民主政治的健全發展，也失去了民主的真義。

美國人全力以赴，敢於「作卑微工作」的「勇」者精神，很值得「萬般皆下品，唯有讀書高」的我們深思與效仿，然他們在高度的緊張繁忙生活中，沒有心力去反省整體的生命問題與價值問題，將使人的精神文化日趨低落，使人淪為機械，失去自我，這正是當今西方文化的最大隱憂，也是我們效仿西化之現實社會的最大隱憂。補濟之道，即當以生命為中心的學問（仁），與以價值為中心的智慧（智）之中華文化來挽救，方能使世人免於「生命麻木」與「價值短視」的危機，讀〈哲〉文，使我們深感中華文化所負的重責大任，讓我們一起來發揚光大它。

【課文附錄】

哲學家皇帝

陳之藩

到此作工已半月，不像是作工，像是恢復了以前當兵的生活。如果我們中國還可以找出這樣緊張的工作，那祇有在軍隊裡了。同事的有從韓國剛當過兵回來的，有遠從加州大學來的學生。我問他們，美國作工全這樣緊張嗎？他們異口同聲的說：「這裡可能是最清閒的。」

如不置身其中，可能怎樣說也不容易說明白。在日光下整整推上八小時的草，或在小雨中漆上八小時的牆，下工以後，祇覺得這個人已癱下來，比行軍八小時還要累得多。

今天下工後，已近黃昏，我坐在湖邊對著遠天遐想。這個環境美得像首詩，也像幅畫。大匠畫成這個「靜湖」，用的全是藍色。第一筆用淡藍畫出湖水；第二筆加了一些顏色，用深藍畫出山峰；第三筆又減去一些顏色，用淺藍畫出天空來。三筆的靜靜畫幅中，斜躺著一個下工後疲倦不堪的動物。我想整個美國的山水人物畫，都可以此爲代表。

雖然眼前景色這樣靜，這樣美，但我腦筋中依然是日間同事們的緊張面孔與急促步伐的影子。我的脈膊好像還在加速的跳動。我昏沉沉的頭腦中得到一個結論：「這樣拚命的工作，這個國家當然要強。」

中學生送牛奶、送報，大學生作苦力、作僕役，已經是太習慣了的事。這些工作已經變成教育中的一部分。這種教育，讓每一學生自然的知道了甚麼是生活，甚麼是人生。所以一個美國孩子，永遠獨立、勇敢、自尊，像個「哲學家皇帝」。

希臘哲人想出一種訓練帝王的辦法，這種辦法是讓他「從生硬的現實上挫斷足脛再站起來，從高傲的眉毛下滴下汗珠來賺取自己的衣食。」這是作一個帝王必經的訓練，可惜歐洲從未實行過這種理想。沒有想到，新大陸上卻無形中在實踐這句話，每一個青年，全在無形中接受這種帝王的訓練。

作卑微的工作，樹高傲的自尊，變成了風氣以後，崢嶸的現象，有時是令人難以置信的。耶魯大學有個學生，父親遺產三十萬美金，他拒絕接受。他說：「我有兩隻手、一個頭已夠了。」報紙上說：「父親是個成功的創業者，兒子真正繼承了父親的精神。」

青年們一切都以自己爲出發，承受人生所應有的負擔，享受人生所應有的快樂。青年們的偶像不是叱咤風雲的流血家，而是勤苦自立的創業者。富蘭克林自傳是每個人奉爲圭臬的經典。

我們試聽他們的歌聲，都是鋼鐵般的聲響的：

人生是一奮鬥的戰場，
到處充滿了血滴與火光，
不要作一甘受宰割的牛羊，
在戰鬥中，要精神煥發，要步伐昂揚！

——朗法羅——

我很欽佩在綠色的大地上，金色的陽光中，一個個忙碌得面頰呈現紅色的青年。然而，我在湖邊凝想了半天，我總覺得，這個美國青年畫幅裡面還缺少一些東西。甚麼東西，我不太能指出，大概是人文的素養吧！我在此三、四個月的觀感，可以說：美國學生很少看報的，送報而不看報，這是令人不可思議的事。

「哲學家皇帝」，不僅要受苦，還要有一種訓練，使他具有雄偉抱負與遠大的眼光；可惜這一點，美國教育是忽略了，忽略的程度令人可哀。

愛因斯坦說：「專家還不是訓練有素的狗？」這話並不是偶然而發的，多少專家都是人事不知的狗，這種現象是會窒死一個文化的。

民主，並不是「一群會投票的驢」；民主確實需要全國國民都有「哲學家皇帝」的訓練。在哲學家皇帝的訓練中，勤苦自立，體驗生活的那一部分，美國的教育與社會所賦與青年的，足夠了。而在人文的訓練，卻差得很多。

晚風襲來，湖水清澈如鏡，青山恬淡如詩，我的思想也逐漸澄明而寧靜。天暗下來，星星，一個一個的亮了。

四十四年七月二日　紐約州靜湖

陷溺與超拔

——〈訓儉示康〉給我們的啟示

當今社會，給人的印象是：物質豐裕，精神貧乏，人人有知識，個個沒教養，尤其奢靡成風，人心腐化，不知儉樸，這是最令人感到憂慮的。

「冰凍三尺，非一日之寒。」奢侈之所以演變為習尚，絕不是一朝一夕形成的，侈為惡，儉為德，理由何在？常人何以捨儉向奢？而吾人又如何戒奢從儉？詳玩司馬光〈訓儉示康〉一文，或可給我們一些啟示。

「吾本寒家，世以清白相承。吾性不喜華靡。」作者開門見山即指出：其所以養成儉樸個性，乃由於自小即受到「世以清白相承」的薰陶所致，家教的重要，由此可見。儉樸是一種「適可而止」的德行，能適可而止，就不會陷溺於無窮的慾望之中，而「衣取蔽寒，食取充腹。」以其是一種德行，故表現於外，是自自然然，沒有半點矯飾的（王船山謂有意為吝，無意為儉，即蘊此義。）能本乎內在樸實之性的自然，如如而行，別無他圖，「亦不敢服垢弊以矯俗干名，但順吾性而已。」這正是「儉」之所以為德的性格。

從形上意義講，所謂儉樸，乃節慾當前，以應未來不足之需之謂。人之所以要為未來打算，雖本於人對自己生命的執著，恆想要其現有之生命能延伸到未來，恐未來之生命有匱乏之虞，故願節慾當前，以未雨綢繆，然剋就現實之生命言，未來的我，乃是一理想境或想像境中的生命，此生命形同一「他」我，我能節慾當前，而為未來之「他」我而打算，而犧牲，而施捨，即可謂是從現實自我之自利中超拔的一種利「他」行為表現；反觀奢靡自侈的人，即因於他全然陷溺在當前之慾中，不能觀照未來之「他」我，而肯於自我犧牲享受之故。至於吝嗇之不肯施捨，則由於「只為個人未來之享受打算」所致，這也是一種陷溺；要之，儉樸之所以為德，在於知所「超拔」，侈吝之所以為過，在於不自覺的「陷溺」。「眾人皆以奢靡為榮，吾心獨以儉素為美。」奢靡既因於陷溺而來，則侈以取榮，其榮只是一「虛榮」，虛榮亦是求不實之「名」的一種陷溺，而世俗之人亦多有此陷溺，以為俗情之所歸即是真理，故而不反思自省，只順「盲情」交相投靠，「苟或不然，人爭非之，以為鄙吝，故不隨俗靡者蓋鮮矣。」人只有對道德產生自信，超拔乎世俗無謂的毀譽，然後才有可能過道德生活、文化生活，「人皆嗤吾固陋，吾不以為病。」能建立道德的自信，時時保持心靈的自覺，才不致隨波逐流，這是吾人擺脱沈浮俗世，而棄奢向儉的不二法門。

「德不孤，必有鄰。」俗人在習染之下，雖有「以奢靡為榮」的傾向，但人畢竟有「以儉素為美」之性分本然，所以「尚儉」的人雖似孤獨而無友，實則已與所有人之內心深處相感同在了。孔子稱「與其不遜也，寧固。」又曰：「以約失之者鮮矣。」又曰：「士志於道，而恥惡衣惡食者，未足與議也。」奢者不讓，常想以財勢勝人（不遜），逞財勢，雖有氣勢壯闊的假相，然實自小其心，心小，所以容不下財富，必須滿溢出來，驕炫於俗眾之前，此所以「管仲鏤簋朱紘，山楶藻梲，孔子鄙其小器。」務求於儉，雖易流於固陋，但其心容得下財富，愛物惜物，不忍肆意蹧蹋，正顯其不失本然之性分，所以「與其不遜也，寧固。」能自我收斂，超拔於現實，觀照未來之或有所失，而未雨綢繆，即不易有失，故曰：「以約失之者鮮矣。」而人真正的價值，在以道德心展現其精神生命，如是，便不當為物慾所囿，故「士志於道，而恥惡衣惡食者，未足與議也。」古聖先賢，了悟人性之本然，故尚友古人，即尚友人性，儉樸的人，那會有孤寞感呢？

上所謂人性，指的即是靈性。人是萬「物」之「靈」，有物性，也有靈性，物性即人由一念之陷溺所產生之氣質上的無明，由是而有種種的罪過（如奢侈），而靈性即人超越現實「障蔽」而感通萬物的一種性，由是而有種種的道德表現（如儉樸），要之，人之或罪過或道德，實皆由於或陷溺（物性）或超拔（靈性）而來，可惜常人大多生活在物性之中，所以孟子喟嘆：「人之所以異於禽獸者幾希。」也正因人易陷溺，才更見「超拔」工夫的重要，道德心靈的可貴，與人之精神生命的價值，「顧人之常情，由儉入奢易，由奢入儉難。」要不淪於物化，須時時自我提撕，使心靈獲得絕對的自由，而求之之道，在於寡欲，「夫儉則寡欲，君子寡欲，則不役於物，可以直道而行，小人寡欲，則能謹身節用，遠罪豐家。故曰：儉，德之共也。侈則多欲，君子多欲，則貪慕富貴，枉道速禍，小人多欲，則多求妄用，敗家喪身，是以居官必賄，居鄉必盜。故曰：侈，惡之大也。」「不役於物」，才能做自己的主人，而不淪為物慾（如錢等）的奴隸，如是，才能依於道，如如而行（所謂「直道而行」），擺脫名韁利鎖；吾心不受枉曲，能迎向生命的理想價值境地，這才是心靈真正的自由，而「居官必賄，居鄉必盜」之犯罪行為，自無由發生，所以御孫謂：「儉，德之共也；侈，惡之大也」實具一高明的智慧。

當然，儉樸的德行要靠存養保任的工夫，此工夫不由參禪冥坐來，而是在人倫日用中逐次薰陶、培養出來的，家庭是最原級的人倫社會，也是財物取予之最初場所，所以家教的成敗，是一個人將來或奢或儉的最大關鍵所在，「家人習奢已久，不能頓儉，必致失所。」「子孫習其家風，今多窮困。」司馬光再三舉證，特囑其子司馬康，謂：「汝非徒身當服行，當以訓汝子孫，使知前輩之風俗云。」在奢靡風行的今日，身為父母的人，當更加自我惕厲了。

【課文附錄】

訓儉示康

司馬光

吾本寒家，世以清白相承。吾性不喜華靡，自為乳兒，長者加以金銀華美之服，輒羞赧棄去之。二十忝科名，聞喜宴獨不戴花。同年曰：「君賜不可違也。」乃簪一花。平生衣取蔽寒，食取充腹；亦不敢服垢弊以矯俗干名，但順吾性而已。

衆人皆以奢靡爲榮，吾心獨以儉素爲美。人皆嗤吾固陋，吾不以爲病。應之曰：孔子稱：「與其不遜也，寧固。」又曰：「以約失之者鮮矣。」又曰：「士志於道，而恥惡衣惡食者，未足與議也。」古人以儉爲美德，今人乃以儉相詬病。嘻，異哉！

近歲風俗尤爲侈靡，走卒類士服，農夫躡絲履。吾記天聖中，先公爲群牧判官，客至未嘗不置酒，或三行、五行，多不過七行。酒酤於市，果止於梨、栗、棗、柿之類，肴止於脯醢、菜羹，器用瓷漆。當時士大夫家皆然，人不相非也。會數而禮勤，物薄而情厚。近日士大夫家，酒非內法，果、肴非遠方珍異，食非多品，器皿非滿案，不敢會賓友，常數月營聚，然後敢發書。苟或不然，人爭非之，以爲鄙吝。故不隨俗靡者蓋鮮矣。嗟乎！風俗頹敝如是，居位者雖不能禁，忍助之乎！

又聞昔李文靖公爲相，治居第於封丘門內，廳事前僅容旋馬，或言其太隘。公笑曰：「居第當傳子孫，此爲宰相廳事誠隘，爲太祝奉禮廳事已寬矣。」參政魯公爲諫官，真宗遣使急召之，得於酒家，既入，問其所來，以實對。上曰：「卿爲清望官，奈何飲於酒肆？」對曰「臣家貧，客至無器皿、肴、果，故就酒家觴之。」上以無隱，益重之。張文節爲相，自奉養如爲河陽掌書記時，所親或規之曰：「公今受俸不少，而自奉若此。公雖自信清約，外人頗有公孫布被之譏。公宜少從衆。」公歎曰：「吾今日之俸，雖舉家錦衣玉食，何患不能？顧人之常情，由儉入奢易，由奢入儉難。吾今日之俸豈能常有？身豈能常存？一旦異於今日，家人習奢已久，不能頓儉，必致失所。豈若吾居位、去位、身存、身亡，常如一日乎？」嗚呼！大賢之深謀遠慮，豈庸人所及哉！

御孫曰：「儉，德之共也；侈，惡之大也。」共，同也；言有德者皆由儉來也。夫儉則寡欲；君子寡欲，則不役於物，可以直道而行；小人寡欲，則能謹身節用，遠罪豐家。故曰「儉，德之共也。」侈則多欲；君子多欲，則貪慕富貴，枉道速禍，小人多欲，則多求妄用，敗家喪身；是以居官必賄，居鄉必盜。故曰：「侈，惡之大也。」

昔正考父饘粥以餬口，孟僖子知其後必有達人。季文子相三君，妾不衣帛，馬不食粟，君子以爲忠。管仲鏤簋朱紘，山楶藻梲，孔子鄙其小器。公叔文子享衛靈公，史鰌知其及禍，及戌，果以富得罪出亡。何曾日食萬錢，至孫以驕溢傾家。石崇以奢靡誇人，卒以此死東市。近世寇萊公豪侈冠一時，然以功業大，人莫之非，子孫習其家風，今多窮困。

其餘以儉立名，以侈自敗者多矣，不可徧數，聊舉數人以訓汝。汝非徒身當服行，當以訓汝子孫，使知前輩之風俗云。

經師易得，人師難求

——〈師說〉闡義

自古以來，中國人的心目中即有五尊：天、地、君、親、師。五尊之所以終於師者，正因唯師乃能成終而成始，教師是人之精神生命的育化者，人之歷史文化的相續，教孝教忠，教法天地，都是教師神聖的天職，沒有教師，則天地君親皆失所憑依，而人道亦終將斷滅，韓愈謂「師者，所以傳道、受業、解惑也。」將傳「道」列為教師首要任務，實深具慧識。

所謂道，乃人類良心嚮往的理想與目標，「人能弘道，非道弘人。」人必須要有活動，有行為，努力去實踐，才能開闢道，完成道。道者，路也，路是人走出來的，所以主動性在人，教師之傳道，不在平鋪地畫出一條路，驅人走去，乃在薰陶人、感化人，從而使人知道主動去走他所應走的路。莊子說得好：「道可傳而不可受。」（《南華經·大宗師》）教師之傳道，不在期人之受道，而期人能自學、自化、自得，「學而時習之，不亦說乎？」能自學、自化，才有內心的自得與自悅，易言之，所謂傳道，即教化，教化也者，乃聞我教者自化，如陽光甘露，萬物化生，教者一如春風，學者一如桃李，春風之化桃李，乃由桃李之自化，唯其「自」化，才能從中培養出獨立自主的人格。

「道之所存，師之所存也。」教師要傳道，其自身乃必須先具有道，唯其自身有道，有修養，才有資格為人師，「經師易得，人師難求。」一切道，皆由學來，「古之聖人，其出人也遠矣，猶且從師而問焉；今之眾人，其下聖人也亦遠矣，而恥學於師。是故聖益聖，愚益愚，聖人之所以為聖，愚人之所以為愚，其皆出於此乎？」聖愚之分，即在一從師，一恥師，要之，關鍵皆在學與不學。誠然，至聖先師孔子亦自謂「我非生而知之者」，其所以能臻於「七十而從心所欲，不踰矩」的聖境，即因於「十有五而志於學」，「學不厭，教不倦。」以其無盡的「學」來成就無盡的「教」，亦以其無盡的「教」來成就無盡的「學」，教學相長，才益見師道之廣大；「大而化之之謂聖」，聖人之所以為聖，即在其無盡的學與教中，唯學與教相輔相成，師與道乃能合一不分，為師者即此道之活榜樣，人重此道，亦必尊其師，此之謂「尊師重道」。

師之所以為人所尊，非尊師之自以為「上天下地，唯我獨尊。」亦非尊師之自以為「我即道路，我即真理。」乃尊師之「以能問於不能，以多問於寡，有若無，實若虛」的無限心量，有此無限心量，才能無處不學，無時不學，無人不學，所以「聖人無常師」，「三人行，則必有我師」，擇其善者而從之，其不善者而改之，懂得「見賢思齊，見不賢而內自省。」一切依良心來抉擇，人生的光明面，固為我學習的對象，人生的黑暗面，亦可化而為我成長的資具，學而知化，這才是一個真正自由的人。

尊師「重道」，所重的即人生之道，一切道皆在人生中展現，故求道亦皆當自人生中求，人生有小我與大我之分，小我有時而盡，大我則綿延無窮，上接千古，下開百代，繩繩不絕；每一小己之生，盡其一小己的人道，如是，無限的小我人生歷程，乃能彙聚而展現無盡的大我人生之道，故不論古人或來者，皆當尊當重，所謂「信而好古」，所謂「後生可畏」，尊先畏後，所尊所畏皆在此道，而從師亦在此道，故曰：「生乎吾前，其聞道也，固先乎吾，吾從而師之；生乎吾後，其聞道也，亦先乎吾，吾從而師之。吾師道也，夫庸知其年之先後生於吾乎？」

傳道在教做人，受業在教做事，事乃因人而顯其意義與價值，故求知識當為人生而求，非僅為知而求知，知識如全然外於人生而客觀獨立，則尋而益遠，所知益細，其對人生的意義價值亦日近而日微，由是有惑而愈難解矣，故解「人」惑重於解「事」惑，解「道」惑重於解「業」惑，能解「人」惑「道」惑，即可掌握人道的方向，「事」惑「業」惑自可迎刃而解，韓愈謂：「句讀之不知，惑之不解，或師焉，或不焉，小學而大遺，吾未見其明也。」所蘊精義，從此中可見端倪。

士為四民（士、農、工、商）之首，士不純粹是一「讀書人」或「知識份子」，乃是一「風行草偃」能帶動歷史、帶動社會之一流品的人，曾子謂：「士不可以不弘毅，任重而道遠，仁以為己任，不亦重乎？死而後已，不亦遠乎？」（《論語·泰伯》），正是士之所以為士的所在，士負有「道」之傳承的責任，而「道」乃在無盡的學與教中顯，巫、醫、樂師、百工之人，所重在業（事），猶能「不恥相師」，「士」大夫之族，要負「傳道」的責任，自更必「曰師、曰弟子」，相學互教，乃能日進於道。

「師道之不傳也久矣」，唐人如此，今人尤然，西風東漸以來，影響所及，教育已日益變質為單純之知識傳授，有「教」無「育」，即失人文教養，也找不到精神生命，此之謂「失道」，今之學子屢自嘆「失落」，主因在此，這是從事教育工作的我們，所最感到憂慮的，如何「不拘於時」、「能行古道」，實是吾人今後所當努力的方向。

【課文附錄】

師說

韓愈

古之學者必有師。師者，所以傳道、受業、解惑也。人非生而知之者，孰能無惑？惑而不從師，其爲惑也終不解矣。

生乎吾前，其聞道也，固先乎吾，吾從而師之；生乎吾後，其聞道也，亦先乎吾，吾從而師之。吾師道也，夫庸知其年之先後生於吾乎？是故無貴、無賤、無長、無少，道之所存，師之所存也。

嗟乎！師道之不傳也久矣！欲人之無惑也難矣！古之聖人，其出人也遠矣，猶且從師而問焉；今之衆人，其下聖人也亦遠矣，而恥學於師；是故聖益聖，愚益愚，聖人之所以爲聖，愚人之所以爲愚，其皆出於此乎？

愛其子，擇師而教之；於其身也則恥師焉，惑矣！彼童子之師，授之書而習其句讀者也，非吾所謂傳其道、解其惑者也。句讀之不知，惑之不解，或師焉，或不焉，小學而大遺，吾未見其明也。

巫、醫、樂師、百工之人，不恥相師；士大夫之族，曰師、曰弟子云者，則群聚而笑之，問之，則曰：「彼與彼年相若也，道相似也。位卑則足羞，官盛則近諛。」嗚呼！師道之不復可知矣。巫、醫、樂師、百工之人，君子不齒，今其智乃反不能及，其可怪也歟！

聖人無常師：孔子師郯子、萇弘、師襄、老聃。郯子之徒，其賢不及孔子。孔子曰：「三人行，則必有我師。」是故弟子不必不如師，師不必賢於弟子，聞道有先後，術業有專攻，如是而已。

李氏子蟠，年十七，好古文，六藝經傳，皆通習之。不拘於時，請學於余，余嘉其能行古道，作〈師說〉以貽之。

心靈的道路

——梁啟超〈學問之趣味〉補述

當今社會是一知識爆炸的社會，人人具知識，個個未必有學問。知識並不全等於學問，學問重質，知識重量；學問重深度，知識重廣度。看一篇文章，只懂得字句及內容的意思，是知識；能兼以鑑賞其架構，進而悟會其背後的精神內涵，是學問。讀一節歷史，只注重有關人地時物之關聯事實，是知識；能從此關聯實境中去體會人生大道，從而取為借鏡，以為個人社會國家之行為參考，是學問。研究科學，只了解研究對象的表徵，是知識；能由其表徵進而推證出其中之理（如質能變化之理等）乃至與他物關係之理，是學問。要之，知識只是一平鋪、膚淺地對對象的認識，學問則是整體、深入地對對象的澈知，所以一個人要有學問，必須用心下苦工夫。

唯下苦工夫，從苦中才能品受到學問的「趣味」。趣味也者，析言之，趣即興趣，味即味道，興趣皆須有「味」，始能有餘，長存無窮，耐人回味。而味離不開道，故曰味

「道」，孔子之飯疏食、飲水，顏回之一簞食、一瓢飲，其中皆有道，故亦皆有味。至於學問的「學」，古訓為覺，覺是覺悟，是心靈的活動，莊子謂：「道行之而成。」道路是人走出來的，學問中的道與真理，是心靈走出來的，由心靈走出來的「道」路，才有味「道」，亦才真能產生學問的趣味，心靈的活動只能意會，不可言傳，所以學問的趣味「總要自己領略，自己未曾領略得到時，旁人沒法子告訴你。」如何領略呢？梁啟超在〈學問之趣味〉一文中，提供了我們四個途徑：

第一、要無所為：學問中的道與真理，既是由心靈所走出來的道路，則學問要有趣味，當先求心靈能動起來，心顯其「能」乃靈，靈乃通，通才能活動自如，要活動自如，則須開拓廣大的心靈空間，以資藏修息游。「凡有所為的事，都是以別一件事為目的，而以這一件事為手段，為達目的起見，勉強用手段，目的達到時，手段便拋卻。例如：學生為畢業證書而做學問，著作家為版權而做學問，這種做法，便是以學問為手段，便是有所為。」若其他的目的佔滿了心靈空間，一切心靈活動便被它所牽引，「以學問為手段」，做學問便是一種負擔，便無法揮灑自如，心靈不自由，即失其活潑性，通不過去，走不出一條道路，自對學問索然乏味，所以要品得學問的趣味，即應「為學問而學問」，使「做學問」本身即是目的，乃至忘卻其為目的，至此心境成一大虛空，大虛空，才能有無垠的空間，可資騁思遨想，鳶飛魚躍，這種沒有任何束縛、負擔與勉強，自由自在的心境，才能在求學問的氛圍中隨時感通，有感通便處處都是「道」路，亦才見處處都有味「道」，所以學問「到了趣味真發生時，必定要和「所為者」脫離關係。」無所為，如如讀去，才是引生學問趣味的最佳態度。

第二、要不息：人是「動」物，心靈亦唯有「動」才能顯其靈，所以「動」乃是人的本能，「凡人類的本能，衹要那部分擱久了不用，他便會麻木會生鏽。」鴉片煙之所以「上癮」，即因於「天天喫」，久之變習慣，習慣成自然，故心靈亦必須要天天動，習慣成自然，乃符合人之本能的性格。心靈「動」之不息，人亦因而有無限的慾望，「學問慾」即是人無限慾望之一，可惜由於現實生活的羈絆，人之「學問慾」往往被淡化，乃至被消解，「學問慾原是固有本能之一種；衹怕你出了學校便和學問告辭，把所有經管學問的器官一齊打落冷宮，把學問的胃口弄壞了，便山珍海味擺在面前也不願意動筷子。」趣味是培養出來的，在校求學即或以學問為手段，但天天求學，即保有培養學問趣味的契機，離開學校，與學問告辭，契機即失，所以「每日除本業正當勞作之外，最少總要騰出一點鐘，研究你所嗜好的學問。」一本業只是謀生的工具，未必有趣，而人也往往為生活渾噩地奔波，致使本業之從事淪於機械的鍛鍊，不但磨掉了趣味，甚且產生厭煩，故而每日騰些時間做學問研究，一方面可使呆滯的生活獲得紓解，他方面可脫離現實的桎梏，讓心靈重獲自由，敏銳地息游於學問之中。

第三、要深入的研究：工商社會，各行各業都要各為其利益而競爭，於是生活過度緊張，人過的是工作者的生活，不是人的生活，是以在工作之餘，便不能不儘量求精神的鬆散，追求多樣化、新鮮感的娛樂，而不能集中精神做研究，「雖然每天定有一點鐘做學問，但不過拏來消遣消遣。」「或者今天研究這樣，明天研究那樣。」為儘量求輕鬆，最後勢必只看一些消閒的刊物，而由娛樂得來的所謂「趣味」，亦必流於下乘，膚淺而低俗，學問「趣味總是藏在深處，你想得著，便要入去。」在學問世界中的問題，是一個接一個，義理也一層連一層，「趣味總是慢慢來，越引越多，像倒吃甘蔗，越往下才越得好處。」人在此時，固可精進不已，然亦可能會安於所得，而自限其中，或因他人認為我已有學問，而生一好名之心，以致阻遏了研究學問之生機，如何化除此弊，使人一往追求學問？此方法即：「研究你嗜好的學問。」「嗜好」兩字很要緊。能為吾人所嗜好，即表示我們的情志遍運于所接觸的對象，而對之有一親和感，此親和感，即能直接引發我們聰明智慧的光輝，以隨處透入對象，「不怕範圍窄，越窄越便於聚精神；不怕問題難，越難越便於鼓勇氣。」誠然，我們只有對同一個思想再加以思考，才能想得更深，所謂「研究」，原亦是把古往今來的他人所想的再做思考，人只有走過他人所已走過的，才走得更遠，思考前人所思想過的，才想得更深，人之文化學問，原即是無盡後代人對前人之思想再加思考的成果，承故乃能創新，創新才更有趣，所以「你祇要肯一層一層的往裡面追，我保你一定被他引到『欲罷不能』的地步。」

第四、要找朋友：學問雖重深度，卻也不捨廣度，唯廣乃能入於深。一個真正的專家，須要以「通識」作底子，他須有一遼闊的心靈空間，去涵攝他所接觸的事物與世界，然後才於其中選擇專門學問的材料，猶如一個人要採名蘭，必須找過群山遍野，才能覓得，所以學問要廣而深，亦當找朋友，能找「志同道合」的朋友，則我與他求真理之志相凝聚，此凝聚，可使彼此之心靈有更大開發的契機，學問的趣味是心靈走出來的，「趣味比方電，越摩擦越出。」光靠自己與學問本身相摩擦，「恐怕我本身有時會停擺，發電力便弱了。所以常常要仰賴別人幫助。」「共學的朋友和共玩的朋友同一性質，都是用來摩擦我的趣味。」蓋共學的朋友與我所見不能無異同，有異同，正足資開發彼此的心靈，因此而能摩擦出趣味。至於嗜好不同的，「祇要彼此都有研究精神，我和他常常在一塊」，在我之整個心與他之整個心經自由的多方接觸下，亦可彼此相互欣賞、同情、了解，我與他的精神光暈，相互潤澤，相互客觀化其自己，而內在於他人，則彼此之心靈，亦必有一圓活的感通，故可「不知不覺把彼此趣味都摩擦出來」，如是，不但趣味越摩越出，學問越廣越深，人與人之間就可減少「互不相知」的隔閡，人之人格亦才能因而獲得多方面的發展，所以「得著一兩位這種朋友，便算人生大幸福之一。」

學問是心靈走出來的，趣味是心靈的道路，而人本是萬物之靈，能時時讓心靈活動起來，亦才顯「人」之特質，故「凡人必常生活於趣味之中，生活才有價值。」心靈是活的，它能透過有限，而感通無限，因此「天下萬事萬物都有趣味」，上帝雖賦人以如此可貴、活躍的心靈，然必須自我努力，才能走出心靈的道路，故而當時時策勵，自勉於道，此所以古訓學為覺，又訓學為效，覺是知，效是行，唯人力行，乃能致知，故學問的趣味，須靠自己的努力始得，「太陽雖好，總要諸君親自去晒，旁人卻替你晒不來。」努力不斷，趣味亦才能品得無窮，所以梁啟超說：「我祇嫌二十四點鐘不能擴充到四十八點鐘，不夠我享用。我一年到頭不肯歇息。問我忙什麼？忙的是我的趣味。我以為這便是人生最合理的生活。」此即積極剛健之人生也。心靈不斷感通，道路不斷開創，人就不會溺於聲色犬馬之無根的趣味、（如吃酒、賭錢等）中，而能「以趣味始，以趣味終。」所以學問的趣味，是人生最高貴、最上乘的趣味。

【課文附錄】

學問之趣味

梁啓超

我是個主張趣味主義的人，倘若用化學化分「梁啟超」這件東西，把裡頭所含一種原素名叫「趣味」的抽出來，祇怕所剩下的僅有個零了。我以爲凡人必常常生活於趣味之中，生活才有價值。若哭喪著臉捱過幾十年，那麼，生活便成沙漠，要來何用？中國人見面最喜歡用的一句話：「近來作何消遣？」這句話我聽著便討厭。話裡的意思，好像生活得不耐煩了，幾十年日子沒有法子過，勉強找些事情來消他遣他。一個人若生活於這種狀態之下，我勸他不如早日投海。我覺得天下萬事萬物都有趣味，我祇嫌二十四點鐘不能擴充到四十八點鐘，不夠我享用。我一年到頭不肯歇息。問我忙什麼？忙的是我的趣味。我以爲這便是人生最合理的生活，我常想運動別人也學我這樣生活。

凡屬趣味，我一概承認他是好的。但怎麼樣才算趣味？不能不下一個注腳。我說：「凡一件事做下去不會生出和趣味相反的結果的，這件事便可以爲趣味的主體。」賭錢，有趣味嗎？輸了，怎麼樣？吃酒，有趣味嗎？病了，怎麼樣？做官，有趣味嗎？沒有官做的時候，怎麼樣？……諸如此類，雖然在短時間內像有趣味，結果會鬧到俗語說的「沒趣一齊來」，所以我們不能承認他是趣味。凡趣味的性質，總要以趣味始，以趣味終。所以能爲趣味之主體者，莫如下列幾項：一、勞作，二、遊戲，三、藝術，四、學問。諸君聽我這段話，切勿誤會，以爲我用道德觀念來選擇趣味。我不問德不德，祇問趣不趣。我並不是因爲賭錢不道德才排斥賭錢；因爲賭錢的本質會鬧到沒趣，鬧到沒趣便破壞了我的趣味主義，所以排斥賭錢。我並不是因爲學問是道德才提倡學問；因爲學問的本質，能夠以趣味始，以趣味終，最合於我的趣味主義的條件，所以提倡學問。

學問的趣味，是怎麼一回事呢？這句話我不能回答。凡趣味總要自己領略，自己未曾領略得到時，旁人沒法子告訴你。佛典說的：「如人飲水，冷暖自知。」你問我這水怎樣的冷，我便把所有形容詞說盡，也形容不出給你聽，除非你親自喝一口。我這題目——〈學問之趣味〉，並不是要說學問是如何如何的有趣味，祇是要說如何如何便會嘗得著學問的趣味。

諸君要嘗學問的趣味嗎？據我所經歷過的，有下列幾條路應走：

第一、無所爲——趣味主義最重要的條件是「無所爲而爲」。凡有所爲而爲的事，都是以別一件事爲目的而以這一件事爲手段，爲達目的起見，勉強用手段；目的達到時，手段便拋卻。例如：學生爲畢業證書而做學問，著作家爲版權而做學問，這種做法，便是以學問爲手段，便是有所爲；有所爲雖然有時也可以爲引起趣味的一種方便，但到了趣味真發生時，必定要和「所爲者」脫離關係。你問我：「爲什麼做學問？」我便答道：「不爲什麼。」再問，我便答道：「爲學問而學問。」或者答道：「爲我的趣味。」諸君切勿以爲我這話是掉弄玄虛，人類合理的生活本來如此。小孩子爲什麼遊戲？爲遊戲而遊戲。人爲什麼生活？爲生活而生活。爲遊戲而遊戲，遊戲便有趣；爲體操分數而遊戲，遊戲便無趣。

第二、不息——「鴉片煙怎樣會上癮？」「天天喫。」「上癮」這兩個字，和「天天」這兩個字是離不開的。凡人類的本能，祇要那部分擱久了不用，便會麻木會生鏽。十年不跑路，兩條腿一定會廢了；每天跑一點鐘；跑上幾個月，一天不跑時，腿便發癢。人類爲理性的動物，「學問慾」原是固有本能之一種；祇怕你出了學校便和學問告辭，把所有經管學問的器官一齊打落冷宮，把學問的胃口弄壞了，便山珍海味擺在面前也不願意動筷子。諸君啊！諸君倘若現在從事教育事業或將來想從事教育事業，自然沒有問題，很多機會來培養你的學問胃口。若是做別的職業呢？我勸你每日除本業正當勞作之外，最少總要騰出一點鐘，研究你所嗜好的學問。一點鐘那裡不消耗了，千萬不要錯過，鬧成「學問胃弱」的證候，白白自己剝奪了一種人類應享之特權啊！

第三、深入的研究——趣味總是慢慢的來，越引越多，像倒吃甘蔗，越往下才越得好處。假如你雖然每天定有一點鐘做學問，但不過拏來消遣消遣，不帶有研究精神，趣味便引不起來。或者今天研究這樣，明天研究那樣，趣味還是引不起來。趣味總是藏在深處，你想得著，便要入去。這個門穿一穿，那個窗户張一張，再不會看見「宗廟之美，百官之富」，如何能有趣味？我方才說：「研究你所嗜好的學問。」「嗜好」兩字很要緊。一個人受過相當的教育之後，無論如何，總有一兩門學問和自己脾胃相合，而已經懂得大概，可以作加工研究之預備的。請你就選定一門作爲終身正業（指從事學者生活的人說），或作爲本業勞作以外的副業（指從事其他職業的人說）。不怕範圍窄，越窄越便於聚精神；不怕問題難，越難越便於鼓勇氣。你祇要肯一層一層的往裡面追，我保你一定被他引到「欲罷不能」的地步。

第四、找朋友——趣味比方電，越摩擦越出。前兩段所說，是靠我本身和學問本身相摩擦；但仍恐怕我本身有時會停擺，發電力便弱了。所以常常要仰賴別人幫助。一個人總要有幾位共事的朋友，同時還要有幾位共學的朋友。共事的朋友，用來扶持我的職業；共學的朋友和共玩的朋友同一性質，都是用來摩擦我的趣味。這類朋友，能夠和我同嗜好一種學問的自然最好，我便和他搭夥研究。即或不然——他有他的嗜好，我有我的嗜好，祇要彼此都有研究精神，我和他常常在一塊或常常通信，便不知不覺把彼此趣味都摩擦出來了。得著一兩位這種朋友，便算人生大幸福之一。我想祇要你肯找，斷不會找不出來。

我説這四件事，雖然像是老生常談，但恐怕大多數人都不曾這樣做。唉！世上人多麼可憐啊！有這種不假外求，不會蝕本，不會出毛病的趣味世界，竟自沒有幾個人肯來享受！古書説的故事「野人獻曝」，我是嘗冬天晒太陽的滋味嘗得舒服透了，不忍一人獨享，特地恭恭敬敬的來告訴諸君，諸君或者會欣然採納吧？但我還有一句話：太陽雖好，總要諸君親自去晒，旁人卻替你晒不來。

心靈的歸鄉

——解讀〈桃花源記〉

〈桃花源記〉是陶淵明的一篇寓言文章，凡寓言，都有暗喻的性質，或以此事投射另一事，以表達一抽象觀念，來達到道德教化的效果；或假借一故事，以說明一哲理，來達到諷刺的目的。〈桃花源記〉一文，即是作者對當世（劉宋）乃至三代以下各王朝之現實政治社會不滿的一種宣洩，他厭惡機心泥重的民風，討厭欺騙、爭奪、乃至弒亂相尋的社會，而期望的是民情純茂，風俗質樸，人人安居樂業，怡然自得的生活環境。他早年也有一股淑世的豪情，但踏上幾次官場後，深感政治舞台的黑暗、冷酷、現實、虛偽，以他閑靜樸真的本性，當然「不堪吏職」，儘管生活困阨，最後仍「不為五斗米折腰」，毅然辭去就任才八十餘天的彭澤令，從此永不復仕。他雖然自放田野，過著與世無爭的恬靜生活，但他心中仍時時繫掛著社會，祈盼有一理想政治的到來，這種似出世實入世，即道家亦儒家的態度，構成了他特殊的生命情調，〈桃花源記〉一文即是在這種心態下所產生的作品，文中一方面勾勒出他心靈的歸鄉——祥和、有情、自然、樸實的人際社會，一方面也暗示了他對當時機心泥重之世俗的浩嘆。

「晉太元中武陵人，捕魚為業。」故事一開始，作者即點出了真實的時空（太元，即晉孝武帝年號，武陵，是郡名，在今湖南省境內），杜撰的故事，冠以真實的時空，讓人有如真似幻的感受，接著以「漁人」做為故事的主角，想當然必有他特殊的安排，原來在中國人的心目中，「漁人」是超拔於流俗，樸實恬靜，無纖毫之名利縈繫於心的一種人格象徵，這種人在現實的社會中最不起眼，竟日只知回歸自然，徜徉在山水之中，可謂道道地地的「愚人」（「漁人」之諧音），也正因他萬慮皆盡，沒有機心，才會「忘」路之遠近，沒有機心的人，才不陷入現實的泥淖，超拔之，從而神遊於一理想的世界。

「忽逢桃花林，夾岸數百步，中無雜樹，芳草鮮美，落英繽紛；漁人甚異之。」由現實步入理想的關卡，原即有一誘人的情境，只可惜世人無法拋卻俗慮，澈淨心靈，故而不能進入寶山，尋幽探秘。「復前行，欲窮其林，林盡水源，便得一山，山有小口，彷彿若有光。便舍船，從口入。初極狹，纔通人；復行數十步，豁然開朗。」這種由寬而窄，復由窄而寬的空間轉換，似乎意味著當代物化的人心要步入理想境的路越來越狹窄，越來越艱難，而進入理想境之後，則是一心曠神怡的無垠空間，這也似暗示著世人眼光的短淺，以為抱持理想，空洞而不切實際，其實理想境才是真具有價值的福地。

然而，作者心目中所嚮往的，並非高不可攀之遺世獨立的神幻仙境，只不過是一「土地平曠，屋舍儼然。有良田、美池、桑、竹之屬」的平凡人境，這裡「阡陌交通，雞犬相聞。」寧靜而安祥，「其中往來種作，男女衣著，悉如外人。」年輕力壯的人，不分男女，都必須工作、勞動，穿著不講求華麗、高貴，與俗世儉樸的農村生活沒有兩樣；這裡人人都安享天倫，老安少懷，「黃髮垂髫，並怡然自樂。」讓老者少者各得所終，各得所長，這正是儒家理想的大同世界；這裡和諧、閑適，彼此情感交融，是一個沒有陌生人的社會，所以「見漁人，乃大驚。」在訝異之後，旋即對這位素昧平生的不速客信任，關懷他，進而熱待他，「問所從來，具答之。便要還家，設酒、殺雞、作食。村中聞有此人，咸來問訊。⋯⋯餘人各復延至其家，皆出酒食。停數日。」人人沒有心防，彼此信任，很快地就把一個從未謀面的陌生人視為莫逆的知己，正凸顯了這個世界具有一「朋友信之」的樸質、敦厚的民風，一纏綿悱惻之深情的社會。這種世界極簡易，極平常，但卻已久不可得；「自云：先世避秦時亂，率妻子邑人來此絕境，不復出焉；遂與外人間隔。問今是何世？乃不知有漢，無論魏、晉！」作者借用桃花源中人的口吻，說為避秦時亂，不知有漢，無論魏晉，即是對當代乃溯至三代以下各王朝之擾攘不休的反諷。「黃唐莫逮」，作者企望的是羲皇、堯舜時代的質樸社會，這個社會沒有強凌弱，眾暴寡，上焉者本乎大公，以「禪讓」傳位，下焉者生活閑適，各遂其生，各得其樂，「此人一一為具言所聞，皆歎惋。」這正是作者對這種最簡易、最平凡社會之不可復得的浩嘆。

「既出，得其船，便扶向路，處處誌之。及郡下，詣太守。說如此。」剛從理想境回來，沒想到漁人在現實的薰染下，又萌發機心，他不但「處處誌之」，還違逆了「不足為外人道」的諾言，向沈浮於宦場的太守告密；在自然中討生活，陶然忘機於煙波江上的漁人尚且如此，遑論流俗？作者對當世人心習染之泥重的反諷，我們是可以理解的。人一有機心，深陷於現實，隨波逐流，就不會為創造理想的大同社會有所關懷，人間淨土之門再也不為世人而開，故「太守即遣人隨其往，尋向所誌，遂迷不復得路。」「南陽劉子驥，高尚士也，聞之，欣然規往，未果，尋病終。後遂無問津者。」世間之有如劉子驥這種「高尚士」者已不多見，即或有之，也乍現即閉（尋病終），試問只掛繫於名利，注重現實的世人，誰還有心去關懷終極問題，叩敲理想之門呢？

【課文附錄】

桃花源記

陶淵明

晉太元中武陵人，捕魚爲業，緣溪行，忘路之遠近；忽逢桃花林，夾岸數百步，中無雜樹，芳草鮮美，落英繽紛；漁人甚異之。復前行，欲窮其林。林盡水源，便得一山，山有小口，彷彿若有光。便舍船，從口入。

初極狹，纔通人；復行數十步，豁然開朗。土地平曠，屋舍儼然。有良田、美池、桑、竹之屬，阡陌交通，雞犬相聞。其中往來種作，男女衣著，悉如外人；黃髮垂髫，並怡然自樂。見漁人，乃大驚，問所從來，具答之。便要還家，設酒、殺雞、作食。村中聞有此人，咸來問訊。自云：先世避秦時亂，率妻子邑人來此絕境，不復出焉；遂與外人間隔。問今是何世?乃不知有漢，無論魏、晉!此人一一爲具言所聞，皆歎惋。餘人各復延至其家，皆出酒食。停數日，辭去。此中人語云：「不足爲外人道也。」

既出，得其船，便扶向路，處處誌之。及郡下，詣太守，說如此。太守即遣人隨其往，尋向所誌，遂迷不復得路。南陽劉子驥，高尚士也，聞之，欣然規往，未果，尋病終。後遂無問津者。

生命成長的喜悅

——讀李白〈長干行〉

李白的〈長干行〉是一首膾炙人口的情詩，作者以一少婦寄語給她遠地經商之良人的口吻，敘述彼此自幼及長的情愛發展；全詩刻畫人物的心理活動細膩而入微，語言含蓄而精鍊，字字跳動著柔和流麗的節奏，句句包藏著纏綿悱惻的情思，讀來一方面讓我們體會到李白藝術手法的高妙，一方面更使我們領受到生命成長的喜悅。

「妾髮初覆額，折花門前劇。郎騎竹馬來，遶床弄青梅。同居長干里，兩小無嫌猜。」一作者以「初覆額」的髮式點出當時女童普遍的外徵，以女孩愛花、戲花，男孩愛騎竹馬，蹦跳於井欄邊撥弄青梅的玩樂動態，來呈顯童年的天真爛漫，在這渾噩童蒙的成長階段，雖然兩性朗現一不受禮法束縛的裸露荒涼，但我們已微見女性陰柔（玩花）與男性陽剛（騎竹馬）的天賦氣質，這種倍感親切有味的取材，正顯作者手法的高明。兒童是天真未鑿的自然人，心靈純淨、澄明，所懷的只是一顆「赤子之心」，當然不知文化禮教，更無所謂異性的情愛，如如玩耍，如如成長，「兩小無嫌猜」，彼此單純的友誼，就建立在共同的玩戲之樂上。

「十四為君婦，羞顏未嘗開。低頭向暗壁，千喚不一回。」由「初覆額」一下轉寫到十四年華，即見其間玩樂歲月的易逝，十四歲雖是情竇初開的年紀，但不管從生理或心理的成熟度來看，委實仍嫌青澀，尤其沒有經過戀愛的醞釀歷程，頓時要彼此從往日的玩伴撮合為夫婦，真的讓她難以調適，不知所措；她一方面喜上心頭，一方面面對「愛情的陌生人」，不知如何表情，這種矛盾的心結，便引生一種莫名的羞怯，於是舉止拘謹、忸怩，只有「低頭向暗壁」，面對灰暗無光的閨房牆腳，聊以逃避一時的尷尬，而夫君的「千喚」，顯現了男性主動、外放的陽剛，新婦的「不一回」，又點出了女性被動、內斂的陰柔，所以讀來生意盎然。

「十五始展眉，願同塵與灰。常存抱柱信，豈上望夫臺。」經過一年婚姻生活的陶冶，愛的火苗已燎原，少婦愛情之心門全然為夫君敞開，彼此情愛交融為一體，無所謂主客，更不見陌生，在一次又一次迴環往復的情愛裡，夫婦兩造的生命間已生發一股歡愉的觸動，你儂我儂，彼此都有生命的神采跳躍於對方的心目中，「弱水三千，我只取一瓢飲。」從此愛情貞定，心心相印，「願同塵與灰」，以生命生生世世相許；我誓守自己對他愛情永不渝，也堅信對方對我的愛情永不渝，有此人格的互信，即見「愛」是強者的道德表現。

「十六君遠行，瞿塘灩澦堆。五月不可觸，猿聲天上哀。」愛情當然具有相當的浪漫性格，但夫婦的愛不純粹是卿卿我我的浪漫與激情，同時更是為對方負責承擔的一種使命，能向對方負責、承擔，即見愛具有犧牲、奉獻與付出的特質；在現實生活的無奈驅迫下，夫君須離開少婦而遠行經商，他願冒「生離」之苦，暫時走出浪漫的情感世界，甘歷「死別」之險，強行通過「五月不可觸」之「瞿塘灩澦堆」的危阸地帶，為的就是向他恩愛的對象負責，正因他愛她，所以必須讓她無匱乏之虞，生活富足而美滿，而這短暫的離別，也正給予雙方情感貞定的考驗，讓雙方實地從悲歡離合中去體悟人生。

「門前遲行跡，一一生綠苔。苔深不能掃，落葉秋風早。八月蝴蝶來，雙飛西園草。感此傷妾心，坐愁紅顏老。」夫對妻負責是「義」，妻對夫承擔是「情」，情與義是一而非二，有情乃有義，有義亦才有情。「苔深不能掃」正暗喻妻對夫思念之情深的無法自解，無以自解，仍得承擔，愁腸萬結，孤寂落寞之餘，對偶凋的落葉，也頗覺秋風來得特別早，而庭園雙飛的蝴蝶，更使他觸景傷懷，夫妻原本是一體，如影隨形，而今結婚才不過三兩年，竟須強忍分離的痛苦煎熬，想到此，不禁悲從中來，花容憔悴，憂傷欲絕，「坐愁紅顏老」，妻甘心為夫守候，寧可坐愁讓紅顏老去，承擔現實的無奈，絕不作非分之想，紅杏出牆，另結新歡，畢竟夫婦愛情是天長地久，只能一對一，絕不可為第二人開放，這也正看出婚姻具有莊嚴性與神聖性。

「早晚下三巴，預將書報家。相迎不道遠，直至長風沙。」夫在外經商，面對紛擾的現實，也許無暇讓他專注於繫念，而妻在家一心枯待，思之又思，輾轉反側，久抑的相思之情越壓越重，越積越深，終而把所有的期待全然放在夫君之歸途上，亦唯夫君歸來相聚，才能一解悶鬱，由是愛濤洶湧，情流澎湃，不可阻遏，故而雖從來足未出戶，也願不辭百里之遙，迎接夫君於長風沙。李白寫商婦盼夫之情切，由專而入於癡，由癡而顯其真，纏綿悱惻之相思情愛，至此可謂沸騰到最高點，由此戛然而止，餘情盪漾，令人繾綣陶醉。

綜觀全詩，作者以代言的手法，依時序寫出少婦童年的率真，初婚的羞怯，婚後的恩愛，送別的憂愁，以及久離的感傷與期待，取材平實，寫情自然親切，描態精緻入微，令人讚嘆。在這首詩裡，我們尤其領受到夫婦生命成長的喜悅，他們藉婚姻生活的歷練，由天真純樸的自然人（兒童），逐次成長為人格獨立、健全的文化人，一個人的人格獨立、健全，才有能力跨越自我的藩籬，與他人進行有效的倫理交往，從而藉著情義的溝通，而達到兩造生命的合一，這種由「自立」走向「立人」，由「達己」步入「達人」的表現，正是人之所以異於禽獸者的「幾希」處，人的可貴與莊嚴即從此中朗顯，人能透過禮文主動與人交通，以圓成人文生活的意義，乃有能力進一步去親親、仁民、愛物、齊家、治國、平天下，此所以《禮記·昏義》謂：「男女有別而后夫婦有義，夫婦有義而后父子有親，父子有親而后君臣有正。故曰：昏禮者，禮之本也。」《中庸》謂：「君子之道，造端乎夫婦。」其義亦在此。

【課文附錄】

長干行

李白

妾髮初覆額，折花門前劇。郎騎竹馬來，遶牀弄青梅。同居長干里，兩小無嫌猜。十四爲君婦，羞顏未嘗開。低頭向暗壁，千喚不一回。十五始展眉，願同塵與灰。常存抱柱信，豈上望夫臺。十六君遠行，瞿塘灩澦堆。五月不可觸，猿聲天上哀。門前遲行跡，一一生綠苔。苔深不能掃，落葉秋風早。八月蝴蝶來，雙飛西園草。感此傷妾心，坐愁紅顏老。早晚下三巴，預將書報家。相迎不道遠，直至長風沙。

中國青年的精神

——讀〈黃花岡烈士事略序〉

辛亥年三月廿九日廣州黃花岡之役，是民國肇建前犧牲最慘痛的一次戰役，這次起義，為國捐軀者達八十六人之多（當時收屍七十二具，後又陸續查得徐國泰烈士等十四名，連前合計八十六名），平均年齡約廿八歲，其中多數為青年才俊，政府為表彰其為國殉身的精神，乃明令每年三月廿九日為青年節。

此次戰役，當時為免事發連累他人，事前極為保密，各自部署，不相聞告，故事後不知死難烈士的確實人數及其生平事蹟，後經鄒魯多方徵求，僅得喻培倫等五十七名生平大略，乃編纂成書，名曰：《黃花岡烈士事略》，敦請 中山先生為序。

革命必須流血，政權的轉移不能用和平的方式，卻須採革命的激烈手段來進行，這是不好的，因此革命只是一種不得已的權宜手段，卻不是最佳的方式，這也正是為什麼孔子讚美韶樂（表示堯舜禪讓的樂章），說：「盡美矣，又盡善也。」而只說武樂（表示武王革命的樂章）：「盡美矣，未盡善也。」革命既不是最佳的方式，不值得提倡，何以還要表彰國民革命的先烈呢？其中理趣，很值得大家推敲。

原來國民革命與湯武革命不同，夏桀商紂的暴政，固然應該推翻它，也適合採用革命的方式來進行（因為當時不用革命的激烈手段，就無以成事，革命乃不得已的權宜措施，此與推覆腐敗之清廷的客觀情勢相同），但湯武革命成功以後，只是朝代的替換，「家天下」的方式卻依舊存在，說得更明白些：湯武革命的結果，帝位（政權）依舊世襲於一家，依舊控制在一人的手中，所以湯武革命原本為正義而「推覆暴政」的「公」意，最後仍淪於成就一人帝業的「私」意。

國民革命則不然，中山先生在〈序〉文中說得很清楚：「……予三十年前所倡之三民主義、五權憲法，為諸先烈所不惜犧牲生命以爭者，其不獲實行也如故；則予此行所負之責任，尤倍重於三十年前。倘國人皆以諸先烈之犧牲精神，為國奮鬥，助予完成此重大之責任，實現吾人理想之真正中華民國，則此一部開國血史，可傳世而不朽。」先烈的革命，為的是建立理想的真正中華民國，所謂理想之真正「中華民國」，從文化意識的角度來說，乃是：一發自人心之大「中」至正（此即內聖的工夫），而展現一多采多姿的文化（此即外王的事業。「華」有多采多姿義，能融合古今中外學說之精華於一爐，即顯其多采多姿的性格，中山先生立國建國的藍本在三民主義，三民主義乃承續中國文化的道統，規撫歐美之學說事蹟而創建，以倫理、民主、科學為其精神本質，此即多采多姿。）以全「民」為主體，一切建設的責任，由全民來共負，一切建設的成果，亦由全民來共享的「國」家。此即革命先烈只是為成就一理想價值而犧牲，為成就一大「公」而犧牲，此有「公」而無「私」的犧牲精神，便值得效法，其以身隨道之往以俱往，便可抱道而入於一永恆的世界，所以「此一部開國血史，可傳世而不朽。」

此有「公」無「私」的精神，乃本乎天理，天無私覆，地無私載，此便是天理，儒家「天人合一」的思想，就是要人心法天心，要人盡性踐仁以體現天道，「萬物皆備於我」，能依天理而行，自能感應億萬人之心，乃至感應一切物。生生之謂善，革命先烈的犧牲，只是軀體生命的告終，其精神卻為人所感戴、所效法，能為後人所感戴，它便能在後人之心中復活，能為人所效法而思有以追隨之，便是生生，便永垂不朽，此所以〈序〉文謂：「是役也，碧血橫飛，浩氣四塞，草木為之含悲，風雲因而變色，全國久蟄之人心，乃大興奮，怨憤所積，如怒濤排壑，不可遏抑，不半載而武昌之大革命以成。則斯役之價值，直可驚天地，泣鬼神，與武昌革命之役並壽。」

人不生則已，一生，則其生命便一步步向老向死迫近，而人生的一切活動，亦無不本於自然生命力的消耗；死有重於泰山，輕於鴻毛，轟轟烈烈的死，終是一死，平淡乃至行屍走肉的死，亦是一死，如何選擇理想價值的路向，以耗盡其生命，全靠個人生命智慧的自覺，「而七十二烈士者，又或有記載而語焉不詳，或僅存姓名而無事蹟，甚者且姓名不可考。」他們甘願把生命投注到「實現精神上之理想價值」的事上，而不問來日是否可留芳千古，亦不問後人是否知我敬我，只如如而死，死其所當死，此種安於犧牲的精神，非有大智大仁大勇者，是很難辦到的，「時代考驗青年，青年創造時代。」先烈賠了自己生命，卻贏得了民心，他們「旋乾轉坤」地開創了歷史，改變了中國的命運，也使文化傳統所薰陶出來的「成仁取義」之精神，在青年身上凸顯了出來。

此「成仁取義」之中國青年的精神，當然值得大家崇敬、取法，但犧牲生命，不能出於他人之口，我們亦不能要別人去犧牲，況且要為國犧牲，而血食百代的機會，亦非人人可得，當文天祥、史可法、陸皓東、林覺民，並不是人人都有分的，中山先生在〈序〉文中謂：「否則不能繼述先烈遺志而光大之，而徒感慨於其遺事，斯誠後死者之羞也！予為斯〈序〉，既痛逝者，並以為國人之讀茲編者勖。」其意並不是要吾人踏著先烈血跡前進，一定要青年學犧牲，重要的是要每個人在心中要樹立起一積極、正面之精神上的崇高理想，有此理想，我們才有一生命的方向，才真覺人之精神的可貴，亦才能在現實的存在面上，依乎客觀的情境與自己的分位，一往無前地來成就自己的精神生命。

【課文附錄】

黃花岡烈士事略序

孫　文

滿清末造，革命黨人，歷艱難險巇，以堅毅不撓之精神，與民賊相搏，躓踣者屢。死事之慘，以辛亥三月二十九日圍攻兩廣督署之役爲最；吾黨菁華，付之一炬，其損失可謂大矣！然是役也，碧血橫飛，浩氣四塞，草木爲之含悲，風雲因而變色，全國久蟄之人心，乃大興奮，怨憤所積，如怒濤排壑，不可遏抑，不半載而武昌之大革命以成。則斯役之價值，直可驚天地，泣鬼神，與武昌革命之役竝壽。

顧自民國肇造，變亂紛乘，黃花岡上一抔土，猶湮沒於荒煙蔓草間。延至七年，始有墓碣之建修；十年，始有事略之編纂，而七十二烈士者，又或有記載而語焉不詳，或僅存姓名而無事蹟，甚者且姓名不可考，如史載田橫事，雖以史遷之善傳游俠，亦不能爲五百人立傳，滋可痛已！

鄒君海濱，以所輯《黃花岡烈士事略》，丐序於予。時予方以討賊督師桂林，環顧國內，賊氛方熾，杌隉之象，視清季有加；而予三十年前所主倡之三民主義、五權憲法，爲諸先烈所不惜犧牲生命以爭者，其不獲實行也如故；則予此行所負之責任，尤倍重於三十年前。倘國人皆以諸先烈之犧牲精神，爲國奮鬥，助予完成此重大之責任，實現吾人理想之真正中華民國，則此一部開國血史，可傳世而不朽。否則不能繼述先烈遺志且光大之，而徒感慨於其遺事，斯誠後死者之羞也！

予爲斯〈序〉，既痛逝者，並以爲國人之讀茲編者勖。

自立自強是生存的最佳保障

——蘇軾的〈教戰守策〉

武力是國防的後盾，武力不強，則有國而無防，一切國家的安全與人民的福祉，都將無法獲得保障。

有宋一朝重文輕武，上承唐末五代積弊，採用雇兵與傭兵政策，此種兵役，以兵為生，入伍後便不退伍，故而多半非老兵羸卒，即驕兵悍卒，禦外侮不足，煽內鬨有餘，養兵而不能用，積貧累弱，社會自然賤視軍人，於是而產生了「好鐵不打釘，好男不當兵」的俗尚。武力衰弱，只有任強敵要脅、宰制，先是受西夏及遼的勒索，次則割讓黃河流域予金，終而蒙古南下，吞噬全國，大宋亡覆，其來有自，每讀這段歷史，真教人扼腕嗟嘆。

其實當時朝中大臣，多已注意到武力衰弱之後果的嚴重性，蘇軾〈教戰守策〉一文，即是其中的代表。

「止戈為武」，中國人之尚武，其目的只在弔民伐罪，以殺止殺，此即軍事的運用，在於順天應人，替天行道，保國安民，爭一個是非公道，而不以殺人為目的，窮兵黷武，殘暴以逞的。蘇軾謂：「今國家所以奉西北二虜者，歲以百萬計。奉之者有限，而求之者無厭，此其勢必至於戰，戰者必然之勢也。」即已隱隱道出：戰爭乃是為了保衛自己的國家，使之免遭勒索、恐嚇、威脅，使國家生存得有莊嚴，而「天下苟不免於用兵，而用之不以漸，使民於安樂無事之中，一旦出身而蹈死地，則其為患必有所不測。」亦正說明了軍事力量的薄弱，不但國家的安全無以自衛，人民之生命、福祉亦同樣無法獲得保障，所以國家要生存下去，人民要長久地過安和樂利的生活，必須要重視國防，加強武力。

但光講武力，而不提倡武德，不但不能保國衛民，反易使國家瀕臨滅亡。唐代中央設彍騎，地方設藩鎮，當時藩鎮兵力壯大，力足以禦邊，但最後則趁機作亂，不服中央，導致國家衰亡，「是以區區之祿山一出而乘之，四方之民，獸奔鳥竄，乞為囚虜之不暇，天下分裂，而唐室因以微矣。」此一方面固因「其民安於太平之樂，酣豢於遊戲酒食之間；其剛心勇氣，銷耗鈍眊，痿蹶而不復振。」另方面則因於藩鎮對國家有二心，軍隊不忠於國，沒有武德，強大的武力，反成一股推覆自己國家的力量，這是很值得為國者深加警惕的。昔子貢問政，子曰：「足食，足兵，民信之矣。」子貢曰：「必不得已而去，於斯三者何先？」曰：「去兵。」子貢曰：「必不得已而去，於斯二者何先？」曰：「去食。自古皆有死，民無信不立。」（《論語·顏淵》）「民信」重於「足兵」，即見民德重於武力，此中所謂信者，誠信於人道也，民能盡其誠信，則由人民所組成的軍隊（軍隊原由人民而來），方可遠離狡變、猜疑、凶暴，如是，叛亂自無由而生，所以國家要強大，即當以誠信來集結民力，以誠信來整飭軍隊，使每個軍人皆具有武德的修養，軍隊才真為國家可恃的武力。

中國軍人的精神修養，基本著重在智仁勇三達德，所以以誠信來整飭軍隊，實即在要求軍人誠信於「智、仁、勇」，所謂智，不只要懂得戰略、戰術，更要知是知非，知安知危，能知是知非，才不致「驕豪而多怨，陵壓百姓，而邀其上。」而成為一保國衛民的正義之師；所謂仁，即不忍人之心，一方面不忍國人遭受戰事的蹂躪，一方面要有「不嗜殺人」的修養，不忍國人遭受戰事蹂躪，自會克盡職責，全力護衛疆土；不嗜殺人，則不流於殘忍、殘暴；而所謂勇，即在戰場上能勇敢殺敵，視死如歸；要實踐勇德，平日即當自我鍛鍊，使身體「剛健強力，涉險而不傷」，同時也要培養內在的剛毅勇氣，「使其耳目習於鐘鼓旌旗之間而不亂，使其心志安於斬刈殺伐之際而不慴。」此智、仁、勇三者，實是軍人不可或缺的武德。

蘇軾在〈教〉文中開宗明義指出：「夫當今生民之患，果安在哉？在於知安而不知危，能逸而不能勞。」此即呼籲全民：在亂世之中，尤當以後備軍人自居，自立自強，培養出智仁勇的武德。知「安」而不知危，則此「安」只是「麻木」的安，麻木即不仁，只有知安更知危，才能生發憂患意識，未雨綢繆，戮力為國，否則，連「士大夫亦未嘗言兵，以為生事擾民，漸不可長。」終而「一旦將以不教之民而驅之戰」，後果就不堪設想，是以全國上下，當培養智仁勇的武德，人人在德養上自立，即可集結民力，同仇敵愾，尤其要能逸能勢，平日「尊尚武勇，講習兵法，教以行陣之節，授以擊刺之術。」自立自強，這才是國家生存的最佳保障。

【課文附錄】

教戰守策

蘇軾

夫當今生民之患，果安在哉？在於知安而不知危，能逸而不能勞。此其患不見於今，而將見於他日。今不爲之計，其後將有所不可救者。

昔者先王知兵之不可去也，是故天下雖平，不敢忘戰。秋冬之隙，致民田獵以講武，教之以進退坐作之方，使其耳目習於鐘鼓旌旗之間而不亂，使其心志安於斬刈殺伐之際而不懾。是以雖有盜賊之變，而民不至於驚潰。

及至後世，用迂儒之議，以去兵爲王者之盛節。天下既定，則卷甲而藏之。數十年之後，甲兵頓敝，而民日以安於佚樂；卒有盜賊之警，則相與恐懼訛言，不戰而走。開元、天寶之際，天下豈不大治？惟其民安於太平之樂，酣豢於遊戲酒食之間；其剛心勇氣，銷耗鈍眊，痿蹶而不復振。是以區區之祿山一出而乘之，四方之民，獸奔鳥竄，乞爲囚虜之不暇，天下分裂，而唐室因以微矣。

蓋嘗試論之：天下之勢，譬如一身。王公貴人所以養其身者，豈不至哉？而其平居常苦於多疾。至於農夫小民，終歲勤苦，而未嘗告病。此其故何也？夫風雨霜露寒暑之變，疾之所由生也。農夫小民，盛夏力作，窮冬暴露，其筋骸之所衝犯，肌膚之所浸漬，輕霜露而狎風雨，是故寒暑不能爲之毒。今王公貴人，處於重屋之下，出則乘輿，風則襲裘，雨則御蓋。凡所以慮患之具，莫不備至。畏之太甚，而養之太過，小不如意，則寒暑入之矣。是以善養身者，使之能逸能勞；步趨動作，使其四體狃於寒暑之變；然後可以剛健強力，涉險而不傷。夫民亦然。

今者治平之日久，天下之人驕惰脆弱，如婦人孺子，不出於閨門。論戰鬥之事，則縮頸而股慄；聞盜賊之名，則掩耳而不願聽。而士大夫亦未嘗言兵，以爲生事擾民，漸不可長。此不亦畏之太甚，而養之太過歟？

且夫天下固有意外之患也。愚者見四方之無事，則以爲變故無自而有，此亦不然矣。今國家所以奉西北二虜者，歲以百萬計。奉之者有限，而求之者無厭，此其勢必至於戰。戰者必然之勢也。不先於我，則先於彼；不出於西，則出於北。所不可知者，有遲速遠近，而要以不能免也。

天下苟不免於用兵，而用之不以漸，使民於安樂無事之中，一旦出身而蹈死地，則其爲患必有所不測。故曰：天下之民，知安而不知危，能逸而不能勞，此臣所謂大患也。臣欲使士大夫尊尚武勇，講習兵法；庶人之在官者，教以行陣之節；役民之司盜者，授以擊刺之術；每歲終則聚於郡府，如古都試之法，有勝負，有賞罰，而行之既久，則又以軍法從事。

然議者必以爲無故而動民，又撓以軍法，則民將不安，而臣以爲此所以安民也。天下果未能去兵，則其一旦將以不教之民而驅之戰。夫無故而動民，雖有小怨，然孰與夫一旦之危哉？今天下屯聚之兵，驕豪而多怨，陵壓百姓，而邀其上者，何故？此其心，以爲天下之知戰者，惟我而已，如使平民皆習於兵，彼知有所敵，則固以破其奸謀，而折其驕氣。利害之際，豈不亦甚明歟？

范仲淹的憂患意識

——試講〈岳陽樓記〉

范仲淹的〈岳陽樓記〉真不愧為宋文名著，從文章的架構來看：首說作記緣由及岳陽樓之景致概觀（起），繼由「朝暉夕陰，氣象萬千」、「遷客騷人，多會於此，覽物之情，得無異乎」等語為前導，引出陰霾的景象及心情（承），再轉而反述晴空的景色與感受（轉），最後由雨悲晴喜的兩種不同心境，道出人當法古之仁人，「不以物喜，不以己悲」，而以天下為己任來自勉作結（合），全篇簡潔明快，上下聯貫，前後呼應，轉折有致，實是作文教學的範文。從文學鑑賞的角度來看，除了可欣賞文中駢偶對仗之美（如「日星隱耀，山岳潛形」等語）外，尚可從三四兩段的布局中，領略到由水、陸、空交織成或近或遠的景色立體美，而最重要的，則是在末段，更使人感受到了范仲淹的一股強烈憂患意識。

憂患意識與危機意識不同，所謂危機意識，乃指一個人面對不利於自己的外在境遇，在心中所引生的焦慮與不安而言，如「去國懷鄉，憂讒畏譏，滿目蕭然，感極而悲者矣」的心境即是，不利的境遇屬外在的刺激，所以人的危機感必也只是一被動的制約反應，而外境順逆的轉變非一己之力所能必，在無奈、痛苦之餘，只有以物役心，尋找另一有利的情境來撫慰自己，聊以解除心靈的創傷，歷代「遷客騷人」借春和的景致，登上岳陽樓，「則有心曠神怡，寵辱偕忘，把酒臨風，其喜洋洋者矣。」即屬此一心態。一個人如果不能超越自身的一切死生、得失、貴賤、利害、禍福等等的計較，那麼他就會常生活在精神的痛苦中，故而即或借外境而一時得以「寵辱偕忘」、「其喜洋洋」，終究無法永遠「坦蕩蕩」，而陷於「長戚戚」了。

憂患意識所憂的不在個人之「小我」，而在整個宇宙人類的「大我」，「不以物喜，不以己悲」，物（身外之一切境物）已從外相上看是相對的，不因物、己之利或不利而悲而喜，即說明了憂患意識泯除了物我之對，也看透了當前「利」或「不利」的無足輕重，能超越眼前之利害得失，即見它具有高遠的眼光，能消泯物我之對，亦見它乃屬一公情。「天下興亡，匹夫有責。」憂患意識所憂的「大我」，乃關係整個社會、歷史、文化道統的興衰存廢問題，說得更明白些：即所憂的是如何使普天下之每一個人都能積極地求自我實現人生理想、文化價值，此理想價值不只求實現於個人，更進而推擴到整個家國天下，乃至能綿延到千秋萬世的整個歷史，能把這份愛心衣被到整個社會歷史上，便凸顯了人性的莊嚴與神聖，人人都有人性，所以人人都有此莊嚴，有此神聖，只要良知自覺，人不論是何種身分、地位，不論處何種時空，都會生發這種憂患意識，所謂「居廟堂之高，則憂其民，處江湖之遠，則憂其君。」政治是眾人的事，從政的用意原也只是為奉獻己力，服務人群，扶持、輔助社會中人去創造、實現人生的價值，所以當官的人，當在其分位上「憂其民」之是否能生活於人道的氛圍中；當百姓的人，亦當相對地「憂其君」，憂君不是憂君權、君位，而是憂君道（君道即人道）之是否得以在政治上獲得充分的發揮（此中涵有道統領導政統的思想），「是進亦憂，退亦憂」，人無時不憂，無處不憂，即見憂患意識乃具一可大可久的剛健精神，人能時時為人道的理想而憂，則從政者之隱退只是「用之則行，捨之則藏」之「辟人」（指無法與自己共事，以達人生理想之步步落實的上位者）的退，不是像長沮、桀溺之流之「辟世」的退，「辟世」乃是對人世理想的實現已感絕望，所以其退只是冷處以心死，心死則不會有憂，而「辟人」之士雖有「遭時不遇，有志未伸」的無奈，卻對人生理想的實現永抱懷希望，永對之顧念、關注，所以才會「退亦憂」，才會「先天下之憂而憂」，能「先」天下憂，說明了憂患意識中具有對一切世人關懷的「積極」態度和「主動」的感情。

當然，為「人道理想」而憂之中，自亦同時附帶有「價值步步實現」的體道之樂，這種樂，了無私累，情無所溺，無入而不自得，所以是一「絕對樂」，此與「以物喜，以己悲」之喜悲相隨的「相對樂」，自不可同日而語。當然，「仁者，先難而後獲。」見社會一分成長，即有一分成長的喜悅，見人道一分朗現，即有一分體道之樂，而體道是一無盡的歷程，因此這種樂亦是無限的，只有普天下之人都進於道，都得人生之樂，仁者才會有絕對樂的全幅朗現，所以謂「後天下之樂而樂」，除了說明仁者「先難後獲」的胸襟外，更在勉人要奮進不懈，如此，才能從踐仁盡性中逐步品嚐無盡的樂。

「好古人之文，好古人之道也。」在人心日趨物化的今日，我們讀〈岳陽樓記〉，除了一方面當景仰范仲淹的崇高人格之外，另一方面更要效法他積極進取的精神，從而自我提撕憂患意識，以承擔起歷史文化的責任，如此，才能挽救這個渾噩的社會，使我們的民族更有朝氣，國家更有希望。

【課文附錄】

岳陽樓記

范仲淹

慶曆四年春，滕子京謫守巴陵郡。越明年，政通人和，百廢具興，乃重修岳陽樓，增其舊制，刻唐賢今人詩賦於其上，屬予作文以記之。

予觀夫巴陵勝狀，在洞庭一湖。銜遠山，吞長江，浩浩湯湯，橫無際涯；朝暉夕陰，氣象萬千；此則岳陽樓之大觀也，前人之述備矣。然則北通巫峽，南極瀟湘，遷客騷人，多會於此，覽物之情，得無異乎？

若夫霪雨霏霏，連月不開；陰風怒號，濁浪排空；日星隱耀，山岳潛形；商旅不行，檣傾楫摧；薄暮冥冥，虎嘯猿啼；登斯樓也，則有去國懷鄉，憂讒畏譏，滿目蕭然，感極而悲者矣。

至若春和景明，波瀾不驚，上下天光，一碧萬頃；沙鷗翔集，錦鱗游泳，岸芷汀蘭，郁郁青青。而或長煙一空，皓月千里，浮光躍金，靜影沈璧，漁歌互答，此樂何極！登斯樓也，則有心曠神怡，寵辱偕忘，把酒臨風，其喜洋洋者矣。

嗟夫！予嘗求古仁人之心，或異二者之爲，何哉？不以物喜，不以己悲，居廟堂之高，則憂其民，處江湖之遠，則憂其君。是進亦憂，退亦憂，然則何時而樂耶？其必曰：「先天下之憂而憂，後天下之樂而樂」乎！噫！微斯人，吾誰與歸！時六年九月十五日。

生離死別的哀情

——韓愈〈祭十二郎文〉

宋謝枋得在〈文章軌範〉中引安子順之語云：「讀〈陳情表〉不墜淚者不孝，讀〈祭十二郎文〉不墜淚者不慈，讀〈出師表〉不墜淚者不忠。」即見三篇作品，充滿血淚，感人肺腑。

從表面上看，韓愈的〈祭十二郎文〉雖只以家常話，敍述生活中的瑣事，其哀亦似只為叔姪之生離死別而哀，其實，也哀自己的身世，哀先世，哀後輩，哀人事，乃至哀天命，字字血淚，句句傷痛，全文縱橫上下，交織成一全方位之悲戚的網，不管從那個角度切入，都讓讀者唏噓屢屢，鼻酸不已。

韓愈對十二郎之死，之所以如此的哀慟，其一即因於叔姪二人有著相似的不幸遭遇，作者在〈祭〉文之開頭，即有這樣的一段記述：

「嗚呼！吾少孤，及長，不省所怙，惟兄嫂是依。中年，兄歿南方，吾與汝俱幼，從嫂歸葬河陽；既又與汝就食江南。零丁孤苦，未嘗一日相離也。吾上有三兄，皆不幸早世。承先人後者，在孫惟汝，在子惟吾；兩世一身，形單影隻。嫂嘗撫汝指吾而言曰：『韓氏兩世，惟此而已。』汝時尤小，當不復記憶；吾時雖能記憶，亦未知其言之悲也。」

「少孤」、「不省所怙」，這是叔姪相同的際運，在男人為中心的家庭結構裡，孩子年幼即失去父親，物質生活即感困頓，精神生活也頓失憑依，無奈之餘，韓愈只有依附其嫂鄭氏，與十二郎生活在一起，在這段艱苦歲月裡，「零丁孤苦，未嘗一日相離也。」叔姪二人自幼即成了相互慰藉的對象，如今一旦死別，對韓愈而言，無疑是一項沈痛的打擊；尤其兩代單傳，「在孫惟汝，在子惟吾。」叔姪各自承負著韓家兩代香火的重責大任，先人命脈的延續，全在這兩個孤單單之不懂事的小孩身上，四無旁依，以當時家計慘黯的景況來看，這兩個小孩是否能順利長大成人，是否會重蹈覆轍，如韓愈三位兄長之早世，都是未知之天；「不孝有三，無後為大。」這「有後」的重責大任，叔姪兩人是否挑得起來，抑或會令先人抱無窮之憾，誰也沒把握，所以其嫂鄭氏在既期待又不敢奢望的矛盾心理下，撫兒指叔說：「韓氏兩世，惟此而已。」話中含著對韓家上代成員一一凋零之無限悲愴，也對上蒼之如此無情的捉弄人感到無奈，而當時叔姪兩人年幼無知，不知此言之可哀，自也無以分擔鄭氏內心的愁苦，更是悲上加悲。

為謀生計，長大後，叔姪二人不得不各自西東，所以這段日子，離多聚少；韓愈之所以肯於遠離謀職，乃因於對叔姪二人年輕生命力的自信，「吾與汝俱少年，以為雖暫相別，終當久與相處。」豈料十二郎竟遽然而歿，而謀求官職，原也是為了改善生活，為叔姪開創永遠共處的契機，無奈宦途坎坷，一波三折，叔姪旋聚又散，我們且讀下列文字便曉：「吾佐董丞相於汴州，汝來省吾；止一歲，請歸取其孥。明年，丞相薨。吾去汴州，汝不果來。是年，吾佐戎徐州，使取汝者始行，吾又罷去，汝又不果來。」

求叔姪之相聚，以享天倫之樂，這不是奢求，而是人生最最起碼的企盼，無奈人算不如天算，「誠知其如此，雖萬乘之公相，吾不以一日輟汝而就也。」上蒼不成全人間的圓善，固是可悲，而韓愈又未能把握姪兒有生之年之有限的相聚機會，更是可哀。

剋就韓愈之體質言，他「年未四十，而視茫茫，而髮蒼蒼，而齒牙動搖。」未老先衰，「念諸父與諸兄，皆康彊而早世。」對自己的生命，是否可久存人世，一點也沒把握，加上身在宦途，生活無由自主，他倒警告十二郎應常去看他，故託孟東野的信上說：「吾不可去，汝不肯來，恐旦暮死，而汝抱無涯之戚也。」孰料離開人世的，不是他自己，卻是少彊的十二郎，難道「吾兄之盛德而夭其嗣乎？汝之純明而不克蒙其澤乎？少者、彊者而夭歿，長者、衰者而存全乎？」天理何在？真令人難以置信，然而殘酷的事實擺在眼前，「東野之書，耿蘭之報」明明在他身旁，一切是真而非幻，因此他對最公正之天理的信心也開始動搖了，「所謂天者誠難測，而神者誠難明矣！所謂理者不可推，而壽者不可知矣！」好人不得善報，年輕人沒有好下場，那麼，「汝之子始十歲，吾之子始五歲，少而彊者不可保，如此孩提者，又可冀其成立邪？」現實之不合理、不可靠，人可把精神依附於最最公允的老天，現有的自我儘管不如意，人可把一切附託於未來的自我（子孫後代即是我的化身，故是一未來的自我），如今竟連天理都靠不住，對延續自己血脈的後代也不敢指望，一切都在虛無縹緲中，這樣的人生，又有什麼價值意義呢？也難怪作者要再三長嘆：「嗚呼哀哉！嗚呼哀哉」了。

韓愈遠在京城，不知其姪的近況，對信中所謂「輭腳病」，認為「江南之人，常常有之。」當然也不在意，這不是對其姪病情的不關懷，乃是對其姪少壯的生命力有著堅強的信心，不意十二郎竟溘然長逝，去世的確切日期及原因，全然不知，這對自幼即相互慰藉的叔叔而言，真的情何以堪？也因此韓愈感嘆地說：「嗚呼！汝病吾不知時，汝歿吾不知日；生不能相養以共居，歿不得撫汝以盡哀；斂不憑其棺，窆不臨其穴。吾行負神明，而使汝夭；不孝不慈，而不得與汝相養以生，相守以死。一在天之涯，一在地之角；生而影不與吾形相依，死而魂不與吾夢相接。吾實為之，其又何尤？彼蒼者天，曷其有極！自今已往。吾其無意於人世矣！」韓愈把十二郎之不得其壽，全然歸罪到自己之未盡叔職，或許這正是老天未善報的唯一理由吧？他未能好好照顧晚輩，這是不慈，未能使韓家第三代之唯一傳人保住生命，致而無以向列祖列宗交代，這是不孝，而在現實中，失去一位自幼即相依倚的至親，尤讓他心靈頓失憑藉，也難怪他說：「自今已往，吾其無意於人世矣。」至此地步，人生在世，真的索然無味，沒什意思。

韓愈對十二郎生離死別之哀情，至此可謂表達到了最高點，然而悲慟之餘，仍必須面對現實，代為料理善後，「弔汝之孤與汝之乳母。彼有食，可守以待終喪，則待終喪而取以來；如不能守以終喪，則遂取以來。其餘奴婢，並令守汝喪。」以慰十二郎在天之靈，此外，在未來經濟能力許可下，「終葬汝於先人之兆」，使之長伴祖宗，英靈同在，宛如在冥界隨侍先人左右，重享天倫之大團圓，或可彌補死者生前未克「承先」的一些缺憾吧？就現實上言，「教吾子與汝子，幸其成；長吾女與汝女，待其嫁。」讓十二郎之子女，與自己之子女一樣，同樣在生理、心理上都能獲得充分的照顧與成長，以完成他未竟全功的「啟後」責任，能「承先」又「啟後」，十二郎地下有知，當含笑九泉，死無遺憾了。

綜觀〈祭〉文，字字充滿血淚，句句流露真情，作者哀其姪，也哀自己，哀先人，也哀後輩，哀人事，也哀天命，所以讀此文，令人倍覺他一邊哭，一邊寫，字裡行間，都為這股生離死別之悲情所籠罩，因而歷來名家對此文都有很高的評價，我們且引林西仲之論，作為本文的結束：

「祭文中出以情至之語，以茲為最。蓋以其一身承世代之單傳，可哀一。年少且強而早世，可哀二。子女俱幼，無以為自立計，可哀三。就死者論之，已不堪道如此，而韓公以不料其死而遽死，可哀四。相依日久，以求祿遠離，不能送終，可哀五。報者年月不符，不知是何病亡，何日歿，可哀六。在祭者處此，更難為情矣。故自首至尾，句句俱以自己插入伴講，始相依，繼相離，瑣瑣敍出。復以已衰當死，少而強者不當死，作一疑一信波瀾；然後以不知何病，不知何日，慨嘆一番。末歸罪於己，不當求祿遠離。而以教嫁子女作結，安死者之心。亦把自家子女，平平敍入，總見自生至死，無不一體關情，悱惻無極，所以為絕世奇文。」

【課文附錄】

祭十二郎文

韓　愈

年月日，季父愈，聞汝喪之七日，乃能銜哀致誠，使建中遠具時羞之奠，告汝十二郎之靈：

嗚呼！吾少孤，及長，不省所怙，惟兄嫂是依。中年兄歿南方，吾與汝俱幼，從嫂歸葬河陽；既又與汝就食江南。零丁孤苦，未嘗一日相離也。吾上有三兄，皆不幸早世。承先人後者，在孫惟汝，在子惟吾；兩世一身，形單影隻。嫂嘗撫汝指吾而言曰：「韓氏兩世，惟此而已。」汝時尤小，當不復記憶；吾時雖能記憶，亦未知其言之悲也。

吾年十九，始來京城。其後四年，而歸視汝。又四年，吾往河陽省墳墓，遇汝從嫂喪來葬。又二年，吾佐董丞相於汴州，汝來省吾；止一歲，請歸取其孥。明年，丞相薨。吾去汴州，汝不果來。是年，吾佐戎徐州，使取汝者始行，吾又罷去，汝又不果來。吾念汝從於東，東亦客也，不可以久；圖久遠者，莫如西歸，將成家而致汝。嗚呼！孰謂汝遽去吾而歿乎？吾與汝俱少年，以爲雖暫相別，終當久與相處，故捨汝而旅食京師，以求斗斛之祿。誠知其如此，唯萬乘之公相，吾不以一日輟汝而就也。

去年，孟東野往，吾書與汝曰：「吾年未四十，而視茫茫，而髮蒼蒼，而齒牙動搖。念諸父與諸兄，皆康彊而早世；如吾之衰者，豈能久存乎？吾不可去，汝不肯來，恐旦暮死，而汝抱無涯之戚也！」孰謂少者歿而長者存，彊者夭而病者全乎？嗚呼！其信然邪？其夢邪？其傳之非其真邪？信也，吾兄之盛德而夭其嗣乎？汝之純明而不克蒙其澤乎？少者、彊者而夭歿，長者、衰者而存全乎？未可以爲信也，夢也，傳之非其真也，東野之書，耿蘭之報，何爲而在吾側也？嗚呼！其信然矣！吾兄之盛德而夭其嗣矣！汝之純明宜業其家者，不克蒙其澤矣！所謂天者誠難測，而神者誠難明矣！所謂理者不可推，而壽者不可知矣！雖然，吾自今年來，蒼蒼者或化而爲白矣，動搖者或脫而落矣。毛血日益衰，志氣日益微，幾何不從汝而死也！死而有知，其幾何離；其無知，悲不幾時，而不悲者無窮期矣！汝之子始十歲，吾之子始五歲；少而彊者不可保，如此孩提者，又可冀其成立邪？嗚呼哀哉！嗚呼哀哉！

汝去年書云：「比得輭腳病，往往而劇。」吾曰：「是疾也，江南之人，常常有之。」未始以爲憂也。嗚呼！其竟以此而殞其生乎？抑別有疾而至斯乎？汝之書，六月十七日也。東野云，汝歿以六月二日；耿蘭之報無月日。蓋東野之使者，不知問家人以月日；如耿蘭之報，不知當言月日。東野與吾書，乃問使者，使者妄稱以應之耳。其然乎？其不然乎？

吾今使建中祭汝，弔汝之孤與汝之乳母。彼有食，可守以待終喪，則待終喪，而取以來；如不能守以終喪，則遂取以來。其餘奴婢，並令守汝喪。吾力能改葬，終葬汝於先人之兆，然後惟其所願。

嗚呼！汝病吾不知時，汝歿吾不知日。生不能相養以共居，歿不能撫汝以盡哀，斂不憑其棺，窆不臨其穴。吾行負神明，而使汝夭；不孝不慈，而不能與汝相養以生，相守以死。一在天之涯，一在地之角，生而影不與吾形相依，死而魂不與吾夢相接。吾實爲之，其又何尤！彼蒼者天，曷其有極！自今已往，吾其無意於世矣！當求數頃之田於伊潁之上，以待餘年。教吾子與汝子，幸其成；長吾女與汝女，待其嫁，如此而已。嗚呼！言有窮而情不可終，汝其知也邪？其不知也邪？嗚呼哀哉！尚饗。

開啟智慧的鑰匙

——讀〈世說新語選〉五則

劉義慶的《世說新語》，共三十六篇，故事多達一千餘則，內容駁雜，全書記敍著漢末、魏晉各代之間約六百位世族名士的軼聞瑣事，文字清雋潔麗，故事簡短而機趣橫生，可謂極短篇小說中的聖品，它處處展現著當時人多元化的思想、言行與社會風貌，也處處閃耀著平凡生活中的慧覺，對讀者而言，它堪稱為一把開啟智慧的鑰匙，我們且舉其中五則，來窺探其內容風采：

第一則是有關庾亮的故事：

庾亮有一匹的盧馬，這是駿馬，也是凶馬，按伯樂《相馬經》謂：「馬白額入口至齒者，名曰榆雁，一名的盧。奴乘客死，主乘棄市，凶馬也。」因而有人勸他賣掉牠（依《晉書》所載，其人係指殷浩），結果為庾亮所拒，這一方面固是他對的盧有情，不忍割捨，一方面更因於「己所不欲，勿施於人」的仁心，所以他說：「賣之必有買者，即當害其主。寧可不安已而移於他人哉？」愛馬既是凶馬，這莫非就是他的命，怎可為了自己逃脫，而把噩運遷嫁到無辜的買主身上？因而他願勇敢地承擔一切，不閃躲，願讓一切可能的災禍降臨到自己的身上，不管的盧是否真為凶馬，真會如《相馬經》所謂「主乘棄市」的噩運，至少，他不把情緒的不安，移轉到別人身上，這正是一仁者、勇者的胸襟。

接著他又說：「昔孫叔敖殺兩頭蛇以為後人，古之美談。效之，不亦達乎！」按賈誼《新書》云：「孫叔敖為兒時，出道上，見兩頭蛇，殺而埋之。歸見其母，泣。問其故，對曰：『夫見兩頭蛇，必死；今出見之，故爾。』母曰：『蛇今安在？』對曰：『恐後人見，殺而埋之矣。』母曰：『夫有陰德，必有陽報，爾無憂也。』後遂興楚朝，及長，為楚令尹。」孫叔敖的陰德，果如其母所料，獲得陽報，可見見兩頭蛇者必死的傳言，乃無稽之談，即或真為不祥，人之善行亦必能感應上蒼，而改變凶運，有此「天道無親，常與善人」的信念，即具一圓善的智慧，庾亮之能看透利害，超越無謂的傳言桎梏，效法孫叔敖，而心安理得，勇敢地面對現實，在在展現了他那大智大仁大勇的人格風範。

第二則是敍述謝安與其後輩論文的故事：

有一嚴冬，謝安見下雪，即隨景順問正在講論文義的兒女輩，謂：「白雪紛紛何所似？」兄子胡兒說：「撒鹽空中差可擬。」鹽色白，自空中撒下，恰如白雪從天而飄來，這種譬喻，當然相當貼切，只是過於人工化，不夠自然，因而兄女說：「未若柳絮因風起。」這種譬喻，則又進了一層，柳絮輕盈而潔白，隨風飛散，正如白雪之紛紛，不但色白相近，飄散的神采也相似，因為兩者都是大自然機趣的呈現，無纖毫之矯作，故謝公大笑樂，其樂不只因於兒女們懂得領會造化的生機，更樂在家小們能在研討的過程中，相互激盪出了文學的智慧。

第三則也是有關謝安的故事：

有一天，王黃門兄弟三人一起去拜訪謝安，子猷、子重多說俗事，老么子敬則只寒暄幾句，沒有多言，三人走後，坐客問謝安何人表現最好，謝安引《易·繫辭下》語謂：「吉人之辭寡，躁人之辭多。」所以他最欣賞的是子敬之「默」的表現。

俗事的話，無關宏旨，可言可不言，子猷、子重或因在訪謁中恐過於冷場，所以隨便找些話題來應酬，殊不知話一多，即陷於無謂之「言」的世界而不自覺，他們忘了尊重別人，抹煞了別人發表的機會，故而顯得專任意氣而不沈著。有修養的人，則心平氣舒，尊重別人，故能耐心去聽他人的話，亦唯自己能先進入「默」的世界，才能走進對方「言」的世界，然後才聽得進無謂的話，而使其語言內容呈顯意義，此隱藏自己，凸顯別人，即是修養中的一境界。而「默」的世界其實大於「言」的世界，也深遠於「言」的世界，君不見山上有雲，雲外有天，然太虛寂寥，默默不語，而我們卻可心與白雲共遠，與虛空同流，而處處忘言，此種「默」的領受，豈不比一切「言」的世界表達得更深更遠？故守默往往比多語來得更有心得，更有涵養，謝安對子敬大加讚賞，其理趣或基於此，「聽其言也，觀其眸子，人焉廋哉！」人之修養往往可從言行小節中呈露出來，或許這正是謝安善於觀人的智慧吧？

第四則是有關京房勸諫漢元帝當知賢用賢（按《漢書》所記，當時中書令石顯專權，京房恐其誤國，故諫元帝）的故事：

有天，京房利用閒宴與元帝談聊，因問帝曰：「幽、厲之君何以亡？」幽、厲乃西周末葉之兩暴君，國之所以滅亡，其因固非僅一端，但關鍵在於善不善用人，故京房接著問：「所任何人？」元帝當時固不知其問話用意，只如如依客觀的歷史見解，謂：「其任人不忠。」京房趁機逼問：「知不忠而任之，何邪？」元帝答曰：「亡國之君，各賢其臣，豈知不忠而任之？」至此，問題的癥結已呈露出來，即：君上如果缺乏政治的智慧，則很難辨直枉，蓋枉者矯惡為善，飾非為是，故人君易為其似忠而實奸的表象所惑，「豈知不忠而任之？」

是以人君要有「舉直錯枉」的智慧，此智慧，不只是一「認識心」的智慧，更是一「仁以潤之」之「道德心」的智慧，仁是無私之大公，觀一切人之言行舉止，不問其是否有利於我，是否投我所好，只問其是否有益於整個家國天下，其是否最可能實現價值，本此大公的靈光去覺照，則忠奸可辨，一切巧佞者都將一一現形，這即是任舉的德慧，無此德慧，則君子道消，小人道長，國家步向傾覆而不自知，幽、厲兩君亡國的歷史雖遠，但殷鑑在邇，能從歷史中獲得教訓，而知反躬自省，以免重蹈覆轍，讀歷史才有意義，「將恐今之視古，亦猶後之視今也。」京房語重心長的一番話，旨在警惕元帝，希望他能從歷史的教訓中敲開任舉的智慧，否則對國家會有不利的影響。

從這則故事裡，我們看到了京房忠貞愛國的情操，他雖是個「直」臣，卻懂得諫諍的藝術，讓元帝在和諧輕鬆的氛圍中體會到「舉直錯枉」之智慧的重要性，也讓我們了解到：歷史的價值即在予吾人於生活中以更多的智慧，引導吾人走往正確的路向，以減少錯誤的實驗，而免深自悔吝。

第五則是描述曹操與楊修射字的故事：

有一次，楊修隨曹操路過曹娥碑下，見碑後題「黃絹幼婦外孫齏臼」八字，楊頓解其意，曹操要修暫勿說出答案，行三十里，曹操才想出，經對照，與楊修所射的「絕妙好辤」之謎底相同，於是感嘆的說：「我才不及卿，乃覺三十里。」

楊修析解謎底很有意思，他說：「『黃絹』，色絲也；於字為『絕』。『幼婦』，少女也；於字為『妙』。『外孫』，女子也；於字為『好』。『齏臼』，受辛也；於字為『辤』」：所謂『絕妙好辤也』」。」中國文字的特色在形、音、義，依此三者的結構而歸納為「六書」的造字法則，從這裡，我們可領受到先賢造字的智慧。楊修之射字，係依「六書」中「會意」的特性，將原字義轉換為另一相通的字義，從而加以整合為一新字，謎底由是而呈現出來，這種相通的替換字義，不只楊修可意會，曹操也可意會，當其解說後，我們也可有同樣的感同身受，即見中國文字之會意，具有普遍性，只要我們之心能凹進文字之中，反覆品玩體會，而藏修息游於其間，自能心領神會，而倍感親切，這正凸顯出文字本身所具有的藝術性，身為中國人的我們，能不感到自豪？

楊修任曹操主簿，好學而深具才氣，曹操雖重用他，贊賞他，而自嘆不如，但後來竟成了曹操權欲自尊下的犧牲者，可見曹操個性殘酷，詭譎而多變，我們不能因他這次承認才學不及人，而誤以為他就是一具有寬容雅量的人君，所以這則故事，也間接給我們以一「觀人」的智慧。

綜上五則極短篇故事，我們可以窺知：《世說新語》乃是一本反映人文社會實相，開啟吾人生活智慧的古典名著。

【課文附錄】

世說新語選 劉義慶

（一）不安於己，不移於人

庾公乘馬有的盧，或語令賣去。庾云：「賣之必有買者，即復害其主。寧可不安己而移於他人哉？昔孫叔敖殺兩頭蛇以爲後人，古之美談。效之，不亦達乎！」

（二）喻雪

謝太傅寒雪日內集，與兒女講論文義。俄而雪驟，公欣然曰：「白雪紛紛何所似？」兄子胡兒曰：「撒鹽空中差可擬。」兄女曰：「未若柳絮因風起。」公大笑樂。

（三）觀人以言

王黃門兄弟三人俱詣謝公，子猷、子重多說俗事，子敬寒溫而已。既出，坐客問謝公：「向三賢孰愈？」謝公曰：「小者最勝。」客曰：「何以知之？」謝公曰：「『吉人之辭寡，躁人之辭多。』推此知之。」

（四）今之觀古，猶後之視今

京房與漢元帝共論，因問帝：「幽、厲之君何以亡？所任何人？」答曰：「其任人不忠。」房曰：「知不忠而任之，何邪？」曰：「亡國之君，各賢其臣，豈知不忠而任之？」房稽首曰：「將恐今之視古，亦猶後之視今也。」

（五）絕妙好辭

魏武嘗過曹娥碑下，楊修從。碑背上見題作「黃絹幼婦外孫齏臼」八字。魏武謂修曰：「解不？」答曰：「解。」魏武曰：「卿未可言，待我思之。」行三十里，魏武乃曰：「吾已得。」令修別記所知。修曰：「『黃絹』，色絲也；於字爲『絕』。『幼婦』，少女也；於字爲『妙』。『外孫』，女子也；於字爲『好』。『齏臼』，受辛也；於字爲『辤』：所謂『絕妙好辤』也。」魏武亦記之，與修同。乃嘆曰：「我才不及卿，乃覺三十里。」

帝王的氣象

——諸葛亮〈出師表〉

古時帝王又稱天子，所謂天子，即法「天」生生之德，以撫愛其「子」之情，推恩於全天下人之謂。《呂氏春秋》說得好：「始生之者，天也。養成之者，人也。能養天之所生而勿攖之，謂之天子。天子之動，以全天為故者也。此官之所以立也，立官者，以全生也。」（〈本生篇〉）帝王是政治的靈魂人物，國家之興替，繫乎帝王一人，而政治又是眾人的事，眾人指的不只是當今現實存在面的眾人，亦指往昔及來世的眾人，是以從政，不只要對現今的人奉獻，亦同時要對奕世先人交代，對後代子孫負責，因此，帝王要有政治的識與量，有識，才能放眼未來，釐訂長遠的政治理想目標，亦才能知是知非，明辨忠奸，而知人善用；有量，才能胸懷大志，承擔起眼前不利的政治形勢，而接納異己的忠諫，有此政治的識與量，然後才能凸顯帝王的氣象，樹立起莊嚴的「帝」格。

三國蜀漢劉後主十七歲即登基，其人沒有行政歷鍊，缺乏政治的識量，劉備早有先見之明，於永安宮病篤時，即召諸葛亮以託孤大事，對亮說：「君才十倍曹丕，必能安國，終定大事，若嗣子可輔，輔之；如其不才，君可自取。」諸葛亮感動涕泣，回道：「臣敢竭股肱之力，效忠貞之節，繼之以死！」先主死後，雖政事巨細，咸決於亮，但諸葛亮毫無攬權之意，時時站在輔佐的地位，思如何讓後主培養出政治的識量，使之獨立自主，以顯帝王的氣象，我們在〈(前)出師表〉一文中，即可意會到其對後主的苦心孤詣。

劉後主昧於現實不利的政治局勢，對「北定中原，攘除奸凶，興復漢室」完全沒有信心，一個政治的靈魂人物，如果不能放眼天下，積極地把心理建設起來，只求苟且偷安，視政治的崇高價值為理想空言，必會嚴重打擊群臣的士氣，所以諸葛亮警之曰：「誠宜開張聖聽，以光先帝遺德，恢弘志士之氣，不宜妄自菲薄，引喻失義，以塞忠諫之路也。」領導人沒有信心，頹廢消極，政治的前景就有大隱憂，故當務之急，即在恢復君上的自信，「侍衛之臣，不懈於內，忠志之士，亡身於外者，蓋追先帝之殊遇，欲報之於陛下也。」冀圖以群臣忠公體國及將士用命的事實，來證明全國上下有一股堅韌的團結力量，可做為君上的精神支柱及政治後盾，諸葛亮對後主的忠心與苦心，我們是可以理解的。

「君之所以明者，兼聽也；其所以暗者，偏信也。」所謂兼聽，乃對其人之人品及行為表現做一長期間之客觀了解，然後信任之，重用之；所謂偏信，只憑個人一時之主觀好惡情緒，即信之親之。「侍中、侍郎郭攸之、費禕、董允等，此皆良實，志慮忠純，是以先帝簡拔以遺陛下。愚以為宮中之事，事無大小，悉以咨之，然後施行，必能裨補闕漏，有所廣益。將軍向寵，性行淑均，曉暢軍事，試用於昔日，先帝稱之曰能，是以眾議舉寵為督。愚以為營中之事，事無大小，悉以咨之，必能使行陣和睦，優劣得所。」諸葛亮極力肯定、保薦上述諸人，特強調「先帝簡拔以遺陛下」，「試用於昔日，先帝稱之曰能，是以眾議舉寵為督。」即因於他們的人品操守及行事能力的卓越表現，都經得起長時間的考驗；日久見人心，枉直、賢不肖在長期客觀的考核下，都將如如地展示其自己，而無以隱匿，君能兼聽而任賢，親之信之，對其忠諫多予採納、實施，政治必臻清明，國家亦因以強盛。「親賢臣，遠小人，此先漢所以興隆也；親小人，遠賢臣，此後漢所以傾頹也。」歷史鐵證，殷鑑不遠，值得上位者戒惕。

當然，行政是一種權利，更是一種責任，「願陛下託臣以討賊復興之效，不效，則治臣之罪，以告先帝之靈。若無興德之言，責攸之、禕、允等之慢，以彰其咎。」對一切職務上的疏失，乃至一切非人力所能掌握的成敗，都願承擔責任，此乃賢臣忠誠的情操，君能親信忠良，臣必感激厚愛，全力任事負責，「先帝不以臣卑鄙，猥自枉屈，三顧臣於草廬之中，諮臣以當世之事，由是感激，遂許先帝以驅馳。」諸葛亮之所以抱持「鞠躬盡瘁，死而後已」的決心，即為了回報先帝知遇之恩，答謝先帝信任他，予他發揮潛能，使他有機會一展抱負，實現其政治理想的心志。要之，先帝具有政治的識量，具有帝王的氣象，故能彰顯其莊嚴的帝格，為臣民所擁戴；上下一心，和衷共濟，此所以能以區區的國力，與魏、吳抗衡，鼎足而三。

「今天下三分，益州疲弊，此誠危急存亡之秋也。」際此興亡之關鍵時刻，「陛下亦宜自課，以諮諏善道，察納雅言，深追先帝遺詔。」倘劉後主依舊不能培養起政治的識量，親賢任用，繼烈承志，好好領導，以與忠良之士密切配合，則單憑諸葛亮之「夙夜憂勤」，恐怕也孤掌難鳴，無濟於事，「今當遠離，臨表涕泣，不知所云。」諸葛亮為蜀漢而憂，為後主而憂，際此，他除了竭盡所能，力諫後主自立自強外，只有勇敢地面對無奈，承擔起為臣所能做的一切了。

【課文附錄】

出師表

諸葛亮

臣亮言：先帝創業未半，而中道崩殂！今天下三分，益州疲弊，此誠危急存亡之秋也！然侍衛之臣，不懈於內；忠志之士，亡身於外者，蓋追先帝之殊遇，欲報之於陛下也。誠宜開張聖聽，以光先帝遺德，恢弘志士之氣；不宜妄自菲薄，引喻失義，以塞忠諫之路也。

宮中府中，俱爲一體，陟罰臧否，不宜異同。若有作姦犯科及爲忠善者，宜付有司，論其刑賞，以昭陛下平明之治；不宜偏私，使內外異法也。

侍中、侍郎郭攸之、費禕、董允等，此皆良實，志慮忠純，是以先帝簡拔以遺陛下。愚以爲宮中之事，事無大小，悉以咨之，然後施行，必能裨補闕漏，有所廣益。將軍向寵，性行淑均，曉暢軍事，試用於昔日，先帝稱之曰「能」，是以衆議舉寵爲督。愚以爲營中之事，事無大小，悉以咨之，必能使行陣和睦，優劣得所。親賢臣，遠小人，此先漢所以興隆也；親小人，遠賢臣，此後漢所以傾頹也。先帝在時，每與臣論此事，未嘗不歎息痛恨桓、靈也。侍中、尚書、長史、參軍，此悉貞亮死節之臣也，願陛下親之信之，則漢室之隆，可計日而待也。

臣本布衣，躬耕於南陽，苟全性命於亂世，不求聞達於諸侯。先帝不以臣卑鄙，猥自枉屈，三顧臣於草廬之中，諮臣以當世之事，由是感激，遂許先帝以驅馳。後值傾覆，受任於敗軍之際，奉命於危難之間，爾來二十有一年矣！先帝知臣謹慎，故臨崩寄臣以大事也。受命以來，夙夜憂勤，恐託付不效，以傷先帝之明，故五月渡瀘，深入不毛。今南方已定，兵甲已足，當獎率三軍，北定中原，庶竭駑鈍，攘除奸凶，興復漢室，還於舊都：此臣所以報先帝而忠陛下之職分也。至於斟酌損益，進盡忠言，則攸之、禕、允之任也。願陛下託臣以討賊復興之效；不效，則治臣之罪，以告先帝之靈。若無興德之言，責攸之、禕、允等之慢，以彰其咎。陛下亦宜自課，以諮諏善道，察納雅言，深追先帝遺詔，臣不勝受恩感激。今當遠離，臨表涕泣，不知所云。

心靈世界的傳真

——賞析〈古體詩選〉兩首

詩是文學中的精華，是一切藝術的燐光，它以最精鍊的形式，最簡潔的文字，表達出最深厚的情感，為人類的心靈世界做最豐美的傳真。人有種種不同的性情與際遇，心靈自也有種種不同的感受，故而可透過詩來傳達多樣化的精神內涵，使我們在涵泳吟味中，領受多彩多姿的人生；此特性，在中國古典的詩中俯拾可得，陶淵明〈飲酒之五〉及杜甫〈贈衛八處士〉兩首，即是明顯的例証：

一、陶淵明其人及其詩

以陶淵明的志意言，用世是他的本心，歸田乃是他不得已的選擇，這凸顯的是儒家的性格；以質性言，歸田才符合他閑靜真樸的本性，出仕則不免有「違己交病」之患，這凸顯的是道家的性格，在這亦儒亦道的心路歷程中，最後他做了歸田的抉擇，其歸田，不是為了謀得遺世獨立的快感，也不是為了求取虛浮的隱居清名，而只是為了在「大偽斯興」的人世中，保全他那份質性自然的「真我」；陶淵明做如是的抉擇，當然曾經歷過徘徊與徬徨，也蘊蓄著對人世的失望與悲痛，但在他「任真」與「固窮」的持守下，終於從種種矛盾失望的寂寞悲苦中掙脫出來，以仁者的慈愛，化悲苦為欣愉，以智者的妙悟，轉矛盾為圓融，他的〈飲酒之五〉這首詩，在在透露了這樣的心跡。

「結廬在人境，而無車馬喧。問君何能爾，心遠地自偏。」既選擇隱居，卻仍在紅塵中「結廬」，這正暗示了他仍然眷念著塵世，願與親朋好友、鄰人過一正常的生活，此所謂正常生活，指的不是政治舞台上那種相互爭奪，彼此欺詐的人際生活，而是真樸自然，重視人倫情誼的生活，不管現實的社會是否真如其所願，至少，在他「知止」之德操的修為下，他終能使自己提昇起精神，而不受世俗的干擾與羈絆，故「而無車馬喧」，何以他能六根清淨，無任何煩心的雜聲？原因即在「心遠地自偏」，心靈能超拔於俗世，就不會為周遭的庶務所困，這說明了陶淵明此時所擁有的是一「主動的感」而不是一「被動的應」的心，一「鳶飛魚躍」之活潑天真的心，故能出污泥而不染，經得起塵世的考驗，可見他是「入世」的，卻保有「出世」的精神，此時的心靈已接契於莊子所謂「獨與天地精神往來，而不敖倪於萬物，不譴是非，以與世俗處」的境界（〈天下篇〉）。

下面即述說此境界的實境：「採菊東籬下，悠然見南山；山氣日夕佳，飛鳥相與還。此中有真意，欲辨已忘言。」

菊不在春花中爭妍，偏在秋霜裡挺立，它沒有隨俗的習性，卻有幽人隱逸的風格，晉人袁山松頌〈菊〉詩寫得好：「春露不染色，秋霜不改條。」「春露不染色」象徵恬退的隱士，「秋霜不改條」象徵堅毅不拔的勇者，菊在嚴霜下綻放，在東籬邊自適，這不正是陶淵明亦儒亦道，亦恬淡亦堅毅之心境的寫照？所以他不覺然而然地與菊相憐，「採菊東籬下」，所謂「不覺然而然」，正說明了陶淵明心中有菊亦無菊，因而有菊則採，採過則已，不放在心上。而「悠然見南山」不用「望」卻用「見」，「望」「見」兩字意境不同：「望」是出於有意，「見」乃得於無心，「見」是當下精神得一安頓，而放下一切於自然之中，「望」則有所企圖嚮往，不能相看兩不厭；而「悠然」兩字，即形容此時陶淵明心靈之不滯於物，他無意的抬頭，眼光與南山乃是一偶然的「不期遇而遇」。

「山氣日夕佳，飛鳥相與還。」夕陽將西下，但體得山川靈氣之美，以悅鳥性，與之往還，山花人鳥偶然相對，一片化機，天真自具，此時宇宙之生機、生意即流行洋溢於目之所遇、耳之所聞之中，人透過自然之形色而超越之之後，即得此境界，此境界乃是一忘我、忘物、乃至忘神的解脫境，亦即是王國維《人間詞話》中所謂的「無我之境」，此境有別於移情於物的「有我之境」，在無我之境中，只是「境界之如是如是，情之牽累盡去，乃達空靈之致」的境界，亦即是陶淵明所謂「此中有真意，欲辨已忘言」之冥契於神之大自在大解脫，當下如是如是之空靈境界，陶淵明所以能「固窮」而樂在其中，這首詩已赤裸裸地把他的心境做最豐美的傳真。

淵明已遠，而人世之大偽依舊，誦其詩，想其人，不禁讓我們有淒然企慕之嘆。

二、杜甫其人及其詩

杜甫是一個篤奉儒家思想，將之淪肌浹髓地發揮到自己之立身行事上的詩人，所以他在顛沛造次之中，仍一本平實溫厚的風格，坦然接受君子固窮的現實生活，寫出很多人倫大愛的詩篇，使儒家聖哲的崇高風貌，楚楚動人地展現出來，故有「詩聖」之美稱，他的〈贈衛八處士〉一首，即處處表現出對友誼的真摯，也從人生聚散之無常中，襯托出對人倫的關懷。

這首詩寫於唐肅宗乾元二年，杜甫四十八歲，當時他因上疏救房琯，被貶為華州司功參軍，次年春，在由洛陽返華州任所歸途中，探訪闊別二十年之老友衛八所寫的一首詩，時安史之亂未定，政局動盪，又值荒年，生活陷於困境，一旦遇多年不見的老友，悲喜之餘，自有良多感觸。

「人生不相見，動如參與商。」朋友會難別易，這原本是人生之常，尤其離亂時代，各為逃難，或亡命，或隱居，相見的機會渺茫，更增添人世的滄桑，也正因相聚不易，才越領受到友誼的可貴，「今夕是何夕，共此燈燭光。」能見面，簡直就像上蒼特別的恩賜，令人感到意外，莫非今夕當真是什麼特殊的夜晚，這一難得的相逢，不禁教人悲喜交集，從而萌發今昔散聚之慨。

「少壯能幾時？鬢髮各已蒼。訪舊半為鬼，驚呼熱中腸。焉知二十載，重上君子堂。」時間在不知不覺中流轉，人事也在不知不覺中遷化，二十年前，你我還是年輕力壯、容光煥發的小伙子，二十年後，鬢髮都已灰白，臉上留下的是歲月走過的痕跡，也畫下了人世滄桑的圖案，這已可嗟，更令人哀嘆的是：「訪舊半為鬼」，諸多親朋好友走了，卻沒一點訊息，以為都健在，還去拜訪他們呢！生離死別，聚散無常，想想自己，對生命真沒把握，「焉知二十載，重上君子堂。」二十年後，彼此健存，而能相聚敍舊，這簡直是一種奢望，奢望而能成真，可以說是僥倖，人生既如此沒把握，彼此的情誼，在短暫的歲月中，當更要珍惜了。

「昔別君未婚，兒女忽成行；怡然敬父執，問我來何方。問答未及已，驅兒羅酒漿。」二十年的時間，悠悠漫長，但其實也短暫，想當年，你尚未成家，如今「兒女忽成行」，用一「忽」字，把二十年的歲月壓縮成一瞬間，寫得十分傳神；時光的流逝，使人由少壯而老死，固讓人有無限的感慨，然人處其間，也品受到了人間的溫暖，衛八的子女對素昧平生的父親至友，一下子即能突破陌生的隔閡，而「怡然敬父執，問我來何方。」打成一片，在歡樂的氛圍中，關心來客，詢問長短，對父親之友的親切，即反映出衛八父子的祥和，二十年來，這個家庭享受天倫大愛，杜甫也分享他們的喜悅，在字裡行間，已露出了端倪。「問答未及已」，即見問者非只一問，答者也非應酬式的回答，二十年來的種種往事，豈是一夕間可答完？發問是關心，款宴是盛情，主人唯恐兒女陶醉在話中，忘了遠客長途跋涉的勞苦，於是「驅兒羅酒漿」，一切的話題，等宴席中再接續吧！

「夜雨翦春韭，新炊間黃粱。主稱會面難，一舉累十觴，十觴亦不醉，感子故意長。明日隔山岳，世事兩茫茫。」雖無大魚大肉，也沒殺雞宰鴨，但在夜裡冒雨採韭菜，摻雜黃粱，以增飯味的香美，這已是山中人所能表達最大的情意了；二十年不見，這難得的相聚，彌足珍貴，欣喜之餘，「一舉累十觴」，朋友是人倫中最大的層面，人生難得幾回醉，「十觴亦不醉」，十杯濃酒豈真不醉？一切的醉意全在「感子故意長」的氛圍中給消融了，真的，二十年會面雖難，但畢竟今宵還是相見了。「明日隔山岳，世事兩茫茫。」後會難期，也許此後一別，成了永別，怎不歡享今夕，好好珍情惜緣呢？

回首倍覺惆悵，前瞻更感茫然，杜甫借老友的相聚，道盡人生的悲歡離合，他的感觸，亦正是對世間人倫大愛的眷念，所以這首詩，很能為他那儒家仁愛的心靈，做一豐美的傳真。

【課文附錄】

古體詩選

(一) 飲酒之五　陶　潛

結廬在人境，而無車馬喧。問君何能爾，心遠地自偏。採菊東籬下，悠然見南山；山氣日夕佳，飛鳥相與還。此中有真意，欲辨已忘言。

(二) 贈衛八處士

杜　甫

人生不相見，動如參與商；今夕是何夕？共此燈燭光。少壯能幾時？鬢髮各已蒼。訪舊半爲鬼，驚呼熱中腸。焉知二十載，重上君子堂。昔別君未婚，兒女忽成行；怡然敬父執，問我來何方。問答未及已，驅兒羅酒漿。夜雨翦春韭，新炊間黃粱。主稱會面難，一舉累十觴；十觴亦不醉，感子故意長。明日隔山岳，世事兩茫茫。

求學也是一種人格的考驗

——宋濂的〈送東陽馬生序〉

宋濂自幼英敏強記，有「神童」之譽，是明代開國的大儒，他之所以有如此的成就，不在天賦的優異資材，而在後天的刻苦勤學，〈送東陽馬生序〉一文即為他自己少時苦學勤奮的情形，作了一番詳盡的描述，也等於為他「苦學乃有成」的論据，作了有力的印證。

「余幼時即嗜學。」小時天機最活潑，最無功利的習染，有的只是一片赤子之心，為求學而求學，別無他求，把「求學」之自身視為目的，乃能全神投注在那裡，而陶醉其中，這種「無所為而為」的「嗜學」，乃可大可久，故雖「家貧，無從致書以觀」，在強烈求知的驅使下，乃「每假借於藏書之家」，藏書之家視書如瑰寶，必不隨便外借，宋濂為使自己擁有書籍，能長久沈潛其間，乃「手自筆錄，計日以還。」一方面可借以要求自己上進，一方面又可取信於人，讓借方放心。為信守承諾，剋日完成書抄，「天大寒，硯冰堅，手指不可屈伸，弗之怠。錄畢，走送之，不敢稍逾約。」由是可知求學原也是一種人格的考驗，不只可以從中培養自己處事的毅力，亦可使自我人格成長，對人守承諾，不爽約，自可贏得別人的信賴，「以是人多以書假余，余因得遍觀群書。」

早期讀書，所學的也許只是一些字句之解釋、文意之了解等等之類的工具價值，年事益長，則越能從生活的體驗中印證書中的道理，所以「既加冠，益慕聖賢之道。」能重視目的價值，從書中去慕道，即是一種自我的超越，即是活讀書。而「道」不純從讀書來，還必須要有師友來開示、提攜，故而須找「碩師、名人與遊。」為進德修業，宋濂「嘗趨百里外，從鄉之先達執經叩問。」其苦學的精神，值得吾人效法。

「師嚴然後道尊，道尊然後民知敬學。」教學原是一種藝術，教師之溫和，固可讓學生如沐春風，但也可能因缺乏嚴厲的鞭策，而鬆懈學習的鬥志，「先達德隆望尊，門人弟子填其室，未嘗稍降辭色。」教師之嚴，看似無情，實即是對學生人格的一種考驗，要學生時時提振精神，自我惕厲，在艱苦的歷程中去學習容忍，從而體諒老師之嚴格，全然出於一片愛心，他要磨鍊學生，使之人格更成長，而甘願委屈自己，讓學生可能誤解他乃至厭惡他，此即是一高貴可感的情操，能從正面去看老師，則學生對老師不但全無怨言，反益敬重老師，故能「立侍左右，援疑質理，俯身傾耳以請；或遇其叱咄，色愈恭，禮愈至，不敢出一言以復。」在求學過程中，能培養出這種尊師敬師的態度，即是一種主動的「感」之聖潔心靈的提撕，所以能經得起考驗的人，不但在課業上「卒獲有所聞」，在人格上更能因「得道」而成長。

在學生的心目中，教師乃「道」的象徵，所以一個真正向道的人，他為了要向老師學習，必全力以赴，不辭辛勞，宋濂在〈送〉文中就有這樣的一段記載：「當余之從師也，負篋、曳屣，行深山巨谷中，窮冬烈風，大雪深數尺，足膚皸裂而不知，至舍，四肢僵勁不能動，媵人持湯沃灌，以衾擁覆，久而乃和。」求學不只是體力的折磨，更是毅力的鍛鍊，宋濂跋涉遠方，歷經雨雪風霜的煎熬，仍絲毫不減向學心志，這正說明了他通過了層層的嚴格考驗，尤其飲食上，「無鮮肥滋味之享」也就罷了，竟連每天起碼的正常三餐都成問題，雖只「日再食」，卻無礙於其意志，在穿著上，同學中人人「被綺繡，戴珠纓寶飾之帽，腰白玉之環，左佩刀，右備容臭，燁然若神人。」他則「縕袍敝衣處其間，略無慕豔意。」何以故？「以中有足樂者。」此樂乃「樂得其道」的樂，不是「樂得其慾」的樂，「樂得其道」，則此樂由內心生，而不由外物來，心靈自由而無所執，故能超越客觀情境給他的限制，超越一切生理上、精神上的痛苦，內在所呈顯的，乃是生機之不息，生趣之盎然，此時，人慾盡淨，天理流行，身心所值，隨處洞達，灑落而無礙，自然「不知口體之奉不若人」，求學能達到樂以忘憂的境界，這是人生最高的享受，而這種享受，亦正從求學歷程中通過層層的人格考驗而來。

是的，求學原也是一種人格的考驗，人可以從書中獲得知識，可以從書中了解「道」，更可以從求學的歷程中去悟會「道」、體證「道」，「道」不尚言說，而重實踐，從實踐中去悟會，才真能化為人格成長的養分，所以求學中生活不必過得太舒適，太舒適，則易使人陷溺於物質的享受中，玩物喪志，而不知珍惜美好的讀書環境；宋濂有感於當時太學生生活「無凍餒之患」，求學「無奔走之勞」，有名師從旁指導，「未有問而不告，求而不得者」，所需書籍，應有盡有，不必「手錄，假諸人而後見」，有如此優渥的學習環境，理應人人都卓然有成，然「其業有不精，德有不成者」，問題癥結不在「天質之卑」，而在欠缺人格的考驗，未能把向道的心志培養起來，此所以「心不若余之專耳」。提撕向學的積極精神全靠自己的努力，教師只是一助緣，正如春風化桃李，是桃李自化自長，春風只是助其化助其長，因而「業不精，德不成」的責任，全應由自己來承擔，「豈他人之過哉！」

誠然，客觀環境的價值是中立的，人能善用它，則好的求學環境可以助益人，促進人的成就，不能善用它，甚且為它所累，反加速自己的墮落，要之，人心是自由自主的，只要時時提撕，就可役物而不為物所役；東陽馬生在太學中求學，就能超拔於俗世，而不隨波逐流，他文質彬彬，「與之論辯，言和而色怡，自謂少時用心於學甚勞。」能在好的環境中自立自強，不溺於物，這也是一種人格考驗啊！宋濂在文中，以現身說法，記述他苦學的歷程，其意固是語重心長地勗勉鄉人馬生以學，何曾不也是對當今處於聲色犬馬之高度物質生活享受中的我們，做更懇切的叮嚀呢！

【課文附錄】

送東陽馬生序

宋濂

余幼時即嗜學。家貧，無從致書以觀，每假借於藏書之家，手自筆錄，計日以還。天大寒，硯冰堅，手指不可屈伸，弗之怠。錄畢，走送之，不敢稍逾約。以是人多以書假余，余因得遍觀群書。既加冠，益慕聖賢之道；又患無碩師、名人與遊，嘗趨百里外，從鄉之先達執經叩問。先達德隆望尊，門人弟子填其室，未嘗稍降辭色。余立侍左右，援疑質理，俯身傾耳以請；或遇其叱咄，色愈恭，禮愈至，不敢出一言以復；俟其忻悅，則又請焉。故余雖愚，卒獲有所聞。

當余之從師也，負篋、曳屣，行深山巨谷中。窮冬烈風，大雪深數尺，足膚皸裂而不知。至舍，四肢僵勁不能動，媵人持湯沃灌，以衾擁覆，久而乃和。寓逆旅主人，日再食，無鮮肥滋味之享。同舍生皆被綺繡，戴珠纓寶飾之帽，腰白玉之環，左佩刀，右備容臭，燁然若神人；余則縕袍敝衣處其間，略無慕豔意。以中有足樂者，不知口體之奉不若人也。蓋余之勤且艱若此。……

今諸生學於太學，縣官日有廩稍之供，父母歲有裘、葛之遺，無凍餒之患矣；坐大廈之下而誦詩書，無奔走之勞矣；有司業、博士爲之師，未有問而不告，求而不得者也；凡所宜有之書，皆集於此，不必若余手錄，假諸人而後見也。其業有不精，德有不成者，非天質之卑，則心不若余之專耳，豈他人之過哉！

東陽馬生君則，在太學已二年，流輩甚稱其賢。余朝京師，生以鄉人子謁余。譔長書以爲贄，辭甚暢達；與之論辯，言和而色怡；自謂少年時用心於學甚勞：是可謂善學者矣！其將歸見其親也，余故道爲學之難以告之。……

鳶飛魚躍的心境

——〈黃州快哉亭記〉

「天人合一」是中國人所追求的修養境界，天大地大人亦大，天無不覆幬，地無不持載，所以人也應法天地，使自己的心量，如天地一般廣大無邊。唯人心量廣大，乃能明庶物，察人倫，而上澈萬化之源，了悟一己的生命，與宇宙的生命是一而非二；亦唯心量廣大，人乃有性情之真，不傾欹於外，亦不念念計慮，而繫情於物，如此，自能將自己之一身安置於天地萬物之大場合中，不以私礙公，不以形累性，而呈顯一「海闊隨魚躍，天空任鳥飛」的心境，孔子的「坦蕩蕩」、莊子的「逍遙」、以及佛氏的「大自在」，所指的都是這種「鳶飛魚躍」的心境，蘇轍〈黃州快哉亭記〉一文的旨趣，亦在闡述這種心境。

「快哉亭」係張夢得謫居齊安，即其廬之西南所蓋的，蘇軾之所以命名為「快哉亭」，即因於能居高臨下「覽江流之勝」，其勝境為何？文中說得很清楚：「蓋亭之所見，南北百里，東西一舍。濤瀾洶湧，風雲開闔。晝則舟楫出沒於其前；夜則魚龍悲嘯於其下。變化倏忽，動心駭目，不可久視。今乃得翫之几席之上，舉目而足。」波濤來去，風雲開闔，舟楫出沒，以及晝夜視聽的異趣，這些「變化倏忽，動心駭目」之景觀，凸顯了造化的神妙與雄偉，也展示了太極生生之機，此生生之機，一方面無一息不流行，一方面亦無一息不停止，流行者，造化發育之妙，停止者，實體常住之真，流行而不止息，是動而無靜，止息而不流行，是靜而無動，動靜一時俱有，所以「變化倏忽」，令人目不暇給。《易經》謂：「太極生兩儀」，所謂兩儀，指的即是陰陽，「一陰一陽之謂道」，此中兩「一」字，即在說明陰陽的等均性，時陰而陰之，時陽而陽之，不失其太虛之本，即道之所在。從亭中鳥瞰江流之勝，悟會宇宙造化之神妙，心境自然開闊，怎不稱快？「西望武昌諸山，岡陵起伏，草木行列，煙消日出，漁父樵夫之舍，皆可指數。」從亭中鳥瞰，可欣賞到大地寧靜幽閒之美，從而滌盡塵慮，讓心靈回歸到純靜、聖潔，而獲得安頓，怎不稱快？「至於長洲之濱，故城之墟；曹孟德、孫仲謀之所睥睨，周瑜、陸遜之所騁騖；其流風遺跡，亦足以稱快世俗。」從亭中鳥瞰歷史古跡，回溯三國之爭雄勝事，由時代的變，體悟出歷史的常，從歷史的借鏡中澈悟人生，肯定自己，怎不稱快？

「士生於世，使其中不自得，將何往而非病？使其中坦然不以物傷性，將何適而非快？」誠然，一個人有「鳶飛魚躍」的心境，才有一「與物交存，一無所蔽」之當下感通的真性情，情因境而生，境過則不留，心中通暢，而無礙天理之流行，如此自由自在，便不為氣質所困所限，而隨時有一求仁得仁的滿足，亦才能悟會「天人合一」之心的本體，而不見天地萬物是外，不見自身是內，內外兩無，渾然與物同體，生活便不打量計算，亦不致情志外繫，故而能超越一切死生、得失、貴賤、利害、禍福等等之計較，而過著一「絕對樂」的生活，此即所謂「自得」也，否則，即無法從內在之限制中解脫，心為物役，胸臆便豁展不開，逍遙不來。不識自己之有限，則當在現實世界中無法實現一己之無窮理想或欲求時，必與自身發生衝突矛盾，竟日愁苦、煩惱、鬱結、沈悶，如是，即或當下有美境與之覿面相遇，情亦必無以坦然舒暢，而致幽隱旁流，產生虛妄之非情，此所以「連山絕壑，長林古木，振之以清風，照之以明月，此皆騷人思士之所以悲傷憔悴而不能勝者，烏睹其為快也哉？」

「今張君不以謫為患，竊會計之餘功，而自放山水之間，此其中宜有以過人者。將蓬戶甕牖，無所不快；而況乎濯長江之清流，揖西山之白雲，窮耳目之勝，以自適也哉？」張夢得不以謫為意，即見他對政治之權慾不把持牽率，知一己能力之有限，亦肯定他人能力未必不如我，故而懂得讓開，安於讓開，讓他人亦有機會施展其政治抱負，安於讓權、讓德，非有一恢弘的心量如何可能？且也名利之無限追求，原亦是人之無限心量的一種顛倒相，亦即是一種心靈的虛妄，知此虛妄而超越於此虛妄，即顯一性情的真，張夢得有此真性情，故一切使情用力，皆在當下，只存心、認真於眼前之事物，而不去憂過去個人之得失，亦不去愁未來事情之成敗，一切順性情之真，隨機面對，隨機承擔，機轉隨轉，性情坦然不滯，自由自在，有此「鳶飛魚躍」的心境，乃能從容寧靜，知分而安，天機活潑，無入而不自得。過此生機不息，情無所溺的生活，乃是一至高無上的精神生活，亦是一真實人生的享受：蘇轍之所以特為「快哉亭」寫記，其用意不只在描述「快哉亭」所覽觀之江流勝景，更在欣羨、讚美張夢得之能超越流俗，而享受真實的人生，懂得享受真實的人生是一種智慧，在今日功利的社會裡，我們普遍欠缺的正是這種智慧，因此，讀蘇轍的〈黃〉文，很值得大家再三品味與省思。

【課文附錄】

黃州快哉亭記

蘇轍

江出西陵，始得平地，其流奔放肆大。南合沅、湘，北合漢、沔，其勢益張。至於赤壁之下，波流浸灌，與海相若。清河張君夢得，謫居齊安，即其廬之西南爲亭，以覽觀江流之勝；而余兄子瞻名之曰「快哉」。

蓋亭之所見，南北百里，東西一舍。濤瀾洶湧，風雲開闔。晝則舟楫出沒於其前；夜則魚龍悲嘯於其下。變化倏忽，動心駭目，不可久視。今乃得翫之几席之上，舉目而足。西望武昌諸山，岡陵起伏，草木行列。煙消日出，漁父樵夫之舍，皆可指數。此其所以爲「快哉」者也。至於長洲之濱，故城之墟；曹孟德、孫仲謀之所睥睨，周瑜、陸遜之所騁騖；其流風遺跡，亦足以稱快世俗。

昔楚襄王從宋玉、景差於蘭臺之宮，有風颯然至者，王披襟當之，曰：「快哉此風！寡人所與庶人共者耶？」宋玉曰：「此獨大王之雄風耳，庶人安得共之！」玉之言，蓋有諷焉。夫風無雄雌之異，而人有遇不遇之變。楚王之所以爲樂，與庶人之所以爲憂，此則人之變也，而風何與焉？

士生於世，使其中不自得，將何往而非病？使其中坦然不以物傷性，將何適而非快？今張君不以謫爲患，竊會計之餘功，而自放山水之間，此其中宜有以過人者。將蓬户甕牖，無所不快；而況乎濯長江之清流，挹西山之白雲，窮耳目之勝，以自適也哉？不然，連山絕壑，長林古木，振之以清風，照之以明月，此皆騷人思士之所以悲傷憔悴而不能勝者，烏睹其爲快也哉？

元豐六年十一月朔日趙郡蘇轍記。

從有限到無限

——〈稼說送張琥〉

上蒼創造萬物，十分神奇、藝術，祂一方面讓萬物在現實中呈現其有限性，一方面又讓萬物可超越自身的有限，而通向無限。以草木為例：草木由生榮而枯亡，這是它的有限，但它亦能在枯亡前留下種籽而延生，這種生生不息的現象，即是草木超越其生命之有限而通向無限的表現。當然，草木之要得以延生，是有其條件的，除了播種之外，還必須要有土壤、陽光、水分等等客觀因素相配合，提供它充足有利的生存情境，乃能使種籽萌芽、成長，否則，仍將歸於滅絕；易言之，要通向無限，必須時時在有限中存養始得，存養既要落到「有限」中來，則操存的過程是急躁不得的，必須依「有限」的格局，循序漸進，本自然律之生長流程，踏實而行，所以不能好高騖遠，躐等以求。蘇軾〈稼說送張琥〉一文，其旨即借富人稼美之理，以闡述此義，並與張琥互勉當去虛名而務實學，其中理趣，很值得當今急功躁進的學子省思。

富人之有美稼，主因有二：一是「其田美而多，則可以更休，而地力得完。」一是「其食足而有餘，則種之常不後時，而斂之常及其熟。」土地資能原即是有限的，故必須平日多予施肥，採輪流耕種方式，使之有充分的涵養時間，乃可保持地力的完整，而發揮其最大的生產效能，同時，稻作亦本有其最合適的成長季節（此即其有限），所以耕種與收割都有固定的時序，把握此農時，依順其成長的自然律則，乃可在有限的封囿中超越有限，通向無限，而生生不已；易言之，一切都當存養，所謂存養，即開源節流，開源以存，節流以養，每收穫二分，只使用一分，則仍可剩存一分，日積月累，越囤越多，綽然有餘，就可取之不盡，用之不竭，而通向無限，反之，盡情花費，不知減省、保養，則「地力竭」，只想急於收穫，不知自然條件之有限與不足，「種之常不及時，而斂之常不待其熟。」即使「鋤耰銍艾相尋於其上者如魚鱗」，耕耘不懈，也都白費力氣，貧農之稼，多秕而少實，不能久藏而易腐，其來有自。

而人亦然，人有才智的氣限，也有個性的偏蔽，故當自感不足，於平日多所涵養，從事上磨鍊，然後才能「弱者養之以至於剛，虛者養之以至於充。」自感不足，才甘於沈潛涵泳，知氣質之有限，無法速學速成，乃能韜光養晦，耐得一個久，「閔閔焉如嬰兒之望長」，以徐待其成。「信於久屈之中，而用於至足之後；流於既溢之餘，而發於持滿之末。」長久涵養，才見功力，正如拉滿弓，才射得遠，水匯集，才流得澎湃，所以古人十五入大學，「三十而後仕，五十而後爵。」在這十幾二三十年間，讓他無利可趨，以定其志，使其潛心勿放，積慮能通，優焉游焉，涵泳持養，使義理能浹洽於中，深造而自得，日日講究，行之久，習之熟，乃能卒於成德；故學習的歷程必須腳踏實地，一步一足印，正如有本之原泉混混，盈科而後進，才能培養出成大功立大業的真本領，可見「古人之所以大過今之人」的地方，即在為學不躁進，不躐等，有此耐久的沈潛工夫，乃能從有限中超越，而通向無限。

立德、立功、立言是人生三不朽，年壽有時而盡，人卻能在可盡的生命中建立不朽之業，讓後人來追思、效仿，而永活於人心中，這就是從有限通向無限的一種表現，人由內聖而外王，成物兼以成己，所以當官的意義，不在謀取個人之名利權位，而是一方面為施展政治的抱負與理想，從「格、致、誠、正」中豁展出來，走向「治、平」之兼善天下的境域，以證驗自己之所學，一方面則是由「治、平」中再往回走，從行政的複雜、困限情境裡，鍛鍊自己，所謂「仕而優則學，學而優則仕。」官當得越大，責任越重，所遭遇到的艱難亦將越多，識此，則當自我惕厲，不可年少得志而意滿，故蘇軾於文中特警張琥曰：「吾少也有志於學，不幸而早得與吾子同年；吾子之得，亦不可謂不早也。」（案：蘇軾二十二歲登進士第，張琥時未滿二十歲，其得科名較軾更早。）進士是入仕資格之首選，能及第，固是對當事人才能的肯定，值得慶幸，但年輕人做官過早，未能受「久屈」、「至足」的磨鍊，在宦途上，缺乏應付人事的技術，加上對社會各層面的情況不熟悉，則種種現實具體的問題，恐亦無法予以完滿的解決，行政難以得心應手，不能左右逢源，則將使原本所抱持之政治理想落空，乃至變質，這對個人、社會、國家都是很遺憾的，所以太早就仕，是幸，也可說不幸，知不幸，當下即有一超拔流俗的心量，就不致自我陶醉在俗眾所盲目崇拜的包裝中，所以儘管「眾且妄推之矣」，仍能清醒地從群眾的讚美中走出來，脫去虛假的外衣，找回真實的自我，此真實的自我，原於一真實的心，此心即是一能「無限地自知其心之是，亦能判斷一切非之者之非」的心，徹悟我之為我，不因天下人知我譽我而增多，亦不因舉世莫我知或橫加謗議我而減損，我之為我，是如如之有限的我，故當「去此（虛名）而務學」，只有我進學一步，我之實我才真能增添一分，亦才能從有限中邁向無限一步。

世事無限，所以人之學習、涵養的歷程亦無限，為免高者淪於空幻，卑者溺於見聞，倀然不知其將安所歸宿，因此，當持「博觀而約取」的態度，所謂博觀，即博觀於古今聖賢所以處事之方，其經權常變，適合乎理者若何；所謂約取，即精取其道，吸納而消融為己有，以為力行之資，如是，才不致徒誦空話，而不能見諸實事。博而有要，則不失汎濫，約而不孤，自得其條理，就無妄意凌節躐等之弊，如此，乃為實學，而一真實的我即在此中建立，有此真實的我，行政才能稽古而愛民，任官亦才能實踐政治的抱負與理想，而不失就仕的意義。官者，管公事也，故有權亦有勢，有權，乃能遂其管，能管，便生勢而影響大眾，所以為官者應「厚積而薄發」，儲存深厚的學力，以增其行政的效率，謹言慎行，不輕易發表意見，以免一時之失疏，造成社會負面的影響。當官是社會責任的承擔，而不是坐享特權，是成物兼以成己，而不是遂一己之私，因此，必待學成而後致用，才能在從政中游刃有餘，由有限通向無限，故進士及第，雖具備了就仕的資格，值得高興，卻不可因此而得意忘形，當更自我鞭策惕厲才是。「子歸過京師而問焉，有曰轍子由者，吾弟也，其亦以是語之。」蘇軾不只自勉兼勉張琥，恐其弟犯上同樣的毛病，特別交待張琥轉勉之，他那誠摯之情與儒者的風範，在這篇文章中，很能讓讀者領受。

【課文附錄】

稼說送張琥

蘇軾

曷嘗觀於富人之稼乎！其田美而多，其食足而有餘。其田美而多，則可以更休，而地力得完；其食足而有餘，則種之常不後時，而斂之常及其熟，故富人之稼常美，少秕而多實，久藏而不腐。今吾十口之家，而共百畝之田，寸寸而取之，日夜以望之，鋤、耰、銍、艾相尋於其上者如魚鱗，而地力竭矣。種之常不及時，而斂之常不待其熟，此豈能復有美稼哉？

古之人，其才非有以大過今之人也，其平居所以自養，而不敢輕用以待其成者，閔閔焉如嬰兒之望長也。弱者養之以至於剛，虛者養之以至於充；三十而後仕，五十而後爵；信於久屈之中，而用於至足之後；流於既溢之餘，而發於持滿之末。此古之人所以大過今之人，而今之君子所以不及也。

吾少也有志於學，不幸而早得與吾子同年；吾子之得，亦不可謂不早也。吾今雖欲自以爲不足，而衆且妄推之矣。嗚呼！吾子其去此而務學也哉！博觀而約取，厚積而薄發，吾告子止於此矣。子歸過京師而問焉，有曰轍子由者，吾弟也，其亦以是語之。

「報本返始」的孝思與孝情

——讀李密〈陳情表〉

中國文化特重倫理，而倫理道德之實踐首在孝道，所謂：「孝，德之本，教之所由生。」家庭是人之道德責任最初表現的場所，孝行由是更令人感到親切，亦最易觸動人心，是以以孝聞名的李密，用真情直抒其孝思，即能緊扣晉武帝的心弦，不但允予延期就職，且賜兩奴婢，助其安養祖母，後人評謂：「讀〈陳情表〉不哭者不孝。」良有以也。

「臣以險釁，夙遭閔凶。生孩六月，慈父見背。行年四歲，舅奪母志。」〈陳情表〉一開始，李密即具體指出自幼所遭遇的不幸，但他不怨天尤人，尤其對生他育他的父母，更不敢有絲毫的不敬；父親與他相處不過半年，這短暫的時間，父親是否真愛他、照顧他，對當時僅六個月大之襁褓中的嬰兒而言，長大後實無法憶及，但生生之謂善，父親生他，賦予他生命，即是一善的流行，故對連形貌都無所悉的父親，不論其是否對他「慈愛」屬實，他總以「慈父」尊之。至於後來改醮的母親，她雖或有「不守節、不事婆、不撫孤」等拋家棄養，孑然獨往的事實，但為人子者也不忍從現實的困限中去看自己的母親，「天下無不是的父母」，父母之生子育子，不論其時間或長或短，都是一超越我執之精神生命的展現，故對父母，皆應以「通體是德愛」視之，由是一切母親可能有的不當過錯，都在此氛圍中被超越化、合理化，比方：母親至少也守節、代子守喪三年（行年四歲），其改醮，乃迫於現實生活之無奈，而非出於自己的真心（舅奪母志），此不見母親之過，但見母親生我育我為一「純粹是精神」，即是《禮記》所謂「報本返始」的意識，明儒羅近溪謂赤子自母懷分出時之啞啼一聲，即表示對母懷的依戀，這便是孝的根苗，此中理趣，頗值吾人玩味，李密之對父母孝敬，只見其善，不見其過惡，即出於此孝之根苗，由此根苗萌發，即展現了一強烈的孝敬意識，一切孝子對父母之情義，皆可謂由此根苗豁展而出。

父母是子女生命之所從出，是一貫於子女生命之根源，父母之或生離或死別，等於子女喪失了生命中的部分，這是人生的大不幸；家庭中有父母，則子女情有所寄，失去父母，精神即無憑藉，故有「入則靡至」之憾，在情浮無依之際，所幸祖母適時取代李密的父母，承擔起養育的責任，也因此成了李密唯一的精神支柱。〈陳〉文謂：「祖母劉愍臣孤弱，躬親撫養。臣少多疾病，九歲不行；零丁孤苦，至於成立。既無叔伯，終鮮兄弟；門衰祚薄，晚有兒息。」年邁的祖母一則須承負家計，一則要細加照料年幼多病、九歲不行的孫兒，其勤苦操勞之狀，不言可喻；剋就李密而言，除了要對祖母感恩圖報之外，整個三代的家族，如今只剩祖孫二人，他更應代父母行孝，代叔伯行孝，乃至代自己的兄弟以及子女行孝，要之，上一代、這一代乃至下一代的行孝責任（「晚有兒息」一語即知其子當時尚年幼無知），他都要一身承擔起來，責任越重，他越能對祖母表現更多的情義，展現更多的精神價值，所以他無怨無尤，樂於承擔。

〈詩疏〉有云：「家，承世之辭。」承世者，世代相承之謂，故中國人理想的家，上有祖父母、父母、叔伯，中有夫婦、兄弟，下有子子孫孫，有家有族，乃可大可久，此中祖、父、自己、子孫是縱的關係，叔伯、夫婦、兄弟是橫的關係，一橫一縱，一經一緯，相互交織成大家族的成員，家乃有如盤根錯節，綿亙而繩繼，家族成員越多，才更能展現上下縱貫、左右橫展之公情，家庭之溫暖、和樂氣氛即在此中醞釀；而李密何其不幸，三代中僅存祖孫二人組成一孤冷的家，「外無期功彊近之親，內無應門五尺之僮；煢煢獨立，形影相弔。」四旁無依，他更當孝敬祖母，孫兒之孝敬祖母，則必知祖母望其子女之常在側，子女不可望，則必轉其望於孫，祖母之望其子女進而望其孫常在側，乃本於祖母之愛子女，祖母之愛孫兒，並本於子女、孫兒中乃得見其生命之理之伸展，見其生命之泉之源遠流長，尤其老邁久病的祖母，她自知行將就木，更有「望其生命伸展於當前」之強烈期盼，故「劉夙嬰疾病，常在床蓐；臣侍湯藥，未曾廢離。」李密之不肯離、不忍離，一方面是對祖母久病的照料（此旁人或可代），一方面更是予祖母「有後」的最大精神之慰藉（此旁人不可代），此正是李密不容已之「報本返始」的孝思與孝情。

孝道根源於人性，古來為政者「以孝治天下」，旨在協助人民保任人性，使人於其幼年尚未能獨立為人時，即薰沐於人生之大道中，他年成立可與其幼時同進一道，教孝，即在教人如何超越自己這一代，以與上一代相感通，使其心情脫去小我之封限，投向生我長我之生命源流中，由此「報本返始」之心之提撕為發端，來循次漸進地擴充、建立其他德性，當讓人更覺親切，而易於領受；晉不廢道統，「以孝治天下，凡在故老，猶蒙矜育。」值得喝采，「太守臣逵，察臣孝廉。」特舉「孝」廉，對整個世道人心自有激勵作用，此尊老敬老，教人懂得飲水思源的措施，即具一高貴可感的政治性格，李密以此稱晉，武帝雖非賢君，亦陶醉其中，故「況臣孤苦，特為尤甚」，很能引生同情。「老安少懷」是中國人所嚮往的理想政治，我之處老，求能安之，亦當使老者安於我之奉事；我之處少，求能慈之，亦當使少者能常懷我慈而不忘，有此「各正性命」的政治舉措，即顯一天地氣象，一聖王的氣象，〈陳〉文謂：「劉日薄西山，氣息奄奄，人命危淺，朝不慮夕。臣無祖母，無以至今日；祖母無臣，無以終餘年。母孫二人，更相為命；是以區區，不能廢遠。」「烏鳥私情，願乞終養。」「願陛下矜愍愚誠，聽臣微志，庶劉僥倖，保卒餘年。」即一方在求武帝能成全其「報本返始」的心願，一方亦是對武帝能有「老安少懷」之政治舉措的期待，武帝雖非賢君，亦有求聖王之自許，尤其有感於「臣密今年四十有四，祖母劉今年九十有六，是臣盡節於陛下之日長，報養劉之日短也。」「臣生當隕首，死當結草」等語，對李密愛日之誠，懼老祖母來日之無多，及其忠貞不二之心，能不動容？故慨允其延緩就任，好便克盡人孫之大孝。

「臣之辛苦，非獨蜀之人士，及二州牧伯所見明知，皇天后土，實所共鑒。」李密寫〈陳情表〉，出於現實之逼迫，恐其孝行不得伸展之一種無奈的呼喚，亦即出於其不容已之「報本返始」之孝思與孝情的一種展露，孝本於人性，人為天地所生，故人性即天性，人之良心即天地良心，故其欲求克盡孝道的呼喚，即是天地良心的呼喚，「皇天后土，實所共鑒。」其誠摯惻怛之真情，怎不令有血性的人類感動呢？

【課文附錄】

陳情表

李密

臣密言：

臣以險釁，夙遭閔凶。生孩六月，慈父見背。行年四歲，舅奪母志。祖母劉愍臣孤弱，躬親撫養。臣少多疾病，九歲不行；零丁孤苦，至於成立。既無叔伯，終鮮兄弟；門衰祚薄，晚有兒息。外無期功彊近之親，內無應門五尺之僮；煢煢獨立，形影相弔。而劉夙嬰疾病，常在牀蓐；臣侍湯藥，未曾廢離。

逮奉聖朝，沐浴清化。前太守臣逵，察臣孝廉；後刺史臣榮，舉臣秀才；臣以供養無主，辭不赴命。詔書特下，拜臣郎中；尋蒙國恩，除臣洗馬。猥以微賤，當侍東宮，非臣隕首，所能上報。臣具以表聞，辭不就職。詔書切峻，責臣逋慢。郡縣逼迫，催臣上道；州司臨門，急於星火。臣欲奉詔奔馳，則劉病日篤；欲苟順私情，則告訴不許：臣之進退，實爲狼狽。

伏惟聖朝以孝治天下，凡在故老，猶蒙矜育；況臣孤苦，特爲尤甚。且臣少事僞朝，歷職郎署，本圖宦達，不矜名節。今臣亡國賤俘，至微至陋，過蒙拔擢，寵命優渥；豈敢盤桓，有所希冀！但以劉日薄西山，氣息奄奄，人命危淺，朝不慮夕。臣無祖母，無以至今日；祖母無臣，無以終餘年。母孫二人，更相爲命；是以區區，不能廢遠。臣密今年四十有四，祖母劉今年九十有六，是臣盡節於陛下之日長，報養劉之日短也。烏鳥私情，願乞終養！

臣之辛苦，非獨蜀之人士，及二州牧伯，所見明知；皇天后土，實所共鑒。願陛下矜愍愚誠，聽臣微志；庶劉僥倖，保卒餘年。臣生當隕首，死當結草。臣不勝犬馬怖懼之情，謹拜表以聞。

歷史是人類的一面鏡子
——《左傳》〈燭之武退秦師〉

《左傳》敘事簡潔，辭采豐美，人物個性，刻劃入微，是先秦時代相當難得的文學作品。它熔經學於史學，寓褒貶於記事，不只述事鮮明，予後人了解完整的史實，更予人以很多的歷史啟示，所以是一部史書，也是一部經書，〈燭之武退秦師〉一文，即為《左傳》作了如上有力的注腳。

「晉侯、秦伯圍鄭，以其無禮於晉，且貳於楚也。」文中開宗明義即點出：此次戰役，一因於晉文公為公子，當時出亡在外，鄭文公未予禮遇，想借此戰事，一紓宿怨，一因於鄭後來未遵守踐土之盟，不專心事晉，竟私通楚國，故擬攻鄭，以逞國威，要之，晉秦圍鄭，原與秦國無關。晉為大國，獨攻鄭國，應如以石擊卵，何以還要聯秦圍鄭？此中理趣，值得推敲：或因顧慮南方楚國聯鄭抗拒，或因擔心楚、秦乘虛攻晉，為免三面受敵，不如拖秦下水，一則可解除西邊危機，再則可牽制南方的楚國，而達到併吞鄭國的目的，自古以來，國際間弱肉強食，形勢詭譎，可見一斑。

「晉軍函陵，秦軍氾南。」兩軍分駐兩地，不相統領，名為聯軍，似亦各有企圖，這正好予鄭以遊說秦君的機會。

一言可以興邦，一言可以喪邦，存亡關頭，尋求折衝樽俎的外交人才十分重要。佚之狐言於鄭伯曰：「國危矣！若使燭之武見秦君，師必退。」公從之。佚之狐洞燭機先，知道此時此刻唯有說服秦君，乃能為鄭解圍，他又有知人之明，不為己爭功，及時為國舉才，堅信燭之武臨危受命，必能發揮其外交長才，說服秦君，而使兩軍撤退。推薦一素來不受重用的人物，竟能讓「公從之」，此中必費一番唇舌，《左傳》從略這段文字，卻能讓讀者想當然耳，即見其文言簡意賅，手法高妙。

辭曰：「臣之壯也，猶不如人，今老矣，無能為也已。」燭之武之推辭，一方面出於自謙，另方面則是借此對鄭文公過去不重用他抒發牢騷。公曰：「吾不能早用子，今急而求子，是寡人之過也。然鄭亡，子亦有不利焉！」鄭文公以一國至尊，肯於向屬下坦承己過，即見他有君王的恢弘氣度，而勇於認錯，亦正予燭之武以一紓怨的機會，然覆巢之下無完卵，國家興亡，匹夫有責，在危急存亡之際，大家尤應捐棄私怨，相忍為國，內部凝聚力量，乃能一致對外，燭之武當然明白這個道理，所以「許之」，承負起艱鉅的任務，鄭國在危難之時，為政者能同舟共濟，這是轉危為安的一個重要關鍵。

燭之武以年邁，「夜縋而出」，尚未謁見秦君，已寫出其任務的艱辛，不由城門出，卻」利用夜色的掩護，以縋懸城而下，亦正說明了遊說秦君，不只不願讓晉君知道，連城中自己人也都要保密，以免走漏消息，造成無謂的困擾，這也正給我們一個啟示：影響國家至大至遠的事，行前是不宜張揚開來的，否則節外生枝，極易失敗，乃至導致國家的亡覆。

「秦、晉圍鄭，鄭既知亡矣。」燭之武見秦君，即肯定秦軍的強大，先讓秦君滿足其盛氣，陶醉在大國的國威中，則對來使較易親近，也才願意聆聽接下來的談話，一個外交人員要懂得抓住對方的心理，由此可見。

「若亡鄭而有益於君，敢以煩執事。越國以鄙遠，君知其難也。」從地理位置來看，秦在西，鄭在東，中間隔著強大的晉國，鄭國亡了，秦補給不易，想永遠保有瓜分來之遠方的鄭國土地，恐極困難，到頭來，鄭必悉數併入晉國版圖，秦將一無所有，因此，亡鄭之舉，對秦無益，不但無益，從長遠看，反而有害，「焉用亡鄭以陪鄰？鄰之厚，君之薄也。」晉併鄭後，國力必大增，相對地即削弱了秦國的實力，這對秦的霸業自有不利的影響。

然則，鄭國存在又如何呢？燭之武剖析道：「若舍鄭以為東道主，行李之往來，共其乏困，君亦無所害。」能讓鄭繼續生存下來，鄭必由衷感激秦之大恩大德，所以外交人員東來，必傾全力接待，供應所需，秦遠交了一位盟友，等於在東方增添了一分牽制強晉的力量，燭之武話中雖未明說，想秦君亦必能領受到，故「舍鄭」雖只謂「君亦無所害」，其實，在戰略上秦國已獲得了很大的好處。

秦之所以答應聯晉圍鄭，當時必獲晉相當利益的承諾，而秦君亦必對晉有相當程度的信賴，否則，就不致勞師動眾，出征遠方。燭之武前謂：「焉用亡鄭以陪鄰？鄰之厚，君之薄也。」雖已暗示晉不可靠，但那畢竟是未來的事，未來的事只是一種假設，未必是真，秦既對晉信任，則單憑預測，恐不易折服秦君，有鑑於此，燭之武乃舉歷史事實的鐵證，謂：「君嘗為晉君賜矣。許君焦、瑕，朝濟而夕設版焉，君之所知也。」過去晉惠公在秦穆公的鼎力協助下，返國即位，卻在一夕之間，忘恩負義，違約背信，阻止秦人接收原本答應做為酬謝的焦、瑕兩邑，事實俱在，毋庸強辯，歷史教訓，令人心寒，這寥寥數語，有力地挑起當事人秦穆公的宿怨，重新引發其內心的傷痛，而開始對晉動搖信心；當時晉尚不強，即敢如此背信，如今羽翼已豐，豈不更明目張膽？因此燭之武乘機煽火，說：「夫晉，何厭之有？既東封鄭，又欲肆其西封。若不闕秦，將焉取之？闕秦以利晉，唯君圖之！」無信的人，隨時都可能為私利而反目成仇，句句鏗鏘，加深了秦君猜忌與不快的心理，最後終使「秦伯說，與鄭人盟，使杞子、逢孫、楊孫戍之，乃還。」

綜上所述，燭之武之所以能說服秦君，不在曉之以大義，而在誘之以私利，他從地理位置、歷史背景、國際形勢的演變趨向、以及未來局勢的發展，剋就秦自身的利害得失，作一全方位的評估與考量，終使秦知所取捨，毅然退出戰局，由圍鄭轉為助鄭；一個外交家，須對複雜的客觀局勢作通盤的了解，而懂得運用國際間所存在的矛盾，折衝樽俎，乃能突破「弱國無外交」的窘境，燭之武漂亮的外交出擊，即給了我們這樣的啟示。

秦由圍鄭轉而助鄭，由聯晉轉而背晉，國際形勢瞬息變化，誰都無法逆料，秦今日之失之信於晉，猶當年晉之失信於秦，國際社會如果都喻於利，正義蕩然無存，則今日人違逆於我，恐明日我亦將違逆於人，國與國之間彼此明爭暗鬥，自也不必交相指責誰不守信義而沒有國格了，因此，子犯在激憤之餘，諫請攻秦，晉文公卻出奇的冷靜，說：「不可。微夫人之力不及此。因人之力而敝之，不仁；失其所與，不知；以亂易整，不武。吾其還也。」晉文公譎而不正，史有公論，他這次表現得如此有仁心，有理智，且能容忍，與其說他具有恢弘的聖君氣象，不如說他極為世故老道，為顧全大局，避惹強秦，以免三面受敵，特借機說這些冠冕堂皇的話，好為他班師回國找美麗的下台階，不然，怎因鄭「無禮於晉，且貳於楚」而就想去大動干戈呢？

歷史是人類的一面鏡子，人與人之間會有爭執，國與國之間會有衝突，關鍵即在一個「私」字，如何善取歷史教訓，化暴戾為祥和，使兩千六百年前相互爭鬥的客觀形勢不再重現於國際社會，正是對當今人類一項重大的考驗。

【課文附錄】

燭之武退秦師　左傳

晉侯、秦伯圍鄭，以其無禮於晉，且貳於楚也。晉軍函陵，秦軍氾南。

佚之狐言於鄭伯曰：「國危矣！若使燭之武見秦君，師必退。」

公從之。辭曰：「臣之壯也，猶不如人；今老矣，無能爲也已。」公曰：「吾不能早用子，今急而求子，是寡人之過也。然鄭亡，子亦有不利焉！」許之。夜縋而出。見秦伯曰：「秦、晉圍鄭，鄭既知亡矣。若亡鄭而有益於君，敢以煩執事。越國以鄙遠，君知其難也。焉用亡鄭以陪鄰？鄰之厚，君之薄也。若舍鄭以爲東道主，行李之往來，共其乏困，君亦無所害。且君嘗爲晉君賜矣，許君焦、瑕，朝濟而夕設版焉，君之所知也。夫晉何厭之有？既東封鄭，又欲肆其西封。若不闕秦，將焉取之？闕秦以利晉，唯君圖之！」

秦伯說，與鄭人盟，使杞子、逢孫、楊孫戍之，乃還。

子犯請擊之，公曰：「不可。微夫人之力不及此。因人之力而敝之，不仁；失其所與，不知；以亂易整，不武。吾其還也。」亦去之。

情寄山水

——賞析〈近體詩選（一）〉三首

《尚書·舜典》云：「詩言志。」志者，心之所之也。可見詩的功用，在於表達人心靈的內在世界，內在世界是抽象的，必須借用外在的景物來襯托，才易使情志客觀化、具體化、生動化，以引生讀者的共鳴，故詩之抒情，必兼以述景，而山水，蘊涵著豐美的景致，它足以提供詩人多樣的取材，使內在複雜的情志，得借以充分的抒發，故情寄山水，幾乎是每個詩人表達的方式；孔子曰：「知者樂水，仁者樂山。」（《論語·雍也》）水，周流無滯，正如人智慧之無所不及；山，厚重不遷，亦正如人良心善性之永不移。山水可引發人生智慧，烘托人性莊嚴，故情寄山水，很能映照豐美的人生，展現多采多姿的生命情調，使人在吟哦歌詠之中，品略多樣的人生感受，故歷來情寄山水的詩作，俯拾可得，下列三首，都是代表：

一、杜甫的〈八陣圖〉

這是一首詠史詩，精寫諸葛孔明的政績，從而烘托出對人間功名由輝煌趨向沈寂的感慨。

「功蓋三分國」，蓋有涵蓋之意，諸葛孔明「鞠躬盡瘁，死而後已。」一生為國，所建立的汗馬功勞，不可勝計，最終目的，即在壯大蜀漢，以與吳、魏抗衡，鼎足而三，進而求統一天下，光復漢室（惜後者未能如願）。故以「三分國」來概括，說「三分國」，即可讓讀者從中想像其為蜀漢努力的一切功業，足見詩人取材簡賅的藝術。

「名成八陣圖」，諸葛孔明是有遠見的政治家，也是足智多謀的軍事家，他屢出巧計，以寡勝眾，常令敵人聞風膽喪，尤其「八陣圖」，只在沙灘上堆排亂石，竟能無中生有，使殺氣瀰漫，人入陣，即聞戰鼓喧天，彷如千軍萬馬之奔臨，此石陣，「反復八門，按遁甲休、生、傷、杜、景、死、驚、開。每日每時，變化無端，可比十萬精兵。」（《三國演義·第八十四回》）他不花一兵一卒，竟困住善戰的吳國大將陸遜的人馬，諸葛孔明的神機妙計，這是最最典型的代表，故詩人取之以為「名成」的焦點。

「江流石不轉，遺恨失吞吳。」「八陣圖」舊跡在魚腹平沙之上，面對滾滾長江，江水不斷東流，象徵著韶光無情的消逝，亦象徵悠悠歷史在此中不斷向前推進，而「八陣圖」中的頑石，卻不肯屈服，依舊堆排在那兒，並沒有隨著江水流轉，這「石不轉」，除了為三國時代的歷史作見證，也似乎在透露著孔明的心聲：「遺恨失呑吳」。劉備一時不能忍受關羽被殺的盛怒，揮軍伐吳，結果兵敗，孔明當時無力勸阻，眼睜睜地看這一役的慘局，不只無法實現他「聯吳抗魏」的美夢，且註定了往後蜀漢步向滅亡的命運。莫非這是天意，諸葛孔明以前一切的努力，也都因此而付諸東流了，人力無以抗衡天命，這正是他「遺恨」之所在。

全詩重心在「石不轉」三字，「江」水是歷史的代表，「石」則是遺恨的化身，如無動態的「江流」，也凸顯不出「石不轉」之靜態的悲劇情結，詩人情寄江石，訴說人世功名之無常，借「石不轉」表達孔明的遺恨，實亦是自己對這段史實的感傷。

二、孟浩然的〈宿桐廬江寄廣陵舊遊〉

這是詩人宿桐廬江時，借慘黯的山水夜色，所引生之旅途悲愁，遙寄給在廣陵（揚州）老友的一首詩。

「山暝聽猿愁」，詩人一開始，即把遠方向晚的幽晦山色，展布在讀者眼前，隨伴的是空谷傳來淒厲的猿啼回音，這黯視與哀聽的交錯景象，營造出了淒切的氣氛，說聽「猿愁」，實已勾動了詩人自身的愁緒。

「滄江急夜流」，前句寫遠景，此句則回到近處；滄江即指桐廬江，用一「滄」字，把桐廬江之蒼茫與淒寒，寫得神氣活現，正因它淒靜孤寒，才聽得見「急夜流」，這流走的，不僅是江水，亦不僅是月夜，更是一去永不回的人生；江水蒼寒，急流湧奔，最易引起詩人對自己未來飄泊渺茫的遐想與感傷。

而「風鳴兩岸葉」，詩人接著把聽覺投注到中距離的兩岸，夾岸的風聲、葉聲，與近處的急流聲、遠方的猿哀聲，交織成一悲切的音網，任人掩耳，也躲不過它的喧擾，聲響彼起此落，相互伴和，宛如一組沒有休止符的哀歌。

此時詩人已不堪承荷，於是睜大雙眼，想用視覺移轉聽覺的專注，只見「月照一孤舟」，朦朧的月雖淒美，映照的卻是「一孤舟」，「一」已單薄，「孤」更落寞，在蕭瑟岸邊，停泊的是四無旁依的扁舟，無語對江河，這沈靜的江夜，更易油然引生旅者的孤寞。

這「一孤舟」給人的感受是：個體的生命渺微不足道，在茫茫的人海中，何處去找一可依的歸宿？「建德非吾土，維揚憶舊遊。」建德桐廬地帶，雖奇山異水，卻也引不起浪跡他鄉之異客的賞景興致，想著想著，不自禁地想到往昔在維揚（揚州）互聽傾訴的至友，唯有他，才得一解心中的愁鬱；然而落到現實中來，詩人畢竟仍坐困愁城，山水的阻隔，徒增兩地相思，無奈之餘，只有「還將兩行淚，遙寄海西頭」了。

整首詩，籠罩在蒼茫孤寒的氛圍中，而月夜悠悠的山水，正是詩人寄愁的溫床。

三、王維的〈輞川閒居贈裴秀才迪〉

這是王維情寄秋日山水，寫其閒暇自適的心境，以贈其至友裴迪的一首詩。

「寒山轉蒼翠，秋水日潺湲。」在秋天，山景理應寒涼蕭瑟，但以悠閒自得的心境觀之，便覺淒寒的山，頓時轉變得蒼翠，生意盎然，日漸乾涸的秋水，也覺得它每日徐徐地流著，發出潺湲的水聲，然而寒山依舊是寒山，秋水仍然是秋水，它之所以「轉蒼翠」、「日潺湲」，全因於閒暇自適之情的照見，詩人「情」寄山水，有此悠然自適之「情」，乃能營造一超越客觀現實之意象的山水；這首與前兩作品，雖都是詩人之情寄山水，卻有迥然有別的詩趣：前兩者因景抒情，後者依情造景，不管情依於景，抑或景依於情，詩之情景交融的表達，都是極其藝術的。

「倚杖柴門外，臨風聽暮蟬。」在柴門外，倚拄拐杖悠然望遠，心無牽絆，乃不覺有柴門之簡陋，只覺身處寧靜安祥的氛圍中，因而西風吹來，也感恰如和風拂面，清涼而舒暢，而向晚林間之秋蟬的鳴噪，亦像一曲優美的樂章，值得細細聆聽、品賞，詩人之寫輞川秋景，雅適可愛，這正烘托了他內在的閒情逸緻。

接著，詩人又把鏡頭拉回到岸畔，「渡頭餘落日」，夕陽的餘暉映照渡頭，金光浮躍水面，上下盪漾，這景象，給出了秋江的浪漫，而舉首望遠，山的那一方，「墟里上孤煙」，村落間炊煙冉冉，悠然自得，與背後的青山相互陪襯，農家恬淡、寧靜、溫馨的生活，這情境，又隱然達到了烘托的效果。

藍田輞川山水奇勝，令人留連，回想往昔與至友裴迪相遊的日子，詩人尤難忘懷，「復值接輿醉，狂歌五柳前。」接輿（喻裴迪）之醉不在酒，在乎輞川的山水之間，他狂興所至，縱情放歌於五柳（王維自喻，與前接輿之喻皆有隱居之意）之前，兩人疏狂可愛，又與輞川山水相映成趣。

全詩情景交融，詩人以從容優游的心境，寫出秋日輞川的勝美，最後又讓至友與自己走入山水的圖畫裡，蘇東坡評王維的詩，謂：「詩中有畫，畫中有詩。」這首詩即是典型的代表。

綜上所論，即見詩人表達內在的世界，常情寄山水，蓋山水蘊存著豐美的生命情調，借著它，更易讓主觀的情志客觀化、生動化、具體化，使讀者透過山水的景致，捕捉到詩人生命的內涵，所以情寄山水，乃是詩人最普遍的吟詠方式。

【課文附錄】

近體詩選（一）

（一）八陣圖　杜甫

功蓋三分國，名成八陣圖。江流石不轉，遺恨失吞吳

（二）宿桐廬江寄廣陵舊遊　孟浩然

山暝聽猿愁，滄江急夜流。風鳴兩岸葉，月照一孤舟。建德非吾土，維揚憶舊遊。還將兩行淚，遙寄海西頭。

㈢ 輞川閒居贈裴秀才迪　　王維

寒山轉蒼翠，秋水日潺湲。倚杖柴門外，臨風聽暮蟬。渡頭餘落日，墟里上孤煙。復值接輿醉，狂歌五柳前。

調整時空的焦距

——賞析〈近體詩選（二）〉三首

人、事、時、地、物是詩作內容中五項不可或缺的要素，五者之間，彼此存在著密切的關係，尤其「時」、「地」兩者的互動，往往造成「人」對「事」、「物」的不同領受，由是生發豐美的情感，因而詩人常利用時空混融的手法，將過去、現在、未來之不同時段所對照的空間，依其想像，重新組合，使人對此忽今忽昔，忽實忽虛的景象，產生一錯綜幻化的意趣，而情思綿邈，回味無窮，此種虛實交疊，使意象更清晰的手法，正如單眼相機，對準外物（實），然後調整好所對之影像（虛）焦距，即可拍下一鮮明的畫面一般，故作品中，運用此法，常可使讀者在心裡引生生動的情境，下列三首近體詩作，即具此效果。

一、杜牧的〈山行〉

這是詩人描寫他行經山麓時所見之秋山景色，從而烘托出其對大自然之愉悅心情的一首詩。

「遠上寒山石徑斜」，「遠」點出了山的深，「上」點出了山的高，既高且深，即營造出了山的立體感，而「寒山」的「寒」字，除了暗示當下是秋季外，又與第四句「霜」字遙相呼應，山之所以「寒」，必籠罩著濃厚的霜氣，而呈現在讀者眼前的，則是灰濛的山色。至於「石徑斜」的「斜」字，說明了山勢的逶迤，與石子小路的盤曲蜿蜒，這景致，給出了寒山巍峨的性格。

「白雲生處有人家」，這是詩人沿路遠眺的景況，「白雲」必在高處深處，這正與上句的「遠上」相呼應，白雲生處，煙霧瀰漫，越深越濃，朦朧中，好像隱藏著一種大自然的玄機，予人以縹緲莫測的意趣；這之中，隱約可見幾戶人家，但覺他們如在仙境，悠然逍遙，有人煙，即感親切、溫馨，在視覺上，也沖淡了幾許「寒山」的冷意，至此，詩人的山行，不但全無「遠上」跋涉的勞苦，反覺登山興味之盎然。

也正因他登山有情趣，才引出第三句「停車坐愛楓林晚」的雅致，秋楓艷紅，與晚霞相映照，這景色，在寒山中最搶眼，所以詩人才停車佇足觀賞，「晚」字一方面說出這是黃昏時分，一方面也襯托出詩人佇足忘行，陶醉其中，直至夜幕低垂的興致。

楓林何以能讓詩人沈浸入神，流連忘返呢？原因即在「霜葉紅於二月花」，秋楓之紅，紅得比二月的花更嬌艷鮮麗，這正是楓林引人入勝之處；詩人為讓秋楓的紅更具體化、生動化，特調整時空的焦距，把現在的深「秋」拉到百花怒放的「二月」，把現在的「霜葉」，對比於仲春的盛「花」，時空疊映，虛實互參，使蒙上一層霜氣的楓葉，神氣活現地嬌豔於當前，這種強烈對比的藝術手法，很能讓人如臨其境，也與詩人一起陶然忘歸了。

二、崔顥的〈黃鶴樓〉

這是一首題壁詩，寫的是詩人依黃鶴樓景物，抒發其弔古懷鄉之情。

「昔人已乘黃鶴去，此地空餘黃鶴樓。黃鶴一去不復返，白雲千載空悠悠。」黃鶴樓之所以名為「黃鶴樓」，它的背後有一則美麗的神話，《寰宇記》謂：「昔費文禕登仙，每乘黃鶴，於此樓憩駕，故名。」詩人即以此神話為引源，使用上述時空疊映的手法，就地讓兩個不同的時段，重疊於一瞬。「昔人已乘黃鶴去」，句中的「昔」、「已」、「去」三字，充分地讓傳說中的神話故事，湮沒在時間的洪流裡，接著又引讀者進入現實的世界：「此地空餘黃鶴樓」，「此」、「空」、「餘」三字使黃鶴樓脫去神秘的面紗，空蕩蕩地成為一與世俗無異的建築物；接著又把鏡頭轉到黃鶴樓頂上的晴空，調好時空的焦距，說：「黃鶴一去不復返，白雲千載空悠悠。」黃鶴縱去，消逝於無垠的晴空，這是古老神話中的故事，時間當然發生在遙遠的過去，而當時陪襯黃鶴飛縱而去的晴空，白雲悠悠，如今歷經千載，它一直「空」悠悠，少去了黃鶴縱天的浪漫，詩人在這四句中，用固定的「樓」及其頂上的藍天為背景，把不同時間的情境，重組於眼前，這種時空疊映的手法，很能引生讀者「鶴去樓空，仙人不再」的悵惘。

「晴川歷歷漢陽樹，芳草萋萋鸚鵡洲。日暮鄉關何處是，煙波江上使人愁。」由這一登黃鶴樓而發思古之幽情的悵惘，轉為當下懷鄉的悵惘，正是詩人寫這首詩的心路歷程。從樓上隔江遠眺，漢陽樹歷歷如前，一一可指，鸚鵡洲芳草繁茂，楚楚可愛，這正映托出黃鶴樓視野的遼闊，與景色的秀麗，「晴川芳草」是一中距離之平面的鏡頭，「日暮鄉關」則是遠距離的景象，兩句與前「白雲悠悠」句構成了一立體的圖案。秀麗的景致，最會使人開懷適暢，原也引不起愁，然而詩人卻又把鏡頭拉到遠方，在沈沈的暮靄中，極目所見，只是渺茫的天際，而風煙迷漫的江面，又阻隔了望鄉的歸路，由是詩人茫然不知所往，故引生一強烈的鄉愁，此愁恰與登樓而不見神話裡的黃鶴、仙人的愁相孚相應，而回歸到詩的主題「黃鶴樓」。

整首詩，就空間言，採用了高、近、遠的距離，就時間言，又含了過去（神話）、現在（登樓）與未來（歸鄉），三個時段與三個空間在詩中交顯錯出，這亦是時空疊映的一種作詩手法。

三、李白的〈登金陵鳳凰台〉

這首詩寫的是詩人的懷古與懷君，內容雖與前作有別，韻腳卻相同，表達的手法也神似，因而有人謂係李白摹擬前詩之作。

「鳳凰台上鳳凰遊，鳳去台空江自流。」詩人登臨鳳凰台，即聯想到傳說中的故事，依

《江南通志》所載：「（南朝）宋元嘉十六年，有三鳥翔集山間，文彩五色，狀如孔雀，時人謂之鳳凰，起台於山，謂之鳳凰台。」「鳳集河清」乃祥瑞之兆，亦象徵著聖君賢相之將出，國泰民安之社會的將到來，如此之開頭，似又為末兩句：「總為浮雲能蔽日，長安不見使人愁」之嘆預設伏筆，鳳凰台原應籠罩著吉祥之氣，如今卻「鳳去台空」，而「江」宛如歷史洪流之不斷推進，它至今仍「自流」著，好像為傳說中的故事作見證，流水的聲響訴說著古早鳳凰翔集悠遊於台上的風采，而今「鳳去台空」，徒留餘韻，這手法，與前作相同，即詩人調整不同的「時」，交融於同一的「空」上，亦即讓時空焦距重疊在一起，把世事的興衰起滅，濃縮在此一句中，以引爆讀者強烈的悲情震撼。

鳳凰台位於金陵（即今日之南京），三國吳大帝孫權與晉琅琊王睿都曾建都於此，由是而引生對歷史的感傷：「吳宮花草埋幽徑，晉代衣冠成古邱。」曩昔吳宮花草的勝境，再也看不見，一切繁華，都在想像中，一一埋入眼前的幽徑裡，隨之而來的，是晉代車馬的鼎盛，王公貴族豪華衣冠的展現，如今也依樣掉入歷史的扉頁中，成為一堆堆的古塚荒丘，撫今追昔，盛麗衰瑟，令人唏噓。詩人寫頷聯兩句，承「鳳去台空」的心境而來，其採用的，仍是時空疊映的手法，只是由神話中的「時」轉為吳、晉的「時」，由鳳凰台的「空」轉為眼前所見之幽徑與古丘的「空」，讓時空多樣化了，這與前詩之單以「黃鶴樓」為背景，來烘托時空的交替，顯然更具姿采。

接著詩人把鏡頭拉到別處：「三山半落青天外」，這是登鳳凰台眺遠的景象，三山嵯峨，矗立在杳杳的天際，半隱半現，令人有「宇宙無垠」的遼闊感，而「二水中分白鷺洲」，又把秀麗的水景歷歷擺在眼前，這一近一遠，一清晰一渺茫的景象，讓他的心思越馳越遠，而奔騁到眼力所不及的長安。

詩人之能見遠方的「三山」，之能見沙洲的歷歷，即知登台當時，晴空萬里，只因目力所極處，一片茫茫遠景，使他頓感「總為浮雲能蔽日」，這景象，讓他聯想到朝中之小人，隨時都有蒙蔽君上，使賢才不得伸展的可能，故「長安不見使人愁」，隻身在外，不見帝鄉，也只有徒呼無奈了。

全詩以時空疊映的手法，烘托出鳳來、鳳去、台盈、台空的遷化，從而說到歷代之興替，由此再點出當下的唐代，不也正在歷史中流轉？正因如此，他登鳳凰台，見「鳳去台空」，鳳集不再，而引發對當代向衰的隱愁，所以在這首詩裡，我們除了意會到詩人高妙的藝術手法外，也領受到他那愛君憂國的高尚情操。

綜上三首，可知詩的情境離不開時空，而時空疊映的高明手法，很能讓人在瞬息間品受到情境的強烈變化，由是在心靈深處，引生綿邈的情絲，久久盤纏不去，詩之能令人繾綣忘我，陶醉其中，理由在此。

【課文附錄】

近體詩選(二)

(一) 山行　　杜牧

遠上寒山石徑斜，白雲生處有人家。停車坐愛楓林晚，霜葉紅於二月花！

(二) 黃鶴樓　　崔顥

昔人已乘黃鶴去，此地空餘黃鶴樓。黃鶴一去不復返，白雲千載空悠悠。晴川歷歷漢陽樹，芳草萋萋鸚鵡洲。日暮鄉關何處是，煙波江上使人愁。

(三) 登金陵鳳凰台　　李白

鳳凰台上鳳凰遊，鳳去台空江自流。吳宮花草埋幽徑，晉代衣冠成古邱。三山半落青天外，二水中分白鷺洲。總爲浮雲能蔽日，長安不見使人愁。

我們正在寫歷史

——讀〈台灣通史序〉

每個人都在時代巨輪的帶動中生活，都離不開歷史，然而人卻總易從外象看歷史，以為它只是人物時地之事的陳跡，其實歷史不是陳跡，而是一活的生命體（陳跡即無生命可言），因為歷史是人的事，以人為主體，人在歷史的過程中，會這樣表現，而不那樣表現，其中自涵蘊著人的精神，有此精神透達其間，歷史才具有生命，才顯其意義與價值（此所以萬物亦皆有事，然都沒有歷史，唯獨人才有歷史之故），能超越歷史陳跡的外象，看到人的精神，便會了解到原來現實的人生即是一歷史的人生，我們也正在寫歷史，由是自會油然在心中升起一股強烈的歷史使命感，讀連橫的〈台灣通史序〉一文，更讓我們有這樣的感同身受。

歷史雖是人實踐其精神生命的過程，然面對現實環境的困囿與人之自身氣質的無明，人在歷史中的表現，自然有時會向上、向善、向正，有時會向下、向邪、向反而趨，歷史過程總是在如此無盡的現實發展中曲折婉轉的挺進，「代之盛衰，俗之文野，政之得失，物之盈虛，均於是乎在。」這是存在的史實，黑格爾謂「凡存在皆合理。」合理的便都有其價值，「盛」、「文」、「得」、「盈」固因顯人的精神生命而有價值，「衰」、「野」、「失」、「虛」自身雖因於群體精神之墮落而無價值，卻因它能對未來人類提供教訓，以免重蹈罪惡，重蹈錯誤的歷史覆轍而有價值，「夫史者，民族之精神，而人群之龜鑑也。」誠然，歷史正面的演進，展現了人的精神，有正面的價值，歷史負面的演進，提供了人慘痛教訓的經驗，而有負面的價值，不管給我們的是取法抑或警惕，要之，歷史給了我們正確的人生指向，使我們從史跡中找出史理，通古今之變，將人的精神提撕起來，依時勢適切地融化、發展於今後的歷史過程中，歷史對人的重要性，由此可見，所以連橫說：故凡文化之國，未有不重其史者也。古人有言：「國可滅而史不可滅。」

歷史與小說不同，小說中的人地時事物可無中生有，其情節可任憑作家來杜撰，歷史則必須實事求是，不只要求人地時事物的個別真實，更要求彼此間關係的整體絕對真實，只有求整體的獨一無二的真實，展現真實的歷史人生，歷史才真具有提供人類事實行為指南的價值，「台、鳳、彰、淡諸志，雖有續修，侷促一隅，無關全局，而書又已舊。苟欲以二三陳編而知台灣大勢，是猶以管窺天，以蠡測海，其被囿也亦巨矣。」此為求整體史實的真，正是連橫撰史之一主因。

復次，歷史除了當求「史事」的真實之外，更當求「歷史意義」的真實，史事的真，屬知識判斷，「歷史意義」的真，屬道德判斷、價值判斷，有正確的歷史「價值判斷」，史實中的聖賢、英雄、愚不肖，乃至荒淫、悖謬、乖戾等等情事，才能一一在辯證的事理中呈現其自己，消融其自己，轉化其自己，而皆各得其所應得的報償，使正義、乖戾等各歸其正義、乖戾，如是，我們才能真知歷史精神，確信「人」在歷史中的生命活動，不論其自覺與否，原本即有一理念在背後支撐，能識取此「背後支撐的理念」，才真能看出歷史的價值，看到整個歷史如何的演進，也才能看到歷史中之整個群體的精神表現，「台灣固無史也。荷人啟之，鄭氏作之，清代營之，開物成務，以立我丕基，至於今三百有餘年矣。而舊志誤謬，……荷人鄭氏之事，闕而弗錄，竟以島夷海寇視之。烏乎！此非舊史氏之罪歟？」荷人鄭氏在台的建樹，即展現了其歷史價值，舊史家「竟以島夷海寇視之」，此抹煞了「價值判斷」的真，有失公允，為如如展現「歷史價值」的真實，使人了解史實的真相，亦是連橫撰史之一主因。

「顧修史固難，修台之史更難，以今日修之尤難。何也？斷簡殘編，蒐羅匪易；郭公夏五，疑信相參；則徵文難。老成凋謝，莫可諮詢；巷議街譚，事多不實；則考獻難。」連橫明白指出：修史之所以難，就難在徵「文」與考「獻」，「文」指典籍，即文字記載的史料，這是就「歷史事實」的真來說的，「獻」指通曉典籍掌故的賢者，即所謂的「老成」，老成也者，乃人生閱歷豐厚，世事練達之長「老」，能超越現實，看到歷史背後精神之「成」熟的人，這是就「歷史價值」的真來說的，既要注意歷史的事實，又要掌握歷史的價值意義，此所以「修史固難」之處，知其難而不敢妄為，正顯連橫撰史的嚴謹，「橫不敏，昭告神明，發誓述作，兢兢業業，莫敢自遑。遂以十稔之間，撰成《台灣通史》。」作者在序文中的自白，在在凸顯了他對歷史真相負責的態度，令人感佩。

觀夫《台灣通史》，「為紀四，志二十四，傳六十，凡八十有八篇，表圖附焉。起自隋代，終於割讓。」紀以「時」為剛，以編年繫事方式，分別敍述漢人發現、開闢台灣的經過（〈開闢紀〉）、鄭氏三代海外建國的史事（〈建國紀〉）、及清代之經營開發（〈經營紀〉）、台灣民主國之抗日事跡（〈過渡紀〉）等；志以「事」為剛，舉凡內政、軍事、外交、財經、宗教、風俗、教育、藝文……等等之事，莫不備至；至於傳，則以「人」為剛，記載明鄭時期之豪傑王公、文武大員、清朝各代之征台、反清、民變、拓台、循吏、鄉賢、孝義、貨殖、烈女……等人物，內容之豐富，前所未有，誠可謂「縱橫上下，鉅細靡遺，而台灣文獻於是乎在。」

歷史不是人事的陳跡，而是一活的生命體，有著先人的精神生命洋溢其間，是以我們讀歷史，不可平鋪地只把歷史當成知識來記誦，而當把自己投入歷史之中，如湧身於千載之上，以與古人心光互映，交相感通，如是，自會產生一「承先啟後」的歷史使命感，「洪維我祖先，渡大海，入荒陬，以拓殖斯土，為子孫萬年之業者，其功偉矣！追懷先德，眷顧前途，若涉深淵，彌自儆惕。烏乎！念哉！凡我多士，及我友朋，惟仁惟孝，義勇奉公，以發揚種性，此則不佞之幟也。」連橫語重心長地道出其撰史的終極目的，即在喚醒大家培養此上對祖先交代，下對子孫負責的歷史使命感；誠然，我們正處於歷史之中，今日之生活，即是一嚮往理想，實踐理想之由上而下，由內而外的真實人生，時代在考驗著我們，我們正在創造時代，也正在寫歷史，「婆娑之洋，美麗之島，我先王先民之景命，實式憑之。」踏在先民辛勤耕耘出來的這塊土地上，我們能不積極奮進，為台灣開創更輝煌的歷史新頁嗎？

【課文附錄】

臺灣通史序

連橫

臺灣固無史也。荷人啟之，鄭氏作之，清代營之，開物成務，以立我丕基，至於今三百有餘年矣。而舊志誤謬，文采不彰，其所記載，僅隸有清一朝；荷人鄭氏之事，闕而弗錄，竟以島夷海寇視之。烏乎！此非舊史氏之罪歟？且府志重修於乾隆二十九年，臺、鳳、彰、淡諸志，雖有續修，侷促一隅，無關全局，而書又已舊。苟欲以二三陳編而知臺灣大勢，是猶以管窺天，以蠡測海，其被囿也亦巨矣。

夫臺灣固海上之荒島爾！篳路藍縷，以啟山林，至於今是賴。顧自海通以來，西力東漸，運會之趨，莫可阻遏。於是而有英人之役，有美船之役，有法軍之役，外交兵禍，相逼而來，而舊志不及載也。草澤群雄，後先崛起，朱、林以下，輒啟兵戎，喋血山河，藉言恢復，而舊志亦不備載也。續以建省之議，開山撫番，析疆增吏，正經界，籌軍防，興土宜，勵教育，綱舉目張，百事俱作，而臺灣氣象一新矣。

夫史者，民族之精神，而人群之龜鑑也，代之盛衰，俗之文野，政之得失，物之盈虛，均於是乎在。故凡文化之國，未有不重其史者也。古人有言：「國可滅而史不可滅。」是以郢書燕説，猶存其名；晉乘楚杌，語多可採；然則臺灣無史，豈非臺人之痛歟？

顧修史固難，修臺之史更難，以今日修之尤難，何也？斷簡殘編，蒐羅匪易；郭公夏五，疑信相參；則徵文難。老成凋謝，莫可諮詢；巷議街譚，事多不實；則考獻難。重以改隸之際，兵馬倥傯，檔案俱失；私家收拾，半付祝融，則欲取金匱石室之書，以成風雨名山之業，而有所不可。然及今爲之，尚非甚難，若再十年二十年而後修之，則真有難爲者。是臺灣三百年來之史，將無以昭示後人，又豈非今日我輩之罪乎？

橫不敏，昭告神明，發誓述作，兢兢業業，莫敢自遑。遂以十稔之間，撰成《臺灣通史》。爲紀四，志二十四，傳六十，凡八十有八篇，表圖附焉。起自隋代，終於割讓，縱橫上下，鉅細靡遺，而臺灣文獻於是乎在。

洪惟我祖先，渡大海，入荒陬，以拓殖斯土，爲子孫萬年之業者，其功偉矣！追懷先德，眷顧前途，若涉深淵，彌自儆惕。烏乎！念哉！凡我多士，及我友朋，惟仁惟孝，義勇奉公，以發揚種性；此則不佞之幟也。婆娑之洋，美麗之島，我先王先民之景命，實式憑之。

成功的關鍵

——〈留侯論〉蘊義

一個人的成功，一分靠機遇，九分靠努力。機遇是外在的，屬個人冥冥中的福命，不可強求；努力則全然操之在我，我努力一分，即顯人之精神價值一分，即向成功的方向邁進一步，故努力實是成功最重要的因素。

人之努力，蘊涵了種種精神，其中最主要的，即在「能忍」的修養。俗語說：「有恆為成功之本」，有恆者，乃人能忍受時間的煎熬，能耐得了一個「久」之謂。能忍，則可承受失敗的打擊，耐得住無助的孤寞，而不氣餒地突破重重的橫逆，繼續迎向前去，故吾人可謂「能忍」實是努力的原動力。

蘇軾的〈留侯論〉駁斥舊史家之觀點，而論定子房之成功，不在於從圯上老人手中得到的那本《太公兵法》，而在於從老人之「深折」中磨鍊出「能忍」的情操，其論允當；蓋兵書屬客觀的知識，它只是增益子房軍事能力的外在資具，是末，「能忍」則屬人之道德精神，是人之成事的原動力，是本，人之道德精神全依自我的培養，這是自助，兵法書之突然獲得有如神助（此所以世人疑圯上老人為下凡的神仙），神助不如自助，逐末不如求本，唯有如此，才真能凸顯人之成功的價值與意義，而予世人以一「成功則必求之在我」的啟示，從這個角度來看，蘇軾謂「夫子房授書於圯上之老人也，其事甚怪，……世人不察，以為鬼物，亦已過矣。且其意不在書」的持論，應有他的用意與苦心。

「能忍」之所以特別朗顯為子房成功的關鍵，即因早期他極度缺乏這種道德的涵養，博浪沙行刺秦皇之舉，尤其說明了這一點，當時他急著為韓報仇，「不忍忿忿之心，以匹夫之力而逞於一擊之間。」如果不是他命大，恐早已身首異處，蘇軾依子房鹵莽的個性，而推理謂圯上老人之出現，「安知其非秦之世，有隱君子者出而試之。」是頗有見地的，所以後面接著說：「子房以蓋世之才，不為伊尹、太公之謀，而特出於荊軻、聶政之計，以僥倖於不死，此圯上老人之所為深惜者也。是故倨傲鮮腆而深折之。彼其能有所忍也，然後可以就大事。」子房當初之所以不能忍，在於欠缺對秦「持法太急者，其鋒不可犯，而其勢未可乘」的智慧，他不知時局的艱難與一己之困限，只憑一時之義憤來行事，這正是他失敗的主因，而人如一味情緒化，不計後果，亦必會失去理性，不能深謀遠慮，故「不為伊尹、太公之謀，而特出於荊軻、聶政之計。」足見忍與智兩者相融相攝，相輔相成，故人之能忍，亦正是一智者的表現。

「觀夫高祖之所以勝，而項籍之所以敗者，在能忍與不能忍之間而已矣。項籍唯不能忍，是以百戰百勝，而輕用其鋒；高祖忍之，養其全鋒，以待其弊。」項羽得意忘形，受到「常勝」的誤導，忘卻了戰爭終有慘敗的時候，「而輕用其鋒」，使馬困兵疲，更加速了兵敗之噩運的到來；反之，高祖知在暗中養精蓄銳，保全實力，徐待對方衰竭殆盡，再一舉取勝，此成敗關鍵，固在兩者之能忍與不能忍，亦可謂在於兩者之懂不懂得戰略的運用，及有沒有《易》所謂「潛龍勿用」、「亢龍有悔」的智慧。

「能忍」除了涵蘊智的精神，亦同時蘊存了仁的精神，所謂仁，即具有廣大博厚的容人心量之謂。「夫老人者，以為子房才有餘，而憂其度量之不足，故深折其少年剛銳之氣，使之忍小忿而就大謀。」此中「憂其度量之不足」，即說明了忍與仁兩者的關係，圯上老人之「深折」子房，《史記．留侯世家》記載得很生動：「良嘗閒從容步游下邳圯上，有一老父，衣褐，至良所，直墮其履圯下，顧謂良曰：『孺子，下取履！』良鄂然，欲毆之。為其老，彊忍，下取履。父曰：『履我！』良業為取履，因長跪履之。父以足受，笑而去。」老人「倨傲鮮腆」的態度，對一與之「非有生平之素」的年輕人來說，誠難承受，所以當時「欲毆之」，但人應尊老敬老，子房念「為其老」而強忍之，此即其心已淡化不合理（老人之無禮態度）的一面，轉化為合理（敬老尊老）的一面而承受之，這種能承載、包容一不合理的存在，即顯其心量之廣大博厚，故是一仁之精神表現，而此能淡化不合理，轉化為合理，亦正是人培養「能忍」氣質的好方法。

忍與智仁相涵，亦與勇德相攝，〈留〉文開宗明義指出：「古之所謂豪傑之士者，必有過人之節。人情有所不能忍者，匹夫見辱，拔劍而起，挺身而鬥，此不足為勇也。天下有大勇者，卒然臨之而不驚，無故加之而不怒。此其所挾持者甚大，而其志甚遠也。」真正所謂的大勇者，乃是敢於面對現實，敢於承擔現實之無奈的人，他雖暫向現實低頭，卻不屈服於現實，一心所繫念的，唯在如何善用當前不利的情境，以鍛鍊自己，使自己能超越現實，而在未來成就更大的理想價值，「其所挾持者甚大，而其志甚遠」，則對眼前一切吃虧乃至屈辱之事，自也能坦然接受，而不在乎它了。為了或避兵禍或復國，「楚莊王伐鄭，鄭伯肉袒牽羊以逆。」「勾踐之困於會稽，而歸臣妾於吳者，三年而不倦。」他們以一國至尊，遽然屈降為卑奴，勇敢地面對殘酷的現實，承受奇恥大辱，看似只為一向客觀環境投降的懦弱，實則是一「外乾中強」、「色荏內厲」之大忍大勇的人。

忍中隱涵智仁與勇，由是可見，一個人能忍，則表現出來的必是大智若愚，大仁似虛，大勇如懦，所以它是一種有若無、實若虛的「陰」德，〈留〉文結語謂：「太史公疑子房以為魁梧奇偉，而其狀貌乃如婦人女子，不稱其志氣。嗚呼！此其所以為子房歟！」此正說明了子房「能忍」的性格；人而能忍，必可克服艱難，而轉逆為順，所以它是成功的關鍵，不只是古時候的人需要培養它，生活在自由民主之社會裡的現代人，每個人更需要去培養它。

【課文附錄】

留侯論

蘇軾

古之所謂豪傑之士者，必有過人之節。人情有所不能忍者，匹夫見辱，拔劍而起，挺身而鬥，此不足爲勇也。天下有大勇者，卒然臨之而不驚，無故加之而不怒。此其所挾持者甚大，而其志甚遠也。

夫子房受書於圯上老人也，其事甚怪；然亦安知其非秦之世，有隱君子者出而試之。觀其所以微見其意者，皆聖賢相與警戒之義；而世不察，以爲鬼物，亦已過矣。且其意不在書。

當韓之亡，秦之方盛也，以刀鋸鼎鑊待天下之士。其平居無罪夷滅者，不可勝數。雖有賁、育，無所復施。夫持法太急者，其鋒不可犯，而其勢未可乘。子房不忍忿忿之心，以匹夫之力而逞於一擊之間；當此之時，子房之不死者，其間不能容髮，蓋亦已危矣。千金之子，不死於盜賊，何者？其身之可愛，而盜賊之不足以死也。子房以蓋世之才，不爲伊尹、太公之謀，而特出於荊軻、聶政之計，以僥倖於不死，此圯上之老人所爲深惜者也。是故倨傲鮮腆而深折之。彼其能有所忍也，然後可以就大事。故曰：「孺子可教」也。

楚莊王伐鄭，鄭伯肉袒牽羊以逆；莊王曰：「其君能下人，必能信用其民矣。」遂捨之。句踐之困於會稽，而歸臣妾於吳者，三年而不倦。且夫有報人之志，而不能下人者，是匹夫之剛也。夫老人者，以爲子房才有餘；而憂其度量之不足，故深折其少年剛銳之氣，使之忍小忿而就大謀。何則？非有生平之素，卒然相遇於草野之間，而命以僕妾之役，油然而不怪者，此固秦皇之所不能驚，而項籍之所不能怒也。

觀夫高祖之所以勝，而項籍之所以敗者，在能忍與不能忍之間而已矣。項籍唯不能忍，是以百戰百勝，而輕用其鋒；高祖忍之，養其全鋒，以待其弊，此子房教之也。當淮陰破齊而欲自王，高祖發怒，見於詞色。由此觀之，猶有剛強不忍之氣，非子房其誰全之？

太史公疑子房以爲魁梧奇偉，而其狀貌乃如婦人女子，不稱其志氣。嗚呼！此其所以爲子房歟？

儒家仁義的性格

——讀錢公輔〈義田記〉

〈義田記〉的作者錢公輔與范仲淹是同時代（宋仁宗時）、同地方（江蘇省）的人，以當世當地的人來為當世當地的人（范仲淹）、事（義田之設置）作見證，益見親切與真實，蘇東坡謂錢氏「帶規矩而蹈繩墨，佩芝蘭而服明月。」如此品格清高的人，以發自其內心的誠摯，來申論有關義田的精神價值，更易令人體識到儒家仁義的性格。

儒家特重仁義，仁即道德良心，義則是由此道德良心針對客觀的境遇作價值的判斷，而表現出來的那條適切的路子，所謂：「義，路也。」（《孟子．萬章下》）說得更明白些，「義」有二義：一是應不應該（良心「安」的即應該，「不安」即不應該，所以「應不應該」屬「良心抉擇」的問題），二是合不合適（依個人氣質上的困限與現實存在面的艱難來考量，做出最恰切最相應的行為表現即合適，不恰切不相應的即不合適，所以「合不合適」乃「存在決斷」的問題），要之，人在行事之時，懂得做良心與存在的「選擇」，從而走出一正確而有價值的路子，就叫做「義」，依此，「平生好施與」是仁，「擇其親而貧，疏而賢者，咸施之」則是義。

范文正公「方貴顯時，置負郭常稔之田千畝，號曰義田，以養濟群族之人。日有食，歲有衣，嫁娶婚葬，皆有贍。」養濟的項目，特舉食、衣、婚、葬，正是義田之所以號稱「義」田處，蓋衣食乃人在現實物質生活中最基本最不可缺的，是人「生」的必要條件，所以必當優先解決，而「婚」是人之延生的起始，「葬」是生命歸終的安頓，都是人生精神上的大事，能注重生命的起始與歸宿，人文的價值意義就在此中展現，中國人的婚娶必有賓客來賀，喪葬亦必有親朋來悼慰、關心，機關團體成員亦設有婚喪互助、補助金等，以輔成人生之全，彼此間相互關懷死生之事，即顯人之「仁、義」的精神。

朱子釋仁謂：「仁者，心之德，愛之理。」德者，得也，即得於心，非得於外的意思，此與韓愈所謂「足乎己，無待於外」之義相通，足於己，所以感受不到己身現實上的貧乏，而能安貧樂道，亦唯內心富足，才可能不顧一切地全力助人，范文正「公既位充祿厚，而貧終其身。歿之日，身無以為斂，子無以為喪。」晏平仲「敝車羸馬」，彼等安貧樂道的表現，在在凸顯了「足乎己，無待於外」的仁者風範。然仁者除了要有這種「心之德」外，尚須把這份仁心依於「愛之理」而推廣於外，所謂「成物所以成己」；理者，天理也，天理中自有條理，而「差等」亦是一條理，仁者依於天理來表達其愛心，故所施之愛是有先後之序的，此即是義。「晏子之仁有等級，而言有次也；先父族，次母族，次妻族，而後及其疏遠之賢。孟子曰：「親親而仁民，仁民而愛物。」晏子為近之。」所說的即此義。天理中有差等，於自然界中處處可悟會，如太陽即天之一表徵，太陽普照大地，讓萬物展現生機，這是「愛」的精神表現，然此中自有差等，接近它的感光受熱強，遠離它的感光受熱弱，東半球與西半球無以同時感光受熱，這個差等即「愛之理」，是合乎自然的，人文從自然來，人各有一父母乃自然，人文亦不能違背，孝乃人心一私，人心各尊其私，乃成人道之公，所謂：「親親而仁民，仁民而愛物。」推恩施愛是有先後順序的（所謂等級即針對先後順序而言等級，非指愛心有輕重厚薄的等級，仁者之愛心對一切人一切物皆平等），此實出於個體生命之有限性與現實存在之艱難性的無奈，墨家所倡「視人父同己父」的兼愛，忽略了此有限與艱難，雖能顯一生命的剛氣，但積極過了頭，反有急功近利之弊，其只遵天志，不顧人心，全然地把天高壓在人之上，天人不相應，則內無所本，不內求諸己，乃外求諸天，即失去了生命圓融的情調，此正是儒家仁愛與墨家兼愛精神的差異處。

儒家不只對親屬與外人分親疏，親屬之中亦有親疏之別，「先父族，次母族，次妻族。」父母是我生命之所來自，無父母即無我，無我即無妻，無妻即無後代，生命的「生生不已」，即一承先啟後的自然歷程，有先乃有後，故養濟群族，亦當先父母之族，再妻族，父母原為同體，本無親疏之分，所以先父族者，乃出於親情意識的自覺，理性的開悟，故而能超越母子最直接之親情的封限，由「質」的親親原則轉而為「文」的尊尊原則，此可謂人文精神的一大躍進。

從養濟對象的數量來看，晏平仲「父之族，無不乘車者，母之族，無不足於衣食者，妻之族，無凍餒者，齊國之士，待臣而舉火者，三百餘人。」與范文正公之「族之聚者九十口」、「仕而家居俟代者與焉」兩相比較，顯然前者比後者規模要大得多，然平仲之好仁濟貧只終止於其一身，文正則「惟以施貧活族之義，遺其子。」「公既歿，後世子孫修其業，承其志，如公之存也。」道德實踐是一無盡的歷程，能將此「施貧活族」之義薪傳下去，即見仁義之可大可久，「觀文正之義，賢於平仲，其規模遠舉又疑過之。」錢氏道德的評價，實深具慧識。

讀〈義田記〉，文正與平仲的人格風範不僅活生生地朗現於當前，也讓我們領受到儒家仁義的性格，儒家所講的是生命的學問，成德的學問，性情的學問，重性情，才能相通互足，重成德，才能相愛互敬，至和至樂，這正是開拓人生康莊大道之所在。

【課文附錄】

義田記　錢公輔

范文正公，蘇人也，平生好施與。擇其親而貧，疏而賢者，咸施之。

方貴顯時，置負郭常稔之田千畝，號曰義田，以養濟群族之人。日有食，歲有衣，嫁娶婚葬，皆有贍。擇族之長而賢者主其計，而時其出納焉。日食人一升，歲衣人一縑，嫁女者五十千，再嫁者三十千，娶婦者三十千，再娶者十五千，葬者如再嫁之數，葬幼者十千。族之聚者九十口，歲入給稻八百斛；以其所入，給其所聚，沛然有餘而無窮。仕而家居俟代者與焉；仕而居官者罷其給。此其大較也。

初，公之未貴顯也，嘗有志於是矣，而力未逮者三十年。既而爲西帥，及參大政，於是始有祿賜之入，而終其志。公既歿，後世子孫修其業，承其志，如公之存也。公雖位充祿厚，而貧終其身。歿之日，身無以爲斂，子無以爲喪，惟以施貧活族之義，遺其子而已。

昔晏平仲敝車羸馬，桓子曰：「是隱君之賜也。」晏子曰：「自臣之貴，父之族，無不乘車者；母之族，無不足於衣食者；妻之族，無凍餒者；齊國之士，待臣而舉火者，三百餘人。如此而爲隱君之賜乎？彰君之賜乎？」於是齊侯以晏子之觴而觴桓子。予嘗愛晏子好仁，齊侯知賢，而桓子服義也。又愛晏子之仁有等級，而言有次也。先父族，次母族，次妻族，而後及其疏遠之賢。孟子曰：「親親而仁民，仁民而愛物。」晏子爲近之。觀文正之義，賢於平仲，其規模遠舉，又疑過之。

嗚呼！世之都三公位，享萬鍾祿，其邸第之雄，車輿之飾，聲色之多，妻孥之富，止乎一己；而族之人不得其門而入者，豈少哉？況於施賢乎！其下爲卿大夫、爲士，廩稍之充，奉養之厚，止乎一己；族之人瓢囊爲溝中瘠者，豈少哉？況於他人乎！是皆公之罪人也。公之忠義滿朝廷，事業滿邊隅，功名滿天下，後必有史官書之者，予可略也。獨高其義，因以遺世云。

存亡之道

——蘇洵的〈六國論〉

《論語．為政篇》有這麼一段發人省思的對話：

子張問：「十世可知也？」子曰：「殷因於夏禮，所損益可知也；周因於殷禮，所損益可知也，其或繼周者，雖百世可知也。」

子張之問，即在問歷史的演變是否有軌跡可尋，孔子答謂每個朝代雖有不同的客觀情境，但只要依於人之精神去表現（禮），則每個朝代各種不同的因應方式（或損或益），必都會朝歷史的正面而趨，所以說：「其繼周者，雖百世可知也。」

孔子的卓見，給了我們一個啟示，即：歷史是人類集體行為的展現，其背後是有一人的精神主導著，順之，則歷史往正面而趨，逆之，則往負面而行，不論往正面或負面，要之，它都是人之成敗得失的經驗，能從活生生的歷史經驗中吸取教訓，即可減少人類思想、行為之錯誤的嘗試，而寫出正面的歷史，因此，讀歷史不可只平鋪地了解史事陳跡，更必須從中作一正確的歷史判斷，從而做為當今的行事龜鑑，朱子說得好：「讀史當觀大倫理、大機會、大治亂得失。」（《續近思錄．卷三》）能如此，才算活讀歷史，歷史亦才顯其價值。而蘇洵的〈六國論〉一文，縷析戰國時代六國之所以一一為秦所破滅，主因即在於「賂秦」，其文簡明，而理至透闢，可謂一極有價值的歷史見解，其價值，不只因於對六國滅亡之主因有一正確的判斷，更能借此史事適時警惕當時宋朝賂敵（契丹）之退怯政策的失當，他善讀歷史，也善盡一士人所能盡的社會責任，令人激賞。

「六國破滅，非兵不利，戰不善，弊在賂秦。賂秦而力虧，破滅之道也。」文章一開頭，作者即開門見山地道出六國之滅亡在於「賂秦」，兵既非不利，戰亦非不善，客觀的條件未必處處不如敵國，為何爭相賂秦呢？其因即昧於強秦之外象，而失卻自保的信心，於是以土地換取妥協，以求一時的苟安。「賂秦而力虧」，這不只是「國力」之虧，更是「心力」之虧，自信心如果不能建立起來，則當他國喪亡時，自己即使不賂秦，也因感形單勢薄，無他力可依，而信心崩潰，於是引發骨牌效應，兵敗如山倒，所以〈六〉文接著說：「或曰：『六國互喪，率賂秦耶？』曰：『不賂者以賂者喪。蓋失強援，不能獨完。故曰：弊在賂秦也。』」可見破滅之道，除了喪失客觀的國力外，更重要的是喪失了主觀的自信力。

「秦以攻取之外，小則獲邑，大則得城。較秦之所得，與戰勝而得者，其實百倍；諸侯之所亡，與戰敗而亡者，其實亦百倍；則秦之所大欲，諸侯之所大患，固不在戰矣。」秦以強大的軍力攻城掠地，一方面固在展現國威，另一方面則藉其威力來破解各國自保的信心，企圖以心理戰術，不戰而屈人之兵，結果成效奇佳，終逼使各國產生「恐秦症」，紛紛割地求和。土地乃一切的生源，無土地即無法種作，無法生物長物以養民，因此割讓土地是削弱國力的最大致命傷；相對的，開疆闢土亦正是富國強國最最根本之道，這也正說明了為什麼各國之先王先民要「暴霜露，斬荊棘，以有尺寸之地。」只可惜「子孫視之不甚惜，舉以予人，如棄草芥。」只顧現實，沒有理想，只求自己暫時的苟活，不為後代子孫著想，更不知向列祖列宗交待，沒有歷史使命感，就培養不出愛國的情操，這樣的國家，當然註定要滅亡。

國際間本都希望永久和平共存，但真正的和平，乃建立在彼此的誠信和互利上，此外，別無條件，魏、韓、楚三國「今日割五城，明日割十城」，不甘願地以地求和，顯係迫於強秦的要脅，大國既無誠信，則雖暫「得一夕安寢，起視四境，而秦兵又至矣。」這種讓一方受害，一方得利的「敲詐」式的和平，只是求一時苟安的假和平，而「諸侯之地有限，暴秦之欲無厭，奉之彌繁，侵之愈急。」各國飲鴆止渴的作法，「至於顛覆，理固宜然。」蓋強秦的目的不在和平，而在蠶併，他迫進一步，你就退讓一分，即等於在鼓勵他迫進，使他食髓知味，而每次得逞的結果，更強化了秦國侵略的野心，到最後不滅人國，慾望就得不到滿足，誠如古人所云：「以地事秦，猶抱薪救火，薪不盡，火不滅。」這正是帝國主義者心態赤裸裸的寫照。

面對強敵，要爭取自身存活的空間，正本清源之計，即在加強本國的信心與實力，自身的客觀條件不足，亦可聯合其他生存與共的國家，以建立一足以抗衡的力量，然後才真能嚇阻強敵擴張的野心，而得到長久的生存。可惜齊人「與嬴而不助五國」，昧於現實，向強權投靠，使秦如虎添翼，嚴重打擊其他國家相互結合的實力與信心，所以雖「未嘗賂秦，終繼五國遷滅。」而自食惡果。「燕、趙之君，始有遠略，能守其土，義不賂秦。」抱定「退無死所」的決心，敢於背水一戰，「是故燕雖小國而後亡，斯用兵之效也。」燕之亡，亡在太子丹命荊軻刺秦王，挑起了秦王報復的決心，而趙原有強大的軍力，故「後秦擊趙者再，李牧連卻之。」只可惜聽信敵人反間之計，結果「洎牧以讒誅，邯鄲為郡。」可見一國之興亡，內部的互信相當重要，能互信互諒，凝聚共識，乃能整合力量，趙之亡覆，可為殷鑑，因此蘇洵綜論曰：「向使三國各愛其地，齊人勿附於秦，刺客不行，良將猶在，則勝負之數，存亡之理，與秦相較，或未易量。」

誠然，要有效對付強權的侵略，自立自強是不二法門。一切力量來自民間，因而民力即國力，民氣即國氣，能喚起全民的憂患意識，同仇敵愾，努力挖掘人才，鼓勵他們為國效命，「以賂秦之地，封天下之謀臣，以事秦之心，禮天下之奇才。」則無限民力之集結，即可產生一沛然而莫之能禦的力量；六國當時倘有政治的智慧，同舟共濟，相互支援，「並力西嚮」，當可化解秦國侵略的野心，否則，一味畏於強權，各為己謀，只求苟且偷安，「日削月割」其土地，將使國力日損，民氣日散，終「為秦人積威之所劫」，而導致國家相繼滅亡。

國家要生存得有尊嚴，讓敵人不敢等閒視我，不敢覬覦我國土，不敢凌我辱我，重要的不在國家的大小，而在民力的集結，「夫六國與秦皆諸侯，其勢弱於秦，而猶有可以不賂而勝之之勢。」這正是民力集結的效應；民力要有效集結，但看為政者如何引導，上焉者有強烈的使命感，勇於對歷史負責，對人民交待，讓人民活得有尊嚴，乃能激發共存共榮的士氣，全心全力為國效命，否則，以地與人，以求苟全，不只國家受到屈辱，人民也同樣受到屈辱，在國際社會中，人格抬不起頭，失望之餘，如何能提振愛國情操？歷史雖遠，殷鑑在邇，「苟以天下之大，而從六國破亡之故事，是又在六國之下矣。」蘇洵以鐵的歷史教訓，暗示宋朝要自立自強，活出國家的尊嚴，不僅值得宋人戒惕，亦值得當今處於極為艱難之環境中的我們深思。

【課文附錄】

六國論

蘇洵

六國破滅，非兵不利，戰不善，弊在賂秦。賂秦而力虧，破滅之道也。或曰：「六國互喪，率賂秦耶？」曰：「不賂者以賂者喪。蓋失強援，不能獨完。故曰，弊在賂秦也。」

秦以攻取之外，小則獲邑，大則得城。較秦之所得，與戰勝而得者，其實百倍；諸侯之所亡，與戰敗而亡者，其實亦百倍；則秦之所大欲，諸侯之所大患，固不在戰矣。思厥先祖父，暴霜露，斬荊棘，以有尺寸之地。子孫視之不甚惜，舉以予人，如棄草芥。今日割五城，明日割十城，然後得一夕安寢；起視四境，而秦兵又至矣！然則諸侯之地有限，暴秦之欲無厭，奉之彌繁，侵之愈急，故不戰而強弱勝負已判矣。至於顛覆，理固宜然。古人云：「以地事秦，猶抱薪救火，薪不盡，火不滅。」此言得之。

齊人未嘗賂秦，終繼五國遷滅，何哉？與嬴而不助五國也。五國既喪，齊亦不免矣。燕、趙之君，始有遠略，能守其土，義不賂秦。是故燕雖小國而後亡，斯用兵之效也。至丹以荊卿爲計，始速禍焉。趙嘗五戰於秦，二敗而三勝。後秦擊趙者再，李牧連卻之。洎牧以讒誅，邯鄲爲郡；惜其用武而不終也。且燕、趙處秦革滅殆盡之際，可謂智力孤危，戰敗而亡，誠不得已。向使三國各愛其地，齊人勿附於秦，刺客不行，良將猶在；則勝負之數，存亡之理，與秦相較，或未易量。嗚呼！以賂秦之地，封天下之謀臣；以事秦之心，禮天下之奇才；並力西嚮，則吾恐秦人食之不得下咽也。悲夫！有如此之勢，而爲秦人積威之所劫，日削月割，以趨於亡。爲國者，無使爲積威之所劫哉！

夫六國與秦皆諸侯，其勢弱於秦，而猶有可以不賂而勝之之勢；苟以天下之大，而從六國破亡之故事，是又在六國之下矣。

立法從寬，執法從嚴

——歐陽修的〈縱囚論〉

西哲柏拉圖說：「政治的目的，即是從人性之認識中，採取一切的原則，為全體人的福利而加以治理，以助人人成為完人或最幸福的人。」可見政治是人文的一環，它的終極目標，即在使每個人能安於生活，進而各盡其德，各養其生，各遂其性，以顯「人」的精神價值；是以從政者當善用其政治的管理權力，一方面施行教育，喚醒人的道德自覺，使人主動自發地本乎良心善性行事，一方面要設法阻止一切「違反人文價值之實現」的衍生，安頓起碼的社會秩序，使人不敢破壞人際間善意的流行，前者是禮教，後者是法治；禮是積極的開導，「禁於將然之前」，在一切過惡之幾初動處，即加以絕斷，其對人之人格尊敬，不忍人蹈於罪而受罰，故蘊存仁愛的精神；法是消極的防制，「禁於已然之後」，待人之過惡付諸實施，始加以遏止，其對人「自主」人格不信任，故用強制手段，依人之過惡程度而施以應得的處罰，以顯天地間「罰惡揚善」的公理，故具有公義的意識。可見禮與法都具有教育的功能，禮以名教，只為一往之絕對的肯定，法以刑教，乃由否定否定者以見肯定，不論名教或刑教，要之，皆在直接或間接成就人文的價值，促進道德的實踐。

法既具有消極的教育意義，則法律之制訂與執行，必須本乎情理，依於情，則立法要從寬，不輕易入人於罪，以使人有改過向上的機會；依於理，則執法要從嚴，確實執行，以維護法律之公正性的尊嚴；歐陽修〈縱囚論〉一文，即本此觀點，駁斥唐太宗「縱囚」措施的失當。

「信義行於君子，而刑戮施於小人。」在禮教薰陶下，一個有修養的君子，必能自我提撕道德精神，他尊重人格生命，所以必會遵守「信用」，他為展現道德人格的絕對自由性，乃至可以全然超脫軀殼的束縛，「寧以義死，不苟幸生，而視死如歸。」這是君子中的君子。至於小人，由於習染的泥重，缺乏主動自主的精神，只好施以強制的範規，「刑戮施於小人」，依其罪行之輕重，給予或短期或長期徒刑的制裁，使之在監牢中，領受到各種痛苦的煎熬，從中得到教訓，改過遷善，以進於德；當他的罪行，使受害者遭到無可彌補的傷害，或使整個國家、社會受到難以收拾的損失，則只好判決他死刑，剝奪其生命，以抵償其罪行，「刑入於死者，乃罪大惡極，此又小人之尤甚者也。」處死，一方面表示對這種小人中的小人之「向善」人格的絕望，了結其生存機會，以免禍延他人，一方面認定其罪孽深重，無以復加，即或他有改過的心願，也不赦免其死，以昭「惡有惡報」之天理，此即是法律之莊嚴所在。

唐太宗將「大辟囚三百餘人，縱使還家，約其自歸以就死。」在不免其死的前提下，讓「罪大惡極」的死刑犯在臨刑前回家暫享天倫，與至親見最後的一面，這種「法外施恩」的做法，已大顯其寬厚仁慈，凡有血性的人應都不致反對，問題是：要這些極度缺乏道德自主精神的死刑犯「自歸」以就死，等於是要小人中的小人遽然成聖成賢，「是以君子之難能，期小人之尤者以必能。」顯然不合情理；更怪的是：這三百多個死刑犯，竟能「及期，而卒自歸，無後者。」人人遵守信用，願為自己的罪行負責，而慷慨就死，這種「君子之所難，而小人之所易」的不近人情表現，簡直令人不可思議。

死刑既已定讞，大辟囚之主動歸來以就死，原也只領受他們應得的懲罰罷了，唐太宗竟因他們「自歸以就死」之難能可貴的表現，而悉數予以開釋，既往不咎，讓他們不必再為過去之「罪大惡極」的行為負責，此中自必引來疑竇：或許唐太宗與死囚之間，彼此只在演一齣美麗的雙簧，太宗求的是「恩德入人之深，而移人之速」的聖君美名，死囚要的是赦免死罪，彼此心照不宣地為各自達成其企圖心而密切合作，所以〈縱〉文謂：「太宗之為此，所以求此名也。然安知夫縱之去也，不意其必來以冀免，所以縱之乎？又安知夫被縱而去也，不意其自歸而必獲免，所以復來乎？夫意其必來而縱之，是上賊下之情也；意其必免而復來，是下賊上之心也。吾見上下交相賊，以成此名也，烏有所謂施恩德與夫知信義者哉？」

人的道德修養不是一蹴可幾的，必須於平日「修」之，長期「養」之，時時提撕，循次漸進，才能日達於高明，否則，稍一鬆弛，即可能為習氣所牽引，心靈又重歸閉塞，這正是人生之一艱難處。況且道德涵養全憑自己的努力，賢君之禮治也只是一助緣，必待一漫長的時間，醞釀出社會的敦厚習尚，然後才能顯現潛移默化之功，孔子謂：「『善人為邦百年，亦可以勝殘去殺矣』，誠哉是言也！」（《論語・子路》）在在說明了這一點，所以〈縱〉文接著說：「不然，太宗施德於天下，於茲六年矣，不能使小人不為極惡大罪，而一日之恩，能使視死如歸，而存信義，此又不通之論也。」

唐太宗是位英明的國君，歷史早有公斷，我們當然不忍吹毛求疵而一筆抹煞其英名，但也不能蔽於其英名，而認定其一切政治措施都無懈可擊，或許唐太宗當時之縱囚，原出於一片真誠，死刑犯有感於其赤誠，也一時真能提撕自己，「視死如歸」，主動前來受死，但法律總歸法律，「刑罰不中，則民無所措手足。」法律只有維持其公正與莊嚴性，才真具有消極的教育效能，唐太宗之縱囚，雖或出於其仁心，然不免失之於厚，他也許想借用縱囚來鼓勵天下一切人改過向善，豈知卻產生後遺症，反促使犯人心存僥倖，徒增社會的亂源，實無補於世道人心，此之謂：「好仁不好學，其蔽也愚。」

所以最好的辦法是：立法從寬，執法從嚴。立法從寬，不輕易入人於罪，即已給予犯人最大的包容與禮遇，當法律確定，而仍明知故犯，則應即依法制裁，故「縱而來歸，殺之無赦。」否則，「殺人者皆不死，是可為天下之常法乎？」當然，如果有極為特殊的案例（如犯人曾對國家社會有極大的貢獻），「可偶一為之」予以赦免，但這應是對極為特殊之個案的「偶一為之」，而不是對全體囚犯一律「偶一為之」，此「偶一」亦應以減刑「為之」為佳，不必定要賜以免刑，如此，才能接契人心，平息民怨；「禮樂不興，則刑罰不中。」禮樂要本於人情，法律亦同樣要本於人情，才具有其公正、客觀與莊嚴性，而為大家所肯定所願共同接受的「常法」，所以為政者之制法執法「必本於人情，不立異以為高，不逆情以干譽。」

當然，「道之以政，齊之以刑，民免而無恥。」刑罰乃是不得已的手段，所以對那些作姦犯科的人，應「哀矜而勿喜」，如何在平日「道之以德，齊之以禮。」使人人有恥且格，而免蹈入法網，進而凸顯人的精神，使社會呈現一太和的境界，這才是為政者真正要用心的地方。

【課文附錄】

縱囚論

歐陽修

信義行於君子，刑戮施於小人。刑入於死者，乃罪大惡極，此又小人之尤甚者也。寧以義死，不苟幸生，而視死如歸，此又君子之尤難者也。

方唐太宗之六年，錄大辟囚三百餘人，縱使還家，約其自歸以就死：是以君子之難能，期小人之尤者以必能也。其囚及期，而卒自歸，無後者：是君子之所難，而小人之所易也。此豈近於人情哉？

或曰：「罪大惡極，誠小人矣。及施恩德以臨之，可使變而爲君子；蓋恩德入人之深，而移人之速，有如是者矣。」曰：「太宗之爲此，所以求此名也。然安知夫縱之去也，不意其必來以冀免，所以縱之乎？又安知夫被縱而去也，不意其自歸而必獲免，所以復來乎？夫意其必來而縱之，是上賊下之情也；意其必免而復來，是下賊上之心也。吾見上下交相賊，以成此名也，烏有所謂施恩德，與夫知信義者哉？不然，太宗施德於天下，於茲六年矣，不能使小人不爲極惡大罪；而一日之恩，能使視死如歸，而存信義；此又不通之論也。」

「然則，何爲而可？」曰：「縱而來歸，殺之無赦；而又縱之，而又來，則可知爲恩德之致爾。」然此必無之事也。若夫縱而來歸而赦之，可偶一爲之爾。若屢爲之，則殺人者皆不死，是可爲天下之常法乎？不可爲常者，其聖人之法乎？是以堯舜三王之治，必本於人情；不立異以爲高，不逆情以干譽。

絃音裡的心語

——解讀白居易的〈琵琶行〉

白居易的〈琵琶行〉，寫於唐憲宗元和十一年秋，也就是他被莫須有的罪名貶謫到九江郡擔任司馬的第二年秋天，當時他送客湓浦口（按：從「滿座重聞皆掩泣」一語，知此中所謂「客」，似指從京師遠來慰藉他的諸親朋好友。）餞別時，邂逅一位「江口守空船」的琵琶女，請她彈琴助酒興，沒想到這位女子感昔傷今，借琴音道盡了自己悲歡離合的坎坷遭遇，白居易亦因而有「同是天涯淪落人」的感同身受，心田中揚起官場失意、世事無常的感慨，在情不自禁的驅迫下，寫了這首達六百一十六言的長詩贈送給她，一方面算是對琵琶女獻彈的酬饋，一方面也為彼此久抑的苦鬱解懷。

「潯陽江頭夜送客，楓葉荻花秋瑟瑟。」白居易一開始即以秋風橫掃岸邊紅楓白荻的蕭索景象，烘托出了送別的離愁，然而借酒消愁愁更愁，「醉不成歡慘將別，別時茫茫江浸月。」那股心中隱藏的惆悵，依舊如茫茫江中之月，晦暗而開朗不來。

「忽聞水上琵琶聲，主人忘歸客不發。」用一「忽」字，劃破了方才苦悶的氣氛，「主人忘歸客不發」，又暗示了琵琶聲的動聽與迷人，而琵琶女呢？「尋聲闇問彈者誰？琵琶聲停欲語遲，……千呼萬喚始出來，猶抱琵琶半遮面。」她一方面難耐於守空船的孤寞，一方面又羞澀於在夜間與陌生的男子相見，然而為一解心中積滯的鬱結，難得有訴苦的對象，最後還是做了獻奏的抉擇。「轉軸撥絃三兩聲，未成曲調先有情。」只是調絃試音，樂中即已含情脈脈，引人入勝。「絃絃掩抑聲聲思，似訴平生不得志。低眉信手續續彈，說盡心中無限事。」每一低沈的旋律，都令人引生很多的遐想，激發豐富的情意，覺得那女子彈琴全神投入，好像有說不完的辛酸心事，借著不斷的琴聲，澎湃地宣洩著。彈奏時「輕攏慢撚抹復挑」，手指靈巧，琴藝高超，「大絃嘈嘈如急雨，小絃切切如私語，嘈嘈切切錯雜彈，大珠小珠落玉盤。」大絃低沈而雄壯，宛如下著陣陣急雨的音響，小絃輕幽細促，如同喁喁私語，大絃小絃雖同時交錯彈奏，但主音襯音如珠落玉盤，圓潤而分明。

這次的演奏，不是應酬，而是出於琵琶女之有感而發，因此絃音中的每一個旋律，都蘊存有她的心語，每一個樂調，都象徵了她內裡的不同感受，「間關鶯語花底滑」，這是借琴音傳達她自述中的那段「曲罷曾教善才伏，妝成每被秋娘妒，五陵年少爭纏頭，一曲紅綃不知數。鈿頭雲篦擊節碎，血色羅裙翻酒污」之才貌出眾，走紅樂壇的年少得意的往事，所以節奏輕盈，如黃鶯出谷，啾唧於花下；「幽咽泉流水下灘」，則在訴說「弟走從軍阿姨死，暮去朝來顏色故；門前冷落車馬稀，老大嫁作商人婦。商人重利輕別離，前月浮梁買茶去，去來江口守空船，遶船月明江水寒」的那段不幸的遭遇，淒切悲痛之情，橫梗於胸臆，所以彈出來的琴音，如泉水流下淺灘一般，發出悲泣哽咽的聲音，而「水泉冷澀絃凝絕，凝絕不通聲暫歇。別有幽愁闇恨生，此時無聲勝有聲。」則又在暗示她撫今追往，不勝人世滄桑之感，當年「妝成每被秋娘妒」，而今「暮去朝來顏色故」，當年「五陵年少爭纏頭」，而今「門前冷落車馬稀」，由絢爛掉落到蒼涼，面對如此強烈對比的際遇，怎不黯然神傷？尤其人生最痛苦的，莫過於生離死別，偏偏「弟走從軍阿姨死」，對關愛她的家屬託附無望之餘，只好情寄婚姻，下嫁給當時最沒有社會地位的商人也就罷了，無奈「商人重利輕別離」「去來江口守空船」，女子最後一道幸福的歸宿寄望落空，竟日落寞惆悵，以淚洗面，莫非這都是命運在捉弄人吧？別的可由人自主，命運卻操之在天，冥冥中早有安排，又能奈何？失望至極，琴音「水泉冷澀絃凝絕，凝絕不通聲暫歇。別有幽愁闇恨生，此時無聲勝有聲。」好似絃已斷，聲將絕，欲彈還休，這一片段休止的空白，最易撩人情思，給人更多的聯想空間，覺得那聲歇之後若續若斷的空白處，隱藏著濃濃的「幽愁闇恨」，「此時無聲勝有聲」，的確，「無聲」的休止，更能襯托出內心至極的悲切與無奈。

悲喜交集的心語，透過琴音表達之後，樂曲總算將告結，忽然「銀瓶乍破水漿迸，鐵騎突出刀槍鳴。曲終收撥當心畫，四絃一聲如裂帛。」琵琶女在鬱抑獲得宣洩之後，再度彈出激亢的曲調，把所有聽眾帶入另一高潮，樂聲就此戛然止住，使人宛似在如夢如痴中被震醒，把凝會於音樂中的注意力猛然拉回到現實上來，這時白居易才驀地察覺到「東船西舫悄無言，惟見江心秋月白。」四周的客船竟也如同自己一般，默默地沈浸在多情的樂聲中，而同樣的江月，在聆聽一曲之後，竟也由「茫茫江浸月」轉而成「江心秋月白」，秋月在江中閃爍著皎潔的清輝，正反應出聽者胸中久抑塊壘的消除，而與彈琴者的心境融合為一了。

「我聞琵琶已歎息，又聞此語重唧唧。同是天涯淪落人，相逢何必曾相識。」白居易聽完琵琶女的琴音與自白後，之所以對她引生惺惺相惜與主客合一的心境，即因於由琵琶女坎坷的身世聯想到自身在政壇上的失意，從而有世態炎涼，宦場沈浮的感觸：「我從去年辭帝京，謫居臥病潯陽城。潯陽地僻無音樂，終歲不聞絲竹聲。住近湓江地低濕，黃蘆苦竹繞宅生，其間旦暮聞何物？杜鵑啼血猿哀鳴。」由京都金碧輝煌的環境，一下子轉為「黃蘆苦竹繞宅生」的落魄生活，連最起碼之「京都聲」的音樂都無法享受，竟日只聞「杜鵑啼血猿哀鳴」，短短一兩年間就發生如此強烈的變化，豈不比琵琶女「漸」由燦爛歸於蒼涼，來得更令人唏噓悲切？也難怪他「春江花朝秋月夜，往往取酒還獨傾。」在良辰美景的時境裡，仍須借酒釋懷，則序文中謂：「余出官二年，恬然自安。」恐怕只是自慰的話吧？

最後，琵琶女應邀「更坐彈一曲」，這偶然的邂逅，可遇不可求，今後彈琴者恐再也難有機會碰到如此知音者的共鳴，滿腹的委曲也只有無奈地再自我忍受，想到此，不禁悲從中來，於是「卻坐促絃絃轉急，淒淒不似向前聲。」「座中泣下誰最多？江州司馬青衫濕。」白居易聆聽臨別的驪歌，何曾不無同樣的感受？也因為他感慨於世事之無常，晚年篤好佛事，自稱香山居士，又放意詩酒，號醉吟先生，從這首〈琵琶行〉的作品中，我們似可看出一些端倪。

【課文附錄】

琵琶行 并序

白居易

元和十年，予左遷九江郡司馬。明年秋，送客湓浦口。聞舟船中夜彈琵琶者，聽其音，錚錚然，有京都聲。問其人，本長安倡女，嘗學琵琶於穆曹二善才。年長色衰，委身爲賈人婦。遂命酒，使快彈數曲。曲罷，憫然自敍少小時歡樂事；今漂淪憔悴，轉徙於江湖間。余出官二年，恬然自安，感斯人言，是夕始覺有遷謫意，因爲長句，歌以贈之。凡六百一十六言，命曰：〈琵琶行〉。

潯陽江頭夜送客，楓葉荻花秋瑟瑟。主人下馬客在船，舉酒欲飲無管絃；醉不成歡慘將別，別時茫茫江浸月。忽聞水上琵琶聲，主人忘歸客不發。

尋聲闇問彈者誰？琵琶聲停欲語遲。移船相近邀相見，添酒迴燈重開宴。千呼萬喚始出來，猶抱琵琶半遮面。轉軸撥絃三兩聲，未成曲調先有情。絃絃掩抑聲聲思，似訴平生不得志。低眉信手續續彈，說盡心中無限事。輕攏慢撚抹復挑，初爲〈霓裳〉後〈綠腰〉，大絃嘈嘈如急雨，小絃切切如私語；嘈嘈切切錯雜彈，大珠小珠落玉盤。間關鶯語花底滑，幽咽泉流水下灘。水泉冷澀絃凝絕，凝絕不通聲暫歇。別有幽愁闇恨生，此時無聲勝有聲。銀瓶乍破水漿迸，鐵騎突出刀槍鳴。曲終收撥當心畫，四絃一聲如裂帛。東船西舫悄無言，唯見江心秋月白。

沈吟放撥插絃中，整頓衣裳起斂容，自言：「本是京城女，家在蝦蟆陵下住。十三學得琵琶成，名屬教坊第一部。曲罷曾教善才伏，妝成每被秋娘妒。五陵年少爭纏頭，一曲紅綃不知數。鈿頭雲篦擊節碎，血色羅裙翻酒污。今年歡笑復明年，秋月春風等閒度。弟走從軍阿姨死，暮去朝來顏色故。門前冷落車馬稀，老大嫁作商人婦。商人重利輕離別，前月浮梁買茶去。去來江口守空船，遶船月明江水寒。夜深忽夢少年事，夢啼妝淚紅闌干。」

我聞琵琶已歎息，又聞此語重唧唧！同是天涯淪落人，相逢何必曾相識！我從去年辭帝京，謫居臥病潯陽城；潯陽地僻無音樂，終歲不聞絲竹聲。住近湓江地低濕，黃蘆苦竹繞宅生；其間旦暮聞何物？杜鵑啼血猿哀鳴。春江花朝秋月夜，往往取酒還獨傾。豈無山歌與村笛？嘔啞嘲哳難爲聽。今夜聞君琵琶語，如聽仙樂耳暫明。莫辭更坐彈一曲，爲君翻作琵琶行。

感我此言良久立，卻坐促絃絃轉急；淒淒不似向前聲，滿坐重聞皆掩泣。座中泣下誰最多？江州司馬青衫濕。

一篇小小說的啟示

——〈馮諼客孟嘗君〉

《戰國策》〈馮諼客孟嘗君〉一文，堪稱為相當成功的歷史小小說，小小說最大的特色，在讓讀者於短短的時間內，透過數百或千餘文字，獲得一最精美的精神享受，於其中看到一生動的人生畫面，或聽到一人物的懇摯心聲，或領受到一份特殊的情緒，或悟會到一難得的真理，要之，小小說所要求的，即以最少的文字，表達最大的內涵，使讀者在短暫的一瞥下，接受一則故事，得到一份感動與啟示，〈馮〉文的寫作技巧，正符合了這個原則。

故事一開始，即凸顯了馮諼特異的性格，他「客無好」、「客無能」，竟提出「食無魚」、「出無車」、「無以為家」的無饜索求，三嘆「長鋏歸來乎」，故而遭左右「以告」、「笑之」、「惡之」，而孟嘗君呢？他「笑而受之」、「食之」、「為之駕」、「使人給其食用」，一一滿足他的索求。作者寫馮諼之得寸進尺，左右之由淡然而鄙笑而厭惡，在在反襯出孟嘗君之能容的肚量，到後來馮諼代赴薛收債，利用行前孟嘗君「視吾家所寡有者」之無心的一句話，矯命以債賜民，因燒其券，擺了一道大烏龍，美其名曰：「市義」，事後孟嘗君雖極度不悅，卻也強忍下來，無奈地說：「諾，先生休矣。」故事至此，可謂把孟嘗君恢宏能容的器度，與馮諼的「無能」烘托到了最高點。

接著，作者筆鋒一轉，著墨於一年後齊王罷孟嘗君相位的後續事上，「孟嘗君就國於薛，未至百里，民扶老攜幼，迎君道中。」這時馮諼「市義」的效果才彰朗出來，他不以此自足，另掘二窟，使孟嘗君重登齊國相位，而且「為相數十年，無纖介之禍。」至此，讀者才恍然大悟，原來「無好」、「無能」的馮諼，是一個城腑深沈，潛藏不露的人，他有高度的危機意識，深謀遠慮，故能使孟嘗君在詭譎多變的政爭中，立於不敗之地；而先前馮諼三嘆「長鋏歸來」的貪索無饜，及矯命賜債的舉止，或許都在測試孟嘗君包容的心量，相對的，孟嘗君之豪闊開朗、喜怒不形於詞色的性格，亦正可能是接契於馮諼，而使之願為其效命的主因，〈馮〉文設有如此寬廣的空間，讓讀者去騁思遐想，正是小小說成功之處。

齊王之於孟嘗君，猶孟嘗君之於馮諼，都是君臣的關係，君臣以義合，彼此本應各盡其職，共為理想的政治而努力，所以真正的君臣關係，應是一互內的關係，君禮臣忠，相待以誠信，不幸的是，齊王與孟嘗君之間，並無這種關係，齊王謂孟嘗君曰：「寡人不敢以先王之臣為臣！」罷相的口吻雖委婉，卻陰沈無情（依《史記．孟嘗君列傳》，謂齊王惑於秦、楚之毀，以為孟嘗君名高其主而擅齊國之權，遂廢孟嘗君。即見孟嘗君之被罷黜，因於樹大招風，引來齊王的猜忌。）孟嘗君以一國之相，「不務治國愛民為先，而徒招任俠姦人為之食客，欲假其譎詐，要譽一時。」（錢大昕語）當然也失去了人臣之義。馮諼使計，挾梁王以自重，最後「齊王聞之，君臣恐懼，遣太傅 黃金千斤，文車二駟，服劍一，封書謝孟嘗君。」低聲下氣地請求孟嘗君復相位，表面上雖是對其臣的敬重，其實，真正的目的，只想藉其臣的政治本錢來富國強兵罷了。要之，齊王與孟嘗君只是一交相利用的互外關係，所謂君臣之「義」根本說不上。

至於馮諼，他雖忠貞不二地為其主謀略，但所為的，也只在成就其主一人之私而已，以成就一人之私為目的，則一切所作所為，不論表面上如何冠冕堂皇、名正言順，都只是一種手段，「狡兔有三窟，僅得免其死耳。今君有一窟，未得高枕而臥也，請為君復鑿二窟。」可見馮諼所獻置的三窟（市義薛地，挾梁援重登相位，立宗廟於薛。）目的只想鞏固孟嘗君的權位，使之高枕無憂，所以其市義，雖「因民之所利而利之」，其實也只是在討好薛民，交換其支持與擁護，以壯大自已的聲勢罷了；而挾外援以自重，顯然是欺君罔上之舉，至於「請先王之祭器，立宗廟於薛」之計，則不只具有要脅之意，更有羞辱君上之用心（《禮記．曲禮下》云：「君子將營宮室，宗廟為先。……凡家造，祭器為先。……君子雖貧，不粥祭器。……大夫士去國，祭器不踰竟。」案：宗廟乃天子諸侯祭祀祖先的處所，封建帝王把天下据為一家所有，世代相傳，故以宗廟作為王室、國家之代稱，是以「君子將營宮室，宗廟為先。」又：祭器乃祭祀所用之禮器，為君祿所作，取以出境，恐辱親也，故「大夫士去國，祭器不踰竟。」今請齊王賜其先王祭器、立宗廟於薛，以為監控、扣押之資具，其脅君辱君之意甚明。）所以馮諼「譎而不正」，其謀略雖稱完備周延，卻是相當陰狠的，此為確保相位，令孟嘗君陷於脅君辱君之不義，則其雖稱忠貞，但與孟嘗君所謂君臣以「義」合，則又差之毫釐，失之千里了。

政治者，乃管理眾人之事也。「管理」在本質上乃是為「服務」、「奉獻」而管理，不是為「駕馭」、「壓迫」而管理，所以政治的價值與意義，即是成就普天下之人的大公，故政治是一神聖的事業，一個政治家，亦是一能成就大公的理想主義者，無奈在人慾的貪婪下，政治的本意已嚴重受到扭曲，誠如西方學者馬基維里氏之所云：「政治就是國家的活動，以詐術為手段，而以爭權奪利為目的。」威拉斯威爾氏亦云：「政治就是政治人藉公共目標以掩飾個人的權力動機。」政治淪為滿足個人權力慾望的工具，則政壇上縱橫捭闔的種種活動，也就更顯其卑鄙齷齪了。國家要進步，政治要上軌道，我們只有期望有德慧、有理想、有能力而無私心的政治家（如堯、舜），而不是狡獪陰險的政客（如孟嘗君、馮諼），在民主的國度裡，只要人人培養政治的慧眼，我們有能力也有權利做最佳人選的抉擇。

【課文附錄】

馮諼客孟嘗君　戰國策

齊人有馮諼者，貧乏不能自存，使人屬孟嘗君，願寄食門下。孟嘗君曰：「客何好？」

曰：「客無好也。」曰：「客何能？」曰：「客無能也。」孟嘗君笑而受之，曰：「諾！」左右以君賤之也，食以草具。居有頃，倚柱彈其劍，歌曰：「長鋏歸來乎！食無魚！」左右以告。孟嘗君曰：「食之，比門下之客。」居有頃，復彈鋏，歌曰：「長鋏歸來乎！出無車！」左右皆笑之，以告。孟嘗君曰：「爲之駕，比門下之車客。」於是，乘其車　，揭其劍，過其友，曰：「孟嘗君客我！」後有頃，復彈其劍鋏，歌曰：「長鋏歸來乎！無以爲家！」左右皆惡之，以爲貪而不知足。孟嘗君問：「馮公有親乎？」對曰：「有老母！」孟嘗君使人給其食用，無使乏。於是馮諼不復歌。

後，孟嘗君出記，問門下諸客：「誰習計會能爲文收責於薛者乎？」馮諼署曰：「能！」孟嘗君怪之，曰：「此誰也？」左右曰：「乃歌夫長鋏歸來者也。」孟嘗君笑曰：「客果有能也。吾負之，未嘗見也。」請而見之，謝曰：「文倦於事，憒於憂，而性懧愚，沈於國家之事，開罪於先生。先生不羞，乃有意欲爲收責於薛乎？」馮諼曰：「願之！」於是，約車治裝，載券契而行，辭曰：「責畢收，以何市而反？」孟嘗君曰：「視吾家所寡有者！」

驅而之薛，使吏召諸民當償者，悉來合券。券遍合，起矯命以責賜諸民，因燒其券，民稱萬歲。長驅到齊，晨而求見。孟嘗君怪其疾也，衣冠而見之，曰：「責畢收乎？來何疾也！」曰：「收畢矣！」「以何市而反？」馮諼曰：「君云視吾家所寡有者。臣竊計君宮中積珍寶，狗馬實外廄，美人充下陳。君家所寡有者以義耳！竊以爲君市義。」孟嘗君曰：

「市義奈何？」曰：「今君有區區之薛，不拊愛子其民，因而賈利之。臣竊矯君命，以責賜諸民，因燒其券，民稱萬歲，乃臣所以爲君市義也。」孟嘗君不說，曰：「諾！先生休矣！」後朞年，齊王謂孟嘗君曰：「寡人不敢以先王之臣爲臣！」孟嘗君就國於薛，未至百里，民扶老攜幼，迎君道中。孟嘗君顧謂馮諼曰：「先生所爲文市義者，乃今日見之。」馮諼曰：「狡兔有三窟，僅得免其死耳。今君有一窟，未得高枕而臥也，請爲君復鑿二窟。」

孟嘗君予車五十乘，金五百斤，西遊於梁，謂惠王曰：「齊放其大臣孟嘗君於諸侯，諸侯先迎之者富而兵強！」於是，梁王虛上位，以故相爲上將軍，遣使者黃金千斤，車百乘，往聘孟嘗君。馮諼先驅，誡孟嘗君曰：「千金重幣也，百乘顯使也，齊其聞之矣！」梁使三反，孟嘗君固辭不往也。齊王聞之，君臣恐懼，遣太傅齎黃金千斤，文車二駟，服劍一，封書謝孟嘗君曰：「寡人不祥，被於宗廟之祟，沈於諂諛之臣，開罪於君，寡人不足爲也。願君顧先王之宗廟，姑反國統萬人乎？」

馮諼誡孟嘗君曰：「願請先王之祭器，立宗廟於薛。」廟成，還報孟嘗君曰：「三窟已就，君姑高枕爲樂矣！」

孟嘗君爲相數十年，無纖介之禍者，馮諼之計也。

人生豐美的滋味

——賞析〈詞選〉四闋

詞是詩之後新興的文體，盛行於兩宋，它是一種協樂的文學，每一闋詞，都依於詞牌（相當於今日所謂的「歌譜」）來填作，故曰填詞，詞與音樂有密切的關係，由此可見。在形式上，它借著長短的句子，來凸顯音樂的節奏，以每字的平仄來烘托樂裡的旋律，在內容上，它更以藝術的手法，托景抒情，讓華美的字裡行間展現出多采多姿的音樂品貌，所以讀詞，「別有一番滋味在心頭」，這滋味，亦是人生豐美的滋味，詞引領著我們走入豐富的情感世界，讓我們識取人生，從嗟嘆中給了我們很多人生的感觸，茲舉四闋來品嘗：

一、李煜的〈清平樂〉

這闋詞大抵為其亡國北上感懷故舊之作，寫的是離「恨」的滋味。

「別來春半，觸目愁腸斷。砌下落梅如雪亂，拂了一身還滿。」離開故國已近半個春季，原本貴為一國至尊，如今落得國破家亡，身在異鄉，放眼望去，一切景物，已不再是南唐故國的山河，不覺悲從中來，「觸目愁腸斷」；愁乃一悠悠漫漫的心緒，恰如迴腸曲折，愁愈濃，則愈往深內逼迫，終至自我爆裂，故「愁腸斷」三字，很能傳達「至愁」的滋味，愁緒只予人自我消受，亦只能自我排遣，而不是找外物宣洩，故無奈之餘，獨自癡立階下，任繽紛的梅花飄落身上，他似乎感覺到，在無情的現實境遇中，他再也堅強不起來了，宛如隆冬綻放的梅花，如今都已紛紛飄零；春是有朝氣的，但對他而言，落梅簡直像冬雪，向他直撲而來，一股酷冷的氣息，直沁他心底，揮也揮不去，「拂了一身還滿」，這揮不去的，不只是家園的離愁，更是亡國的夢魘。

「雁來音信無憑，路遙歸夢難成。」雁鳥春季依舊北來，卻不帶任何南國的訊息，作者唯一翹首寄以厚望的，如今又落空，所以雁鳥高空掠過，反帶給他更多亡國的惆悵，而路越走越遠，故國的山河越遙不可及，不只人遙不可及，連歸夢都難成，夢是人潛意識的一種心思，是超越時空的，夢之成不成原亦無關乎路之遠近，今說歸夢難成，正襯托了現實的殘酷，亡國欲復的夢想真的越來越渺茫了。

離別故國原本只是愁，但這離別如真成了永別，對貴為一國至尊的李煜，則是難以消受的，於是由愁轉而為恨，愁是內向的，它一直往深內積蘊，所謂：「問君能有幾多愁？恰似一江春水向東流。」一切愁，都一一匯入心海，自我承受。恨則是外向的，必須往外宣洩，所以說：「怒髮衝冠」，「離恨恰如春草，更行更遠還生。」「離恨」的滋味如何呢？作者於囚旅北上之際，就地取材，以近取譬，說這亡國的離恨正如春草，走得越遠，沿路越看它衝破地表，長得越茂盛，他那「盤曲鬱結，浩渺無垠」的離恨滋味，已溢於言表。

二、歐陽修的〈採桑子〉

這一闋寫的是作者遊西湖之「喜」春的滋味。

「春深雨過西湖好，百卉爭妍，蝶亂蜂喧，晴日催花暖欲然。」西湖最美的景色，是在春意最濃，生氣最盎發的季節，尤其一陣雨過後，把大地洗滌得更清新，各種花卉，爭艷鬥香，引來蝴蝶紛紛亂飛，蜜蜂嗡嗡喧鬧，原本寧靜的畫面，頓時鮮活了起來，視覺、聽覺、嗅覺交織成一熱鬧的氣氛，而「晴日催花暖欲然」，太陽與人一樣，也喜歡欣賞花朵，於是以和煦的陽光，為花兒加溫，催促著它早點綻開，那艷紅的花怒放，宛如一盞一盞正燃燒的火，更讓大地充滿暖和的氣息，這正是「喜」之滋味的展現。

「蘭橈畫舸悠悠去，疑是神仙。」眼看華美的畫舫，悠哉游哉地愈划愈遠，終成了一點，消逝在天際，好似自己也進入了縹緲的仙境，這逍遙自在，怡然自得，沒有任何生活的驅迫，也是一種「喜」的滋味。

「返照波間，水闊風高颺管絃。」到了傍晚，夕陽映照在無垠的水面上，餘暉隨波蕩漾，春風又輕輕從半空拂過，宛若為西湖譜上一曲悠揚輕快的樂章，不管湖邊或湖上，白天或傍晚，西湖在春裡展現的，是熱鬧、溫暖、芳香、鮮麗、輕快的大集結，這正是人心

「喜」的滋味。

三、蘇軾的〈念奴嬌／赤壁懷古〉

這闋詞是作者四十七歲那年，謫居黃州，自感功名事業無成，於是借遊赤壁，以抒發其對人生的浩嘆，詞中所表現的是「哀」的滋味。

「大江東去，浪淘盡，千古風流人物。」一開始，作者即以千鈞筆力，讓浩瀚長江滾滾東流的大氣勢，驟然呈現在讀者面前，在巨濤險浪的不斷翻騰中，滌盡了千古以來那些歷史上的叱咤風雲人物，這一極為壯闊、悠久之時空意象的營造，很能予人以「渺滄海之一粟，哀吾生之須臾」的浩嘆，流光無情，人事滄桑，響叮噹的歷史大人物尚且如此，遑論區區之一己？

赤壁是三國時最壯烈的戰場，儘管蘇軾所遊的赤壁，未必就是當時大敗曹軍的赤壁，但只要能引生懷古之幽情，實際上的地理位置已不重要了。「故壘西邊，人道是：三國周郎赤壁。亂石崩雲，驚濤裂岸，捲起千堆雪。江山如畫，一時多少豪傑。」從江邊往上看，險峻陡峭的山崖，參差地矗立在那兒，一層又一層，重重疊疊，高聳入雲霄，浪花撞擊岩壁，再沿峭壁奔下，酷似半空崩落的雲層；澎湃的猛浪，一波接一波地搏衝過來，彷彿張開獠牙的巨獸，啃裂了岩岸；而激揚在半空中的浪花，滔滔不絕，恰似捲起千萬堆的雪花，這波瀾壯闊的赤壁勝境，千百年來不斷重複著，好像向人們強調：當年戰場的盛況，就是如此的壯烈。「江山如畫」，長江赤壁壯闊險峻的美景，頓時把人帶進了時光隧道，走回歷史，多少英雄豪傑，在此爭逐的景況，一一在眼前浮現。

三國時代，人才輩出，數也數不完，其中最讓作者心儀的，則是英氣煥發的周瑜，「遙想公瑾當年，小喬初嫁了，雄姿英發，羽扇綸巾，談笑間，強虜灰飛煙滅。」周瑜溫文儒雅，風度翩翩，又初娶小喬（按：赤壁之戰時，周瑜已娶小喬十年，蘇軾緊縮十年時間，說「小喬初嫁了」，刻意為周瑜營造風流倜儻的韻事，可謂一項美麗的錯誤），英雄美人，相得益彰，他英氣煥發，應戰從容，運籌帷幄，胸有成竹，談笑中，以火攻曹軍，一舉把「旌旗蔽空」的強敵「灰飛煙滅」於大江之中，作者寫周瑜不可一世的氣概，至最高點處，戛然而止，很能讓讀者如登千仞山崗，繾綣忘返。

然則往者已矣，一切的英雄事蹟都成了過去，而長江依舊，赤壁依舊，這壯烈的古戰場，如今只徒供人憑弔，「故國神遊，多情應笑我，早生華髮。」周瑜不識我，我卻豔羨他，且思有以效之，倘若他地下有知，或許會竊笑我自作多情吧？真的，年輕不再，「早生華髮」，空懷壯志，又有什麼用呢？「人生如夢」，誰都逃不了「成、住、壞、空」的歷程，一切都終歸虛無，欣羨古人，也都徒然，不如酌酒一杯，祭飲江月，聊解無奈的哀懷吧！

整闋詞寫得氣象磅礡，豪情萬丈，最後卻歸結「人生如夢」，這種「盛極而衰，由有而無」的心路歷程，正是蘇軾感慨歷史無情，人生有限之「哀」的滋味。

四、陸游的〈夜遊宮／記夢寄師伯渾〉

陸游生性耿直，愛國心切，對只求苟安的時政，常直言批評，致連遭貶謫，壯志未酬，只好託之夢寐，這闋詞即是他感慨國事，將其壯志記夢給與他同病相憐的至友師伯渾，表達的是「怨」的滋味。

「雪曉清笳亂起，夢遊處不知何地。」只記得那是在下雪的清晨，清亮的笳聲淒切地四處響起，不知夢遊的地點究竟在何處？這樣的寫法，把夢「依稀」的意象表達得很傳神；冰冷的「雪曉」，號角四起，即見軍旅生活的緊張，而笳聲淒切，更暗示了離家遠來戍邊之征夫的愁苦。

「鐵騎無聲望似水。想關河，雁門西，青海際。」英勇的騎兵，無聲無息地如水般湧來，人多而行動「無聲」，正說明了軍紀的嚴明，而「望似水」，一波接一波，亦襯托出了軍容的壯盛。依夢境來看，想必是西北邊防重地「關河、雁門西、青海際」吧？作者點出可能的位置，正勾勒出他潛意識裡報國的壯志，如是，則前述之軍旅生活的辛苦，或即是他甘願自我犧牲的告白，而「鐵騎無聲望似水」亦似暗示他有嚴明統領部隊的自信。

然而，夢終歸是夢，落到現實中來，他不禁失望、惆悵，「睡覺寒燈裡，漏聲斷月斜窗紙。」醒來面對的，仍是那一盞孤寒的微燈，燈寒心更寒，「漏聲斷」，他的壯夢也斷，「月斜窗紙」，徒讓他撩起夢中的種種，無奈一切都成空，令他惘然。

現實雖殘酷，卻打不倒他的心志，「自許封侯在萬里。有誰知，鬢雖殘，心未死。」他不服於現實之不可為，也不服於年事之漸老邁，這種壯志之不得伸，即構成內心的委曲，即所謂「怨」，怨無處可宣洩，就託之於夢，最後也只有記夢寄予惺惺相惜的至友師伯渾了。陸游如此地寫出他的「怨」情，又給了我們領受另一種人生的滋味。

讀詞，點點滴滴在心頭，它蘊涵了人生豐美的滋味，引領著我們走入多采多姿的情感世界，以上四闋的品嘗，很令我們有這樣的感同身受。

【課文附錄】

詞選

（一）清平樂　李煜

別來春半，觸目愁腸斷。砌下落梅如雪亂，拂了一身還滿。雁來音信無憑，路遙歸夢難成。離恨恰如春草，更行更遠還生。

（二）采桑子　歐陽修

春深雨過西湖好，百卉爭妍，蝶亂蜂喧，晴日催花暖欲然。蘭橈畫舸悠悠去，疑是神仙。返照波間，水闊風高颺管絃。

（三）念奴嬌　　蘇軾

大江東去，浪淘盡，千古風流人物。故壘西邊，人道是：三國周郎赤壁。亂石崩雲，驚濤裂岸，捲起千堆雪。江山如畫，一時多少豪傑。遙想公瑾當年，小喬初嫁了，雄姿英發。羽扇綸巾，談笑間，強虜灰飛煙滅。故國神遊，多情應笑我，早生華髮。人生如夢，一尊還酹江月。

（四）夜遊宮　　陸游

雪曉清笳亂起，夢遊處不知何地。鐵騎無聲望似水。想關河，雁門西，青海際。　睡覺寒燈裡，漏聲斷月斜窗紙。自許封侯在萬里。有誰知，鬢雖殘，心未死。

守經達變可使理想成真

——中山先生的〈心理建設自序〉

個人離不開政治，政治亦離不開個人。何謂政治？「管理眾人的事便是政治。」 中山先生簡賅的一語，道盡了「政治」的本質，此中所謂「管理」，不是為壓抑、迫害眾人而管理，乃是為服務、奉獻眾人而管理，人想從政，自形上的精神意義來說，原也是出於人要實現他服務、奉獻眾人的政治理想而發的，他想要為眾人服更多的務，他就要擁有更多的權力，易言之，求權力只是手段，服務、奉獻才是目的，所以政治是權力，更是義務與責任。

政治既是「管理眾人的事」，則政治的好壞，端看服務「眾人」涵蓋面的廣狹，「眾人」（二人以上皆謂「眾人」）的涵蓋面越廣，政治就越好，古帝王專制時代，政治的措施大抵只為一家著想，奉獻眾人的涵蓋面只限於一家，政治便淪於私，這就不好，共產專制的政治，只為一小撮的集團著想，其政治措施則在搾取、壓迫絕大多數的眾人，這與政治的本義大相違異，政治惡質化，更不好，民主體制下的政治，以全民為政治的主體，一切政治的利益皆以全民為依歸，所以它是一具有理想性的政治。

一國之政治是否具有理想價值，要看其立國建國的精神是什麼，　中山先生所創立之中華民國，以三民主義為立國建國的藍本，三民主義的最終目的，在「以建民國，以進大同」，先把中國建設好，然後再促進世界大同，此即不只想造福全中國，更想造福全世界，不只將理想衣被於現實存在面，更將理想豁展到未來的全人類，所以它最具理想性與價值性。

政治理想訂得越高遠，自然越不易實現，其所以難，一方面由於客觀之現實情境的困限，再方面則是主觀信心的不足，現實環境的限囿，雖一時不能掌握，但只要有信心，即可在大家共同努力下逐次克服、改善，而主觀信心的樹立，則全然操之在我，是以二者之間，當以信心之建立列為首要，此即理想的政治要獲得實現，首當把人民的精神武裝起來，此義　中山先生在其〈心理建設自序〉一文中言之鑿鑿：

「文奔走國事三十餘年，畢生學力，盡萃於斯。精誠無間，百折不回，滿清之威力所不能屈，窮途之困苦所不能撓。吾志所向，一往無前，愈挫愈奮，再接再厲，用能鼓動風潮，造成時勢。卒賴全國人心之傾向，仁人志士之贊襄，乃得推覆專制，創建共和。」旴衡當時清廷控制整個中國之客觀形勢，　中山先生所領導的革命力量，誠微不足道，然最後之所以能推覆專制，創建民國，即因於「精誠無間，百折不回，滿清之威力所不能屈，窮途之困苦所不能撓」的精神，此精神源於「邪不勝正」、「理想價值終必獲得認同」之信念，依此信念，乃能使個人「一往無前，愈挫愈奮，再接再厲。」亦因而能獲得普遍的回響，形成一股潛在的強大力量，所謂「用能鼓動風潮，造成時勢。」全國上下堅持此共信，攜手努力，就能化危機為轉機，改逆境為順境，而得到最後的成功，「卒賴全國人心之傾向，仁人志士之贊襄，乃得推覆專制，創建共和」等語，已明白點出此義。

「本可從此繼進，實行革命黨所抱持之三民主義、五權憲法，與夫革命方略所規定之種種建設宏模，則必能乘時一躍而登中國於富強之域，躋斯民於安樂之天也。不圖革命初成，黨人即起異議，謂予所主張者，理想太高，不適中國之用。眾口鑠金，一時風靡，同志之士，亦悉惑焉。」黨人對一種理想價值何以會頓失信心呢？ 中山先生分析得很簡闢：「而其所以然者，非盡關乎功成利達而移心，實多以思想錯誤而懈志也。此思想之錯誤為何？即『知之非艱，行之惟艱』之說也。」功成利達之所以會移心，原因就在對理想價值信仰之不夠清明，不夠理性，終而流於短視，把只求解除眼前的危機或只追求現實的利益當理想來看，故危機暫解，短利稍得，人的精神即告渙散。而理想者，乃發自人之良知自覺的一種神聖使命，它是對人類的一種道德大愛，此大愛是自為目的的，只求為所當為，而不以眼前近功短利之或得或失來論斷成敗，它所求的是人類的大功與遠利，所以一個對理想篤信的人，必會體識：功成不必在我，利達不必是現在，我可把功業讓予後人來表現，來完成，利益讓予後人來獲得，來享受，而自己只直就當下之所能，全力以赴，默默為後人之功成利達來鋪路，如是，心中自存有一恆久韌性的精神，而生發一清明剛健、可大可久的力量。能體識理想的真義即是「知」，由體識而信仰而生發力量去實踐即是「行」，知與行本是一體的兩面，王陽明說得好：「凡謂之行者，只是著實去做這件事。……行之明覺精察處便是知，知之真切篤實處便是行。若行而不能明覺精察，便是冥行，便是學而不思則罔，所以必須說個知，知而不能真切篤實，便是妄想，便是思而不學則殆，所以必須說個行。原本只是一個工夫。」（《明儒學案·卷十·姚江學案》），能真知理想，自亦知在實踐上心急情切不得，而肯於直下承擔現實的無奈，繼續奮力不懈；傅說「知之非艱，行之惟艱」之說，原亦只在提醒人：不要輕忽了踐履時所遇之客觀情境的困囿與艱難，當更戒慎恐懼，戰戰兢兢，才能達成目標。而世俗每將「行之惟艱」一語曲解為目標之「絕不可達成」（「惟艱」涵「不易實踐」義，無「絕不可成」義），以致鬆懈了鬥志，中途而廢，使理想架空，　中山先生所痛心的，即在於世俗之對傅說之說的曲解，非真反對其說之原本精神也。

能對理想堅信，我們才能不為眼前之重重逆境所蔽，而視當前之似不可為者，在長遠的未來都將見其可為，在無限的艱難中，只要我們時時把握契機，努力一分，就可克去一分的艱難，減少一分適向理想的阻力，此即：無限的努力，自時間之流上以觀之，皆可一一克去無限的艱難，而終能達到理想的彼岸，所以每一小步，都是一種完成，都具有一小步的價值與意義；有如此強韌之「人性奮鬥」的精神，與高瞻遠矚之直透人性之最極致的眼光，才能對理想產生無比的信心，而生發一往無前的力量，此所以　中山先生謂：「吾心信其可行，則移山、填海之難，終有成功之日；吾心信其不可行，則反掌、折枝之易，亦無收效之期也。心之為用大矣哉。」

當然，政治是現實的，但我們不能昧於現實而放棄理想（追求理想才是政治的本質），所謂「守經達變」，「達變」必須時時「守經」，只求「守經」而不知「達變」，理想便成空言，只求「達變」而不知「守經」，政治便沒有理想價值的方向，中山先生雖有「促進世界大同」的崇高政治理想，然亦知當先建設好自己的國家，先求近程價值的實現，再逐步向極致的理想邁進，「溯夫吾黨革命之初心，本以救國救種為志，欲出斯民於水火之中，而登之衽席之上也。」此對「世界大同」而言，即是一種「達變」。

在民主的國度裡，人民是政治的主體，「選賢與能」亦是全民的政治責任，到底應選具有遠大眼光與理想抱負的政治家，抑或選只圖近利的短視政客來負責國事，端看人民是否有高度的理想與信心，「夫國者，人之積也；人者，心之器也；而國事者，一人群心理之現象也。是故政治之隆汙，係乎人心之振靡。」　中山先生語重心長的這番話，很值得當今潛存著狹隘島國心態的人們深切省思。

【課文附錄】

心理建設自序

孫　文

文奔走國事三十餘年，畢生學力，盡萃於斯。精誠無間，百折不回，滿清之威力所不能屈，窮途之困苦所不能撓。吾志所向，一往無前，愈挫愈奮，再接再厲，用能鼓動風潮，造成時勢。卒賴全國人心之傾向，仁人志士之贊襄，乃得推覆專制，創建共和。本可從此繼進，實行革命黨所抱持之三民主義、五權憲法，與夫革命方略所規定之種種建設宏模，則必能乘時一躍而登中國於富強之域，躋斯民於安樂之天也。不圖革命初成，黨人即起異議，謂予所主張者，理想太高，不適中國之用。衆口鑠金，一時風靡，同志之士，亦悉惑焉。是以予爲民國總統時之主張，反不若爲革命領袖時之有效而見之施行矣。此革命之建設所以無成，而破壞之後，國事更因之以日非也。

夫去一滿清之專制，轉生出無數強盜之專制，其爲毒之烈，較前尤甚，於是而民愈不聊生矣。溯夫吾黨革命之初心，本以救國救種爲志，欲出斯民於水火之中，而登之衽席之上也；今乃反令之陷水益深，蹈火益熱，與革命初衷大相違背者，此固予之德薄，無以化格同儕，予之能鮮，不足駕馭群衆，有以致之也。然而吾黨之士，於革命宗旨、革命方略，亦難免有信仰不篤、奉行不力之咎也。而其所以然者，非盡關乎功成利達而移心，實多以思想錯誤而懈志也。此思想之錯誤爲何？即「知之非艱，行之惟艱」之說也。此說始於傅說對武丁之言，由是數千年來，深中於中國之人心，已成牢不可破矣。故予之建設計畫，一一皆爲此說所打消也。嗚呼！此說者，予生平之最大敵也，其威力當萬倍於滿清。夫滿清之威力，不過祇能殺吾人之身耳，而不能奪吾人之志也；乃此敵之威力，則不惟能奪吾人之志，且足以迷億兆人之心也。是故當滿清之世，予之主張革命也，猶日起有功，進行不已；惟自民國成立之日，則予之主張建設，反致半籌莫展，一敗塗地。吾三十年來精誠無間之心，幾爲之冰消瓦解，百折不回之志，幾爲之槁木死灰者，此也。可畏哉，此敵！可恨哉，此敵！

《兵法》有云：「攻心爲上。」是吾黨之建國計畫，即受此心中之打擊者也。夫國者，人之積也；人者，心之器也；而國事者，一人群心理之現象也。是故政治之隆污，係乎人心之振靡。吾心信其可行，則移山、填海之難，終有成功之日；吾心信其不可行，則反掌、折枝之易，亦無收效之期也。心之爲用大矣哉！夫心也者，萬事之本源也；滿清之顛覆者，此心成之也；民國之建設者，此心敗之也。夫革命黨之心理，於成功之始，則被「知之非艱，行之惟艱」之説所奴，而視吾策爲空言，遂放棄建設之責任。如是，則以後之建設責任，非革命黨所得而專也。迨夫民國成立之後，則建設之責任，當爲國民所共負矣；然七年以來，猶未睹建設事業之進行，而國事則日形糾紛，人民則日增痛苦，午夜思維，不勝痛心疾首！夫民國之建設事業，實不容一刻視爲緩圖者也。國民！國民！究成何心？不能乎？不行乎？不知乎？吾知其非不能也，不行也；亦非不行也，不知也。倘能知之，則建設事業亦不過如反掌、折枝耳。

回顧當年，予所耳提面命而傳授於革命黨員，而被河漢爲理想空言者，至今觀之，適爲世界潮流之需要，而亦當爲民國建設之資材也。乃擬筆之於書，名曰《建國方略》，以爲國民所取法焉。然尚有躊躇審顧者，恐今日國人社會心理，猶是七年前之黨人社會心理也，依然有此「知之非艱，行之惟艱」之大敵，橫梗於其中，則其以吾之計畫爲理想空言而見拒也，亦若是而已矣。故先作學說，以破此心理之大敵，而出國人之思想於迷津，庶幾吾之《建國方略》，或不致再被國人視爲理想空談也！夫如是，乃能萬衆一心，急起直追，以我五千年文明優秀之民族，應世界之潮流，而建設一政治最修明、人民最安樂之國家，爲民所有，爲民所治、爲民所享者也。則其成功必較革命之破壞事業，爲尤速尤易也。

福命與義命

——文天祥〈正氣歌並序〉

文天祥的〈正氣歌〉，寫於大宋亡後之第三年，自其兵敗被執，次年北解燕京入牢以來，即受到精神與身軀上的種種折磨，在元人威逼利誘下，仍一秉效忠之赤忱，終因不屈而慷慨就義，其浩然正氣，垂範千古。

文天祥之所以能慷慨就義，即因於他能安於義命。大凡命，都有「限制」的涵義，常人所謂的命，指的大抵是氣質上的限制（如人之性別、容貌、體材、智力等等），或是遭遇上的限制（如人之富貴貧賤、幸運或不幸運等等），要之，這些都是個體生命與大化流行之相順或不相順之際遇中所呈顯的限制，我們概稱它為氣限，這些個別、特殊的氣限，是上蒼在冥冥中早就安排好的，任何人都無法逃避、消除、改變、掌握，人之幸與不幸就在此中顯現，所以稱為「福命」；另一種命屬理限，所謂「理限」，義即天理給個體的限制，心即理，所以理限即人之「道德良心的無上命令」給個體行為態度的限制，此無上命令是個體之意志的自主自律，是性體自律之當然，不受任何外力的驅迫，亦無任何附帶條件，當局勢須要他做大犧牲時，則即義無反顧，而甘於慷慨犧牲，這是內在的限制（有別於氣限的外在限制），此理限給了個體行為的定向，不為吉凶禍福所搖動，一切遭際皆順受之而不違義以躲閃，所以稱為「義命」，順此義命而展現出來的力量，即文天祥所謂的「正氣」。

正氣本乎天理而運行，天理依於正氣而呈顯，天理是體，正氣是用，體用是一而非二，天理生生而無窮，則正氣流行而不息，天地之所以高厚，日月之所以運行，山川之所以流峙，即見盈天地間皆蘊存著正氣，文天祥有此體悟，所以〈正氣歌〉開宗明義即謂：「天地有正氣，雜然賦流形，下則為河嶽，上則為日星。」天地以「生」為心，而人得之以為心，心含理與氣，有虛靈明覺，是個活底物，故知法天，法天，則在天處「於穆不已」，在人處也能「純亦不已」，悠久而無疆，所以說：「於人曰浩然，沛乎塞蒼冥。」心是個活底物，故正氣隨時能充塞，處處可彰顯，為人臣者，在天下有道的時候，則「含和吐明庭」，在天下無道的時候，則「時窮節乃見」，要之，不論時予或時不我予，都能一秉天理而行，無個人之死生、利害、禍福的計較夾雜其間，各依其分位，如如展現浩然的正氣，表現出一股沛然而莫之能禦的踐德力量，文天祥筆下所例舉的那十二位哲人，所以能在歷史上名垂千古，原因在此。

天理生生不已，正氣依於天理而流行，故也生生不已，正因正氣如此的剛健充周，所以一切損「生」傷「生」的力量，都只是「生生」之流程中的過渡現象，都是在凸顯「生」，襯托「生」，此即「邪終不勝正」的理據，文天祥有此信念，故於〈序〉文中謂：「疊是數氣（按：指水氣、土氣、日氣、火氣、米氣、人氣以及穢氣等七種礙生的邪氣），當之者鮮不為厲，而予以孱弱，俯仰其間，於茲二年矣，幸而無恙，是殆有養致然爾。然安知所養何哉？孟子曰：『吾善養吾浩然之氣』，彼氣有七，吾氣有一，以一敵七，吾何患焉！況浩然者，乃天地之正氣也。」

人之形軀有時而盡，但正氣則浩然長存。叔孫謂：「太上有立德，其次有立功，其次有立言，雖久不廢，此之謂不朽。」（《左傳．襄公廿四年》）立功要靠機遇，立言要有過人的才智，這些都不是強求可得的，唯獨立德，人人當下即可做到，「我欲仁，斯仁至矣！」人稟天地之正氣以生，只要存養，提撕便得，持志帥氣，即可生發一股踐德的力量，而展現人的價值與莊嚴。正氣既在人人之內中蘊存，所以當它生發而表現於客觀的道德事業上，即能在別人的生命中引起共鳴，而受人景仰、效法，能永遠為人所景仰、效法，則其人雖死，亦便永遠能在人心中復活，此即生生不已；永遠成為有生命的歷史人物，而與日月同光，與天地共存，此即不朽；所以人之慷慨就義，對屈服現實而苟全性命於一時者而言，雖看似禍善福淫，沒得好報，但從歷史之流程來看，一則流芳千古，一則遺臭萬年，一則苟活一時，一則血食千秋，能享千秋而獲得永恆，豈不是福善？苟且一時而遺臭萬年，豈不禍淫？可見世俗所謂的福命，只是一時的，一時的福命未必真福，安於義命，能在後代人心裡引起共鳴，而獲得精神生命之永生，才是真福，所以人之氣質生命的長短並不重要，重要的是如何善用氣質生命來成就精神生命，「是氣所磅礴，凜烈萬古存。當其貫日月，生死安足論？」文天祥深切的生命體悟，即在此中發義。

「地維賴以立，天柱賴以尊。三綱實繫命，道義為之根。」天理生生不已，正氣亦生生不已，「四時行焉，百物生焉。」這正是自然造化的本質（造者，由無而有；化者，由有而無，二者循環不已，故曰生生。）天生人，所以在人處也靠正氣來彰顯「生生不已」的本質，整個社會層面（三綱即代表各層的人際關係）依著正氣而展現各種倫理道德，彼此善待，在和諧的氛圍中各遂其生，而不相互殘害，此即所謂「生生」也。能和諧、生生，才真顯人之價值與莊嚴，人類亦才真能創造共同的福祉，彼此相互扶持，相互協助，過著安樂的生活，即有一共同的福命，易言之，人人盡性踐仁，生發正氣，安於義命，開拓客觀的道德事業，展現一王道的社會，即可創造更多的福命。

要人人提撕自覺，生發正氣，盡性踐仁，共創一王道的社會，當然不是一蹴可幾，畢竟，落到現實存在面來，人亦有泥重的氣質障蔽，也正因如此，文天祥才要特別強調天地有正氣，人人亦有正氣。正氣與天理是一，是工夫，亦是本體，時局危厄的時候，正好給人自我提撕，自我鍛鍊的機會，所謂：「時勢造就英雄，英雄開創時勢。」所以客觀的惡劣情境，對人之身軀的折磨，是禍，但對其人之得借以凸顯其志節，使之彰朗其生命的價值與莊嚴，而流芳千古來說，則未嘗不是福，所以文天祥說：「嗟予遘陽九，隸也實不力。楚囚纓其冠，傳車送窮北。鼎鑊甘如飴，求之不可得。」

一切既在給我磨鍊，故「陰房闃鬼火，春院閟天黑。牛驥同一皁，雞棲鳳凰食。一朝蒙霧露，分作溝中瘠」的不幸際遇，自也不畏葸，勇敢地面對之，承擔之，「哀哉沮洳場，為我安樂國！」這正是安於義命，享受犧牲的精神表現。人之有正氣，是發自於內在之道德良心的無上命令，「顧此耿耿在，仰視浮雲白。」仰不愧於天，俯不怍於人，夫何憂何懼？「德不孤，必有鄰。」即使在天下無道的當代，沒有一個人共同赴難就義，他也能尚友古人，甘於犧牲，「哲人日已遠，典型在夙昔，風檐展書讀，古道照顏色。」正氣與天地會通，心光與哲人相映，死其所當死，在歷史上即能生其所當生，這樣，人生又有什麼好遺憾的呢？

【課文附錄】

正氣歌並序

文天祥

余囚北庭，坐一土室，室廣八尺，深可四尋，單扉低小，白間短窄，汙下而幽暗。當此夏日，諸氣萃然：雨潦四集，浮動牀几，時則爲水氣；塗泥半朝，蒸漚歷瀾，時則爲土氣；乍晴暴熱，風道四塞，時則爲日氣；檐陰薪爨，助長炎虐，時則爲火氣；倉腐寄頓，陳陳逼人，時則爲米氣；駢肩雜遝，腥臊汙垢，時則爲人氣；或圊溷、或毀屍、或腐鼠，惡氣雜出，時則爲穢氣。疊是數氣，當之者鮮不爲厲；而予以孱弱，俯仰其間，於茲二年矣，幸而無恙，是殆有養致然爾。然亦安知所養何哉？孟子曰：「吾善養吾浩然之氣。」彼氣有七，吾氣有一，以一敵七，吾何患焉！況浩然者，乃天地之正氣也，作〈正氣歌〉一首。

天地有正氣，雜然賦流形：下則爲河嶽，上則爲日星，於人曰浩然，沛乎塞蒼冥。皇路當清夷，含和吐明庭；時窮節乃見，一一垂丹青：

在齊太史簡，在晉董狐筆，在秦張良椎，在漢蘇武節；爲嚴將軍頭，爲嵇侍中血，爲張睢陽齒，爲顏常山舌；或爲遼東帽，清操厲冰雪；或爲〈出師表〉，鬼神泣壯烈；或爲渡江楫；慷慨吞胡羯；或爲擊賊笏，逆豎頭破裂

是氣所磅礴，凜烈萬古存。當其貫日月，生死安足論？地維賴以立，天柱賴以尊。三綱實繫命，道義爲之根。

嗟予遘陽九，隸也實不力。楚囚纓其冠，傳車送窮北。鼎鑊甘如飴，求之不可得。陰房闃鬼火，春院閟天黑。牛驥同一皁，雞棲鳳凰食。一朝蒙霧露，分作溝中瘠。如此再寒暑，百沴自辟易。哀哉沮洳場，爲我安樂國！豈有他繆巧？陰陽不能賊。顧此耿耿在，仰視浮雲白，悠悠我心悲，蒼天曷有極！哲人日已遠，典型在夙昔，風檐展書讀，古道照顏色。

如如而行，生生不已

——〈赤壁賦〉中的「變」與「不變」

蘇軾的〈赤壁賦〉，一開始便點出當下的時（七月既望）、空（赤壁之下）、人（蘇子與客）、事（泛舟遊飲）、物（秋月、江水），相同的時空與事物，對蘇子與客，卻各有截然不同的感受：蘇子安於現實的境遇，懂得開懷去欣賞大自然的美，所以對既望的秋月，能隨興而「誦明月之詩，歌窈窕之章。」於「縱一葦之所如，凌萬頃之茫然」之餘，生發「浩浩乎如馮虛御風，而不知其所止；飄飄乎如遺世獨立，羽化而登仙」的豪情，故而「飲酒樂甚，扣舷而歌之。」客則不然，對同樣的美景，卻吹起「如怨、如慕、如泣、如訴」的嗚嗚然洞簫，「餘音嫋嫋，不絕如縷，舞幽壑之潛蛟，泣孤舟之嫠婦。」其內中的悲愴，溢於言表。客之所以如此，原來是在他「駕一葉之扁舟，舉匏樽以相屬」之時，觸動了「寄蜉蝣於天地，渺滄海之一粟」的悲懷，隨即面對「白露橫江，水光接天」的情境，而有「哀吾生之須臾，羨長江之無窮。挾飛仙以遨遊，抱明月而長終；知不可乎驟得，託遺響於悲風」的人生遺憾。

相同的處境，兩人之所以有相反的心情，關鍵全在蘇軾所謂的「變」與「不變」之一念，這「變」與「不變」，實即是儒、佛不同的精神所在。「儒主『乾元性海』，佛主『緣起性空』。」熊十力先生簡賅的一語，道盡了儒佛之異（熊氏所著《原儒》、《十力語要》等等諸書皆詳及。）乾，剛健不息義；元，大也，始也，一切萬有皆具「生生不已」的本性，故曰：乾元性海。一切萬有原本皆空，其所以有「現實之相」，都由緣會而起，緣盡即空，故曰緣起性空。舉樹為例：依佛家，這棵樹原是不存在的，只因空氣、陽光、水、土壤等等現實有利的情境，才使它存長（緣起），但它脫離不了「成、住、壞、空」的命運，最後還是要枯萎凋零而歸於原來的寂滅，歸於原來的「不存在」（性空）。依儒家，這棵樹原本具有不斷「成長」的性（乾元），雖然我們知道它最後要枯謝，但革故所以鼎新，它枯謝前掉落在地面上的種子，於來日又長成新樹（性海），新樹本於舊樹，等於是舊樹以另一種形態來「重生」，所以它是生生不息的。

一切物皆剎那生，剎那滅，不生即不滅，有生即有滅，佛家對「現有之相」，都從「滅」上去看，天地間一切「現有相」（有）對「滅」（空）而言，皆「曾不能以一瞬」，都在變（由「有」轉變為「無」），此所以客遊赤壁之下，撫今追昔，感傷於三國英雄豪傑之虛無（蘇軾所遊之赤壁是否即是當年孫劉抗曹的地點，已無關宏旨），從而亦哀己之生命之同將歸於寂滅（色即是空，依佛家，長江、明月亦皆假相，亦皆空，客謂「羨長江之無窮」、「抱明月而長終」，其欲託長江明月而求永恆，實未真了悟「空」義），此無法使當下自我的生命獲得安頓，而生一悲觀、消極的處世態度，皆因於「變」之一念而來。

依儒家的「乾元性海」，一切物皆生生不已，現有之物如水、月等，雖「逝者如斯」、「盈虛者如彼」，也有種種「變」的現象，然水之流逝與月之缺圓，只是生生不已的過程，此一泓水之流逝，乃成全彼一泓水之湧來，此時月之缺虛現象，乃在凸顯彼刻圓盈之完美，不論現象如何的「變」，要之，其「生生」的本質從未減損，故曰不變，一切在革故鼎新的「生生不已」中，不斷展現生機，不斷有新的品貌呈顯於當前，於是現有的世界乃是一多彩多姿的世界，一「取之不禁，用之不竭」的世界，此即「造物者之無盡藏」的本質。

「自其不變者而觀之，則物與我皆無盡也。」物之無盡，已如前述，而我之無盡，亦本於「生」，祖先之生父母，父母之生我，我即是祖先父母生命之化身，故祖先父母因我而無盡，我之生命亦必經結婚生子以傳後，以承祖先父母之無盡，而我之生命亦因子孫而無盡，「不孝有三，無後為大。」中國人之重視有後，重視生，其義在此。我既可有後而獲「重生」，而無盡，則當下的我即在「生生不已」之中，又何苦「哀吾生之須臾」？然人是萬物之靈，人之求永生，當然不止於如其他生物之求驅體生命的延續，更當展現精神生命的價值，求精神生命之永生，我坦然面對現境，盡己所能，力行實踐，不讓它渾渾噩噩地白過，即不虛此「生」，力行工夫，要在勿忘勿助（王陽明語，見《傳習錄．答聶文蔚書》），平平做去，不鬆懈，亦不貪求，「苟非吾之所有，雖一毫而莫取。」安於現境，如如而行，即生生不已，即是一積極剛健的人生。

佛「性空」之論，必視現世之人生為一苦海，為一暗迷，欲求永生，乃必須出世，脫離即生即滅的現世，求一不生不滅之無住涅槃的世界而後可，其在現實世界中只看到「空」，找不到可以依託的永恆，生命自無法得到安頓（按：中國佛學與印度原始佛學有異：禪宗謂即心即佛，即身即佛，立地成佛，意即佛不在天上，乃在人間，在當下吾身吾心之現實人生中，此即將原始佛學之一切空，轉成一切有，一切真。而華嚴宗轉事理無礙為事事無礙。天台宗則謂一切空乃一切真，一切假，一切中，一心三觀，所變只在一心。要之，中國佛學已將出世成佛轉成現世成佛，又轉成為即身成佛，宗教化入人文，而融通為一體，故在現世中可得到安頓）。

儒家肯定人生，安於現世，積極而剛健，佛家則反是，錢穆先生謂中國乃青年性的文化，印度則老年性的文化（見所著《文化與教育》中〈中國文化與中國青年〉一文），從儒、佛（原始佛教）宗趣看，其比喻實甚諦當。

蘇軾雖不明辨儒佛，然其「變」與「不變」的簡要剖析，正切中了儒、佛不同的精神，其勸慰人當安於現境，積極而自適，終使「客喜而笑，洗盞更酌」，轉悲觀為樂觀；寫客之理念的轉變，或許正是蘇軾個人內裡久積儒佛信仰之掙扎的投射，最後之回歸儒學，抑或即是〈赤壁賦〉一文寫作的真正動機，從崇儒的心路歷程來看，蘇軾雖自號東坡「居士」，我們相信，他深內真正蘊存的，恐怕還是濃厚的儒學精神吧？

【課文附錄】

赤壁賦

蘇　軾

壬戌之秋，七月既望，蘇子與客泛舟遊於赤壁之下。清風徐來，水波不興。舉酒屬客，誦明月之詩，歌窈窕之章。少焉，月出於東山之上，徘徊於斗牛之間。白露橫江，水光接天。縱一葦之所如，凌萬頃之茫然。浩浩乎如馮虛御風，而不知其所止；飄飄乎如遺世獨立，羽化而登仙。

於是飲酒樂甚，扣舷而歌之。歌曰：「桂棹兮蘭槳，擊空明兮泝流光。渺渺兮予懷，望美人兮天一方。」客有吹洞簫者，倚歌而和之，其聲嗚嗚然：如怨、如慕、如泣、如訴；餘音嫋嫋，不絕如縷；舞幽壑之潛蛟，泣孤舟之嫠婦。

蘇子愀然，正襟危坐而問客曰：「何爲其然也？」

客曰：「『月明星稀，烏鵲南飛』，此非曹孟德之詩乎？西望夏口，東望武昌；山川相繆，鬱乎蒼蒼，此非孟德之困於周郎者乎？方其破荊州，下江陵，順流而東也，舳艫千里，旌旗蔽空，釃酒臨江，橫槊賦詩，固一世之雄也，而今安在哉！況吾與子，漁樵於江渚之上，侶魚蝦而友麋鹿；駕一葉之扁舟，舉匏樽以相屬；寄蜉蝣於天地，渺滄海之一粟。哀吾生之須臾，羨長江之無窮；挾飛仙以遨遊，抱明月而長終；知不可乎驟得，託遺響於悲風。」

蘇子曰：「客亦知夫水與月乎？逝者如斯，而未嘗往也；盈虛者如彼，而卒莫消長也。蓋將自其變者而觀之，則天地曾不能以一瞬；自其不變者而觀之，則物與我皆無盡也。而又何羨乎？且夫天地之間，物各有主。苟非吾之所有，雖一毫而莫取；惟江上之清風，與山間之明月；耳得之而爲聲，目遇之而成色。取之無禁，用之不竭。是造物者之無盡藏也，而吾與子之所共適。」

客喜而笑，洗盞更酌。肴核既盡，杯盤狼藉。相與枕藉乎舟中，不知東方之既白。

人間有圓善

——讀歐陽修的〈瀧岡阡表〉

孟子曰：「古之人，修其天爵，而人爵從之。」（《孟子．告子上》）老子亦云：「天道無親，常與善人。」（《老子．七十九章》）佛家尤其強調：「善有善報，惡有惡報。」不只中國之儒、釋、道有這樣的看法，西方哲學家康德亦把「圓善」當成天地間最高的善，而視之為哲學系統之究極完成的標識，可見不論古今中外，人類總會把因業果報的圓善，視為理之應然。所謂「圓善」，即圓滿的善，說得更清楚些，即「德」、「福」之一致，有德者理應得福，善有善報，這樣的「善」才算完足，亦才能彰顯天理的公正，歐陽修的〈瀧岡阡表〉一文，即以其先父之有德，終獲福報的事實，來證明人間有圓善。

「德」、「福」之一致，是否有其必然的連繫呢？從眼前的現象看，似未必然，它好像只是一偶然的關聯，也就是說，從現實境看，有德者未必有福報，但從理想境看，德、福應一致；現實境是當下的、短暫的，所以一時看不出來，理想境是恆久的、長遠的，所以必須要一段漫長的時間來證明，此所以〈瀧〉文一開始，即謂：「嗚呼！惟我皇考崇公，卜吉于瀧岡之六十年，其子修始克表於其阡；非敢緩也，蓋有待也。」歐陽修為證明其先父有德必有福報，足足等待了六十年，正說明了「善有善報」是需要一段時間來考驗的。

歐父之德，可從三方面來說：一是廉，二是孝，三是仁，其實情，作者分別引述了其母的一番談話：「汝父為吏廉，而好施與，喜賓客；其俸祿雖薄，常不使有餘。曰：『毋以是為我累。』故其亡也，無一瓦之覆，一壠之植，以庇而為生。」為官公而忘私，見人有困難，乃至可以把自己微薄的薪俸「施與」出去，有人求見，給他行政上的諫言，他都能從善如流，樂於接納，而待之如上賓，清廉勤政如此，身後自無分毫之遺產，此「清廉」雖未見福報，但他「毋以是為我累」，把錢財視為身外之物，心不受其縛綁，如如而安泰，當下即是一種福報，德福一致，從這裡亦可得到理型上的詮釋。

除了廉潔好施，歐父在家，更十分孝順，歐母謂：「吾之始歸也，汝父免於母喪方逾年，歲時祭祀，則必涕泣，曰：『祭而豐，不如養之薄也。』閒御酒食，則又涕泣，曰：『昔常不足，而今有餘，其何及也！』吾始一、二見之，以為新免於喪適然耳；既而其後常然，至其終身，未嘗不然。吾雖不及事姑，而以此知汝父之能養也。」生老病死乃人生必經的歷程，而歐父對其母親之去世，不得終養，卻屢有「時不我予」之傷嘆。而祭祀原也是一種「追遠」的孝行，它可借以彌補「生養」之未能的遺憾，讓為人之子的孝心，超越現實，而得到安頓，然歐父卻恒感不安，他看不到母親享食當前，看不到母親言笑的滿足音容；

「昔常不足，而今有餘。」有餘也徒能豐食以致祭，祭而豐，死者未必真有得，所以「不如養之薄也」，不如親見母親來饗來得實際。剋就歐父言，他欲孝養而親不待，有志未伸，這固沒有福報，然剋就歐父之母言，正因她的死，才考驗出其子「大孝終身慕父母」的情操，其死而有知，當無遺憾，這就是福報。

歐父除了廉、孝，更具有仁心，歐母還舉了這樣的一段往事：「汝父為吏，嘗夜燭治官書，屢廢而歎。吾問之，則曰：『此死獄也，我求其生不得爾。』吾曰：『生可求乎？』曰：『求其生而不得，則死者與我皆無恨也；矧求而有得邪？以其有得，則知不求而死者有恨也。夫常求其生，猶失之死，而世常求其死也。』」從公平正義的原則看，罪大惡極的人理應受死，這是「惡有惡報」，然凡是人，都有善性良心，其為惡，往往因於一念之偏執與陷溺，人有罪有過而終會後悔、痛苦，即證明了他良心之未泯，故審判者「如得其情，則哀矜而勿喜」，盡量為他找一可減刑求生的事實，以讓他還有改過自新的機會，這種不忍見人死，而欲求其「生」的襟懷，即是「仁」者的精神（此所以植物種子之生原曰「仁」，如桃仁、杏仁、花生仁等即是），此仁乃發於良心善性之真誠，亦即不為別的，只求當下心安的真誠，而不是為名為利或為其他之「巧言、令色」的虛偽，故歐父平日之踏踏實實、自自然然的表現，深獲歐母心儀，由衷肯定其為仁，故曰：「其施於外事，吾不能知；其居於家，無所矜飾，而所為如此，是真發於中者邪！嗚呼！其心厚於仁者邪！」

「仁者壽」，歐父不到耳順之年，即如術者之所言，卒於「歲行在戌」，從現實境看，似未得福報，但歐母對天道很有信心，現在不福報，來日終必福報，故常對作者強調：「吾知汝父之必將有後也。」也正因對歐父之表現有了道德生命的共鳴，對人間之圓善有絕對的信念，所以她內中才會升起一股強烈的使命感來為歐父守寡，在極為顛沛困阨之時，「吾何恃而能自守邪？」所恃的正是對「圓善」的堅定信念，對天道的信任，故與其說她為其夫守寡，不如說她為其夫守道；道是恆常的、綿延不絕的，故謂之常道，所以其守道，不只自己「恭儉仁愛而有禮」，也勗勉其子一起守道，說：「汝其勉之！夫養不必豐，要於孝，利雖不得博於物，要其心之厚於仁。吾不能教汝，此汝父之志也。」守道不是一勉強的苦撐，而是泰然的自得，因此，當歐陽修貶夷陵，歐母乃言笑自若，曰：「汝家故貧賤也，吾處之有素矣；汝能安之，吾亦安矣。」能安於道，面對貧賤，就不會逃避，坦坦蕩蕩，心安理得，自不覺貧賤是苦，這一能隨遇而安的自由心靈，是快樂的，所以當下即是福報，亦唯能隨遇而安，才能活出人格生命的尊嚴，故她樂於過儉約的生活，而勉其子曰：「吾兒不能苟合於世，儉薄所以居患難也。」

歐陽修對其母之勗勉，「泣而志之，不敢忘。」一方面是由於其父母之德的感召，一方面也是對「人間有圓善」同樣有一堅定的信念，他在政壇上有所成就，「自登二府，天子推恩，褒其三世。」讓三代祖先都沾了他的光，都蒙朝廷的賜封，這雖都是有爵無餉的列敘，但天子是「代天行道」的象徵，此即他是天命之落實到人間來行道的代表（天子之是否英明是一回事，天子之「位」乃具此象徵），因此，天子之賜封三世，亦象徵著天命之賜封三世，故作者有感而發：「嗚呼！為善無不報，而遲速有時，此理之常也。惟我祖考，積善成德，宜享其隆，雖不克有於其躬，而賜爵受封，顯榮褒大，實有三朝之錫命，是足以表見於後世，而庇賴其子孫矣。」作者三代祖宗之受封，原於作者的優異表現，印證了歐母所謂的：「吾知汝父之必將有後」，「有後」才能推恩褒揚三世，故亦可謂「有先」，此即「先」由「後」而享其隆，「後」因「先」而受庇賴，環環相扣，此即因業果報的「圓善」性格。

剋就人而言，道德實踐原只是一種主動自發的表現，是不求任何回報的，為求回報而踐德，就不是真道德；然剋就天道而言，乃應「善有善報」的，否則，如何揚善懲惡？善應善報而「遲速有時」，癥結在於機緣，機緣未到，亦不見善報，這機緣是由人不斷努力踐德來開創的，在這「為善遲報」的歷程中，天正好予人以「為善是否真誠」的考驗，唯真誠，乃能主動自覺，持之恆久，天不善報，亦依舊如如而行，如此，行善才有意義。而在踐德的歷程中，人亦應有「圓善」的信念，知行善應有善報，而不求何時獲報，即不獲報，「舉首三尺有神明」，做事問心無愧，隨遇而安，此「無愧」與「安」，即是當下的一種「即時」福報，能時時心安，自覺當下已獲福報，就會予自己建立起一「德不孤」的堅定力量，歐母之能守道而堅強地生活下去，其因在此，作者之能居患難而不苟合於世，其因亦在此，可見「圓善」是人踐德的一種動源，因此作者在〈瀧〉文結尾中特別強調：「小子修之德薄能鮮，遭時竊位，而幸全大節，不辱其先者，其來有自。」在這裡，我們看到了歐父「福報」

的圓成，印證了人間有圓善，也看到了歐陽修踐德的成就，他將功德歸於先人，而不自居，正顯其高貴可感的孝敬情操。

【課文附錄】

瀧岡阡表

歐陽修

嗚呼！惟我皇考崇公，卜吉于瀧岡之六十年，其子修始克表於其阡；非敢緩也，蓋有待也。

修不幸，生四歲而孤。太夫人守節自誓；居窮自力於衣食，以長以教，俾至於成人。太夫人告之曰：「汝父爲吏廉，而好施與，喜賓客；其俸祿雖薄，常不使有餘。曰：『毋以是爲我累。』故其亡也，無一瓦之覆，一壟之植，以庇而爲生；吾何恃而能自守邪？吾於汝父，知其一、二，以有待於汝也。自吾爲汝家婦，不及事吾姑；然知汝父之能養也。汝孤而幼，吾不能知汝之必有立；然知汝父之必將有後也。吾之始歸也，汝父免於母喪方逾年，歲時祭祀，則必涕泣，曰：『祭而豐，不如養之薄也！』閒御酒食，則又涕泣，曰：『昔常不足，而今有餘，其何及也！』吾始一、二見之，以爲新免於喪適然耳！既而其後常然，至其終身，未嘗不然。吾雖不及事姑，而以此知汝父之能養也。汝父爲吏，嘗夜燭治官書，屢廢而歎。吾問之，則曰：『此死獄也，我求其生不得爾。』吾曰：『生可求乎？』曰：『求其生而不得，則死者與我皆無恨也；矧求而有得邪？以其有得，則知不求而死者有恨也。夫常求其生，猶失之死，而世常求其死也。』回顧乳者劍汝而立於旁，因指而歎曰：『術者謂我歲行在戌將死；使其言然，吾不及見兒之立也，後當以我語告之。』其平居教他子弟，常用此語，吾耳熟焉，故能詳也。其施於外事，吾不能知；其居於家，無所矜飾，而所爲如此，是真發於中者邪！嗚呼！其心厚於仁者邪！此吾知汝父之必將有後也。汝其勉之！夫養不必豐，要於孝；利雖不得博於物，要其心之厚於仁。吾不能教汝，此汝父之志也。」修泣而志之，不敢忘。

先公少孤力學，咸平三年進士及第。爲道州判官，泗、綿二州推官；又爲泰州判官。享年五十有九，葬沙溪之瀧岡。

太夫人姓鄭氏，考諱德儀，世爲江南名族。太夫人恭儉仁愛而有禮；初封福昌縣太君，進封樂安、安康、彭城三郡太君。自其家少微時，治其家以儉約，其後常不使過之。曰：「吾兒不能苟合於世，儉薄所以居患難也。」其後修貶夷陵，太夫人言笑自若曰：「汝家故貧賤也，吾處之有素矣。汝能安之，吾亦安矣。」

自先公之亡二十年，修始得祿而養。又十二年，列官于朝，始得贈封其親。又十年，修爲龍圖閣直學士、尚書吏部郎中，留守南京，太夫人以疾終於官舍，享年七十有二。又八年，修以非才入副樞密，遂參政事；又七年而罷。自登二府，天子推恩，褒其三世；故自嘉祐以來，逢國大慶，必加寵錫。皇曾祖府君，累贈金紫光祿大夫、太師、中書令；曾祖妣累封楚國太夫人。皇祖府君累贈金紫光祿大夫、太師、中書令兼尚書令；祖妣累封吳國太夫人。皇考崇公，累贈金紫光祿大夫、太師、中書令兼尚書令；皇妣累封越國太夫人。今上初郊，皇考賜爵爲崇國公，太夫人進號魏國。

於是小子修泣而言曰：「嗚呼！爲善無不報，而遲速有時，此理之常也。惟我祖考，積善成德，宜享其隆，雖不克有於其躬，而賜爵受封，顯榮褒大，實有三朝之錫命，是足以表見於後世，而庇賴其子孫矣。」乃列其世譜，具刻於碑，既又載我皇考崇公之遺訓，太夫人之所以教，而有待於修者，並揭於阡。俾知夫小子修之德薄能鮮，遭時竊位，而幸全大節，不辱其先者，其來有自。

魏徵的政治哲學

——試講〈諫太宗十思疏〉

中國人向來把從政當做是人生踐德的一環，《大學》強調：格、致、誠、正、修、齊、治、平，意即要我們在個人身修之後，乃必須推廣到家國天下，承擔起群體的責任，反過來說，要把齊家、治國、平天下的工作做好，根本之道，即當返回到修身上來，所以魏徵在〈諫〉文中開宗明義指出：「臣聞求木之長者，必固其根本；欲流之遠者，必浚其泉源；思國之安者，必積其德義。」「思國之安者，必積其德義」，此中「安」字與「天下平」的「平」字相通，都是群體和諧的意思，求和諧之道，不在上焉者用權力、法律來打壓、約束，而是在位者以身作則，「積其德義」，實施教化，普遍提撕理性的自覺，使群體中的每一人之道德心靈交互感通，可見魏徵所持的，即政教合一之論。

修身工夫，在「正心」、「誠意」，心是身的主宰，意是心的發動，心能時時保持其虛靈明覺（正心），使良知的天理貫注到所面對的事物上（誠意），自不會使「純亦不已」的性情，為私慾所蔽，故魏徵特誡太宗勿蹈入「德不處其厚，情不勝其欲」的坎陷。

「凡百元首，承天景命，莫不殷憂而道著。」帝位之來，既承自「天」之大命，則帝王在人間，當替天行道，負起「參贊化育」的社會責任，此責任是一無盡的歷程，極具艱鉅繁重，故而須時時懷著憂患意識，「天下興亡，匹夫有責」，況在帝王？所以魏徵諫太宗要「居安思危」，要「殷憂」才能「道著」。

此艱鉅繁重的工作，不是帝王一人所能獨負，必須大家一起配合、努力，以求完成，人人都重要，都具有人格價值，故當「竭誠以待下」；帝王能自感自身之不足，念念不忘的是自己的重責大任，而不覺自己有無上的權威，如此，自也不致「縱情以傲物」；「天生民而立之君」，先有民，然後才有君，民為貴，君為輕，能時時以民為主體，處處為民著想，君才能因獲得民眾愛戴而凸顯其尊，反之，帝王如只看到自己的權力，而看不到自己的責任，「董之以嚴刑，震之以威怒」，終將失卻民心，「四海窮困，天祿永終」，帝王倘不獲全民的支持，必會遭到推覆，所以魏徵警之曰：「怨不在大，可畏惟人，載舟覆舟，所宜深慎。」帝位之或得或失，全看人民之支持與否（民意即天意），可見〈諫〉文蘊存有強烈的「民主」、「民權」意識，而絲毫無「帝王至上」、「君主專制」的思想。

上謂帝王要處處為民著想，「竭誠以待下」，不可「縱情以傲物」，即是全文的主旨所在，文中「見可欲，則思知足以自戒」、「將有所作，則思知止以安人」、「樂盤遊，則思三驅以為度」、「憂懈怠，則思慎始而敬終」等四「思」，即在警太宗勿「縱情」；「念高危，則思謙沖而自牧」、「懼滿溢，則思江海而下百川」等二「思」，即在誡太宗勿「傲物」，而「慮壅蔽、則思虛心以納下」、「想讒邪，則思正身以黜惡」、「恩所加，則思無因喜以謬賞」、「罰所及，則思無因怒而濫刑」等四「思」，即在求太宗「竭誠以待下」，要之，一切帝王的修身工夫，當從眼前所遇之政事上著手。

此外，帝王更要具有政治的慧識與心量，有慧識，才懂得「簡能而任之」，不把抓權位，讓開一步，使「智者盡其謀，勇者竭其力，仁者播其惠，信者效其忠。」只看到百官的賢能，而自己全無作為，整個社會呈顯一太和的境界，人民不覺有帝王權力的存在，帝王亦自忘其權力的存在，正如人之忘卻天地之生我養我，而天地亦不自顯其自己給人之被澤一般，這就是魏徵「鳴琴垂拱，不言而化」的無為大道，亦即是儒家「無為而治」的政治理想。

不過，儒家的「無為」與道家的「無為」不同，道家所主張的「無為」，乃是一全然無政府，讓人民放任自然的「無為」，儒家乃不廢領導，其所謂「無為」，只是針對遮撥上焉者之私慾私智之「為」而言，並不廢除一切依於德性天理的「為」，所以儒家的「無為而治」，雖曰「無為」，而實「無不為」；換言之，道家的「無為」沒有人之正面德性的透露，沒有「參贊」的作用，儒家則有之，而人有氣質的障蔽，如真依道家所謂的「無為」，一任個人之自由，社會必趨於紛亂，只有本儒家的「無為而無不為」，道家之「無為而治」的政治，才真能獲得持久的保障，這是本課作結前所應交待清楚的。

【課文附錄】

諫太宗十思疏

魏徵

臣聞求木之長者，必固其根本；欲流之遠者，必浚其泉源；思國之安者，必積其德義。源不深而望流之遠，根不固而求木之長，德不厚而思國之治，雖在下愚，知其不可，而況於明哲乎？人君當神器之重，居域中之大，將崇極天之峻，永保無疆之休，不念居安思危，戒奢以儉，德不處其厚，情不勝其欲，斯亦伐根以求木茂，塞源而欲流長者也。

凡百元首，承天景命，莫不殷憂而道著，功成而德衰，有善始者實繁，能克終者蓋寡。豈其取之易而守之難乎？昔取之而有餘，今守之而不足，何也？夫在殷憂，必竭誠以待下；既得志，則縱情以傲物。竭誠則胡越爲一體，傲物則骨肉爲行路。雖董之以嚴刑，震之以威怒，終苟免而不懷仁，貌恭而不心服。怨不在大，可畏惟人，載舟覆舟，所宜深慎，奔車朽索，其可忽乎！

君人者，誠能見可欲，則思知足以自戒；將有所作，則思知止以安人；念高危，則思謙沖而自牧；懼滿溢，則思江海而下百川；樂盤遊，則思三驅以爲度；憂懈怠，則思慎始而敬終；慮壅蔽，則思虛心以納下；想讒邪，則思正身以黜惡；恩所加，則思無因喜以謬賞；罰所及，則思無因怒而濫刑。總此十思，弘茲九德。簡能而任之，擇善而從之，則智者盡其謀，勇者竭其力，仁者播其惠，信者效其忠。文武爭馳，君臣無事，可以盡豫遊之樂，可以養松喬之壽，鳴琴垂拱，不言而化。何必勞神苦思，代下司職，役聰明之耳目，虧無爲之大道哉？

孝子的嚮慕與呼喚

——解讀《詩經·蓼莪篇》

《詩經》是我國最早的詩歌總集，它是詩，也是經，所謂「詩」，原只是人透過精簡的文字，抒發其內在情感的純文學作品，其所以又特別稱為「經」，乃因在此抒情的過程中，充分呈露了宇宙人生的道理，使人在吟哦中生發一幽深靈妙之感，從而領略人生的精神價值與意義，所以它是性情之教，也是道德之教，孔子謂：「詩三百，一言以蔽之，曰：『思無邪』。」（《論語·為政》）即說明了《詩經》對人具有道德修養的輔助作用，吾人可從中陶冶一「溫柔敦厚」的性情，亦可從中培養一強烈的道德意識，茲以《詩經·蓼莪篇》來說明：

〈詩序〉謂：「蓼莪，刺幽王也。民人勞苦，孝子不得終養爾。」〈朱傳〉云：「人民勞苦，孝子不得終養而作此詩。」其實，純文學的作品，不必定要賦予政治的色彩，剋就內容言，〈蓼莪〉詩明明是一首孝子哀父母早逝，自傷不得奉雙親以報養育之恩的民歌，孝子以赤誠之心，流露出哀父母的真情，從其哀情中，很能讓讀者領受到父母與子女間慈孝的德性，也從這裡悟會到人性的莊嚴。

在中國，孝是很早就有的觀念，它的本義有二：一是善事父母，一是繼述先人之志。父母無不願其子孫的道德精神長明天壤，此大願，即所謂「先人之志」，由於父母早逝，為人子女，在現實存在面上無法事奉父母，而形成一種道德缺憾，因此，儘管父母全無「養兒防老」的念頭，不求子女回報，但在子女心中，不能善事父母，即等同不能繼述「先人之志」（善事父母乃是一種德行），即是不孝，此所以孝子長愧自責，嗟嘆「蓼蓼者莪，匪莪伊蒿。」該長高的是「莪」這種美菜，可是長大以後，我卻不如父母所期望的「莪」，而是一如「蒿」的賤菜，作者以「莪」來比喻有德者，以「蒿」來比喻無德者，道德不只要自覺，更重實踐，而今他行孝不能落實，故自感無德，自感不孝，一個人自覺德行有缺憾，知自己孝行不足，而深自責求，這正是孝子之所以為孝子之處。孝子一方面全然承擔現實的無奈，歸咎自己的不孝，一方面又深念父母的大慈大愛，在孝子的心中，天下不但永無不是的父母，天下之父母簡直純然是精神，故而想起父母的早逝，不禁哎嘆「哀哀父母，生我劬勞。」

孝思與孝情之觸發，由漸而切，故其自責進一步，其對父母之慈愛的想念更深一層，所以接著詠嘆：「蓼蓼者莪，匪莪伊蔚，哀哀父母，生我勞瘁。」父母期望我像長得又高又大的「莪」菜，可是仔細想想，我不但不是莪菜，比方才所想像的「蒿」菜還不如，我是非常差勁的「蔚」菜啊！念及父母生我，對我的照顧，不只「劬勞」，更因勞苦而病了，可見父母之早逝，儘管或出於其他原因，在孝子的心中，父母純然為孩子操勞而病死，一切都為子女的成長而犧牲，別無他故，則孝子之心將永感愧疚而不安，這也正說明了為什麼孝子要再三嗟嘆：「哀哀父母」了。

「缾之罄矣！維罍之恥。」父母不得終養，這是子女的羞恥。（案：朱熹《詩集傳》謂缾小罍大，皆酒器，缾罄乃罍之恥，猶父母不得其所，乃子之責。可見以缾喻父母，以罍喻子女，所以如此比喻，或因父母體力衰，子女體力旺之故。今人朱守亮《詩經評釋》謂缾為汲器，罍為貯水器，以缾汲水而貯於罍，缾空則罍不得盈，以喻人子之不能終養父母。有子不能養父母，斯亦父母之恥也。顯然以缾喻子女，以罍喻父母，今採朱熹義。）子女之所以恥愧，即因於孝心不能得到安頓之故。父母與我乃最密切連繫的生命，此即我之生命乃最先與父母生命相感相通者，因此失了父母，對子女而言，等同失了根的草木，沒有生氣，活得就沒意義，故「鮮民之生，不如死之久矣！」然則孝子只能嗟嘆，卻不能自殺，因父子之生命原是一體，子女之生存，即是父母生命的再生，因此子女雖哀戚，卻不能走絕路，走絕路，即全然斷送了父母的命根，這是最大的不孝，孝子以詩抒發情志，使久積胸臆的鬱結得以紓解，「哀而不傷」，這正是「溫柔敦厚」之詩教的性格。

「無父何怙？無母何恃？出則銜恤，入則靡至。」這不是子女對父母衣食之依賴的呼求，而是父母乃子女精神之所寄，無父母，則心靈無所歸宿，彷彿飄蕩無依的浮萍，不知何所底止，蓋父母健在，我與之覿面當前，宛如我看到了生命根源，即或父母臥病床榻，我亦能從旁照料，隨侍左右，我之行孝得以落實，我之孝情即有所寄，我之良心亦才能獲得安頓，我之家庭亦才真感溫暖，所以父母早逝，對孝子而言，在精神上實是一大打擊，故「出則銜恤，入則靡至。」

孝子之嚮慕，不只能從超越的形上意義去看父母，如佛家要人去想父母生前之本來面目，亦落實到現實的存在面去體會父母教養的辛苦，父為乾為陽，乾道高明，既高且明，顯而易見，所以父之生我，竟日為我而奔波在外，是人人易知的，母為坤為陰，坤道博厚，默默承載一切而不言不語，所以母之在家照料子女的辛苦，外人豈能盡知？人不知而不自白，這種陰德，唯孝子最能領受：「父兮生我，母兮鞠我，拊我畜我，長我育我，顧我復我，出入腹我。」父之生我，其在外之辛苦，人皆盡知，毋庸贅述，至於母親，她養育我（鞠我），在我初生後，即無微不至地輕撫我的頭（拊我），以免我受驚嚇，以乳哺我（畜我），及我略長，以食物餵我（長我），天冷，時時以身偎我（育我），以免我受寒，待我稍長，在地上玩耍，又恐我有所閃失，還不時在百忙的工作中回頭來看我（顧我），反覆地來關照我，愛撫我（復我），當有事須暫離去，卻又放心不下，為家務進進出出，忙裡忙外，卻又把我抱在懷裡（出入腹我），這種無時無刻唯子女是念的慈愛精神，沒齒難忘，我之生命，來自父母，我之能長大為今日的我，亦來自父母，所以「欲報之德，昊天罔極。」孝子幼小之事，他未必能知，但他能如如詳盡而生動地描述那段歷歷如前之慈愛的情節，即因於「報本返始」之孝情的逆溯與豁展。

「南山烈烈，飄風發發。」這是詩之「興」的筆法，「興」與「比」之不同，在於「興」是由感情的直感而來，「比」則是由感情的反省而來，此即「比」中的主題與主題之外的事物間，是經過一番理智的安排，而「興」則彼此間只是一「偶然的觸發」，此觸發，出於作者久蘊之感情的爆裂，故「興」所用之主題以外之事物是不經過經營、安排的（參看徐復觀〈釋詩的比興——重新奠定中國詩的欣賞基礎〉一文），作者濃厚的孝情在胸中激盪，久久不能自抑，卻又不得終養父母，於是對殘酷的現實生一無奈的浩嘆：父母的大恩大德（南山烈烈）理應有好的回報，為何殘酷的現實（飄風發發）如此作弄人？別人家沒有不歡樂團聚的，為何只有我這樣不幸呢（民莫不穀，我獨何害）？「南山律律，飄風弗弗。民莫不穀，我獨不卒！」孝子再三嗟嘆，無奈之情，深似一層，這不僅是對父母的呼喚，也是對整個宇宙生命的呼喚，如今除了盡性，他似乎也只有聽命了，或許，這就是所謂的人生吧？

【課文附錄】

蓼莪　　詩經

蓼蓼者莪，匪莪伊蒿。哀哀父母，生我劬勞！

蓼蓼者莪，匪莪伊蔚。哀哀父母，生我勞瘁！

缾之罄矣，維罍之恥。鮮民之生，不如死之久矣！無父何怙？無母何恃？出則銜恤，入則靡至。

父兮生我，母兮鞠我，拊我畜我，長我育我，顧我復我，出入腹我。欲報之德，昊天罔極！

南山烈烈，飄風發發。民莫不穀，我獨何害！

南山律律，飄風弗弗。民莫不穀，我獨不卒！

天地造化的謳歌

——賞析〈散曲選〉

元曲與唐詩宋詞一樣，都是中國古典文學的精品，它可以「興、觀、群、怨」，透過客觀的境物，以抒發作者的情志；客觀境物之所以可借為抒發情志的資具，且可引生讀者心靈的共鳴，乃因它具有一天地造化之生命的共情，人的生命也由天地造化來，又是萬物之靈，故可感通一切，悟會其化機、生意與生德，從而游心寄意於其間，故元曲作品之常詠客觀境物，一方面固在借外在有形之境物來襯托內在無形的情志，一方面則是對天地造化的謳歌，造者，從無而有，化者，從有而無，有如此之生長變化，亦正展現了天地萬物之多彩多姿的生命情調，讀元曲，我們就有這樣的感受，茲舉數首以明之。

一、關漢卿的〈大德歌／秋〉

這首小令題目是「秋」，作者的用意，即以秋的氣息來襯托內在的「愁」緒，此愁是指鄉愁、情愁抑或其他的愁，已無關宏旨，我們所要欣賞的重點，則是如何從曲中領略秋的消息，從而因秋的感受，去映照「愁」的心緒。

西方科學家以物理來探討自然，中國則以生意、化機來說宇宙，春生夏長秋收冬藏，春氣方生，秋氣漸老，這是自然造化的歷程，《漢書・禮樂志》謂：「秋氣肅殺。」即見中國人對嚴肅收斂的秋氣，都懷有一種悲涼蒼老的意象，這是人對天地化機的一種體會，大地在秋裡，日漸蕭條寂寞，於是一切輕微的響聲，在「萬籟俱寂」中都似在擴音、喧噪，此所以歐陽修的〈秋聲賦〉一開始就有這樣的描述：

歐陽子方夜讀書，聞有聲自西南來者，悚然而聽之，曰：「異哉！」初淅瀝以蕭颯，忽奔騰而砰湃，如波濤夜驚，風雨驟至。其觸於物也，鏦鏦錚錚，金鐵皆鳴，又如赴敵之兵，銜枚疾走，不聞號令，但聞人馬之行聲。

秋色在白天裡看來蕭索，秋聲在黑夜裡聽來悲愴，而人的愁緒，正可借秋之消息的陪襯而相得益彰。

「風飄飄，雨瀟瀟，便做陳摶也睡不著，懊惱傷懷抱，撲簌簌淚點拋。」秋風秋雨交織成的淒切聲，宛如大地向人們訴說著肅殺氣息的到來，「物既老而悲傷，物過盛而當殺。」宇宙間的陰陽二氣，陽主生長，陰主肅殺，萬物由有而無，又由無而有，乃得平衡，生必迎向死亡，而死未嘗不是促成另一種生的開始，一陰一陽之謂道，如此循環不已，即是天地造化的性格。

風也許不那麼強，雨也許沒那麼大，但正值陰氣盛行的秋季，大地沈寂，令人頗有風強雨大的感覺。「風飄飄，雨瀟瀟」，這撩人淒切的風雨，最易搖撼寧靜的心湖，「便做陳摶也睡不著」，連睡仙陳摶恐怕也因莫名的惆悵而無法安眠，這氣息常會引發人遐想，從而勾勒出往事的傷痛，「懊惱傷懷抱」，一種莫名的悲涼，由心中湧來，自也「撲簌簌淚點拋」了。秋季萬物趨向衰老、凋敝，人見之而易興憂，「秋」「心」所以合而為「愁」，於此，我們體會了其中的機趣。

風聲雨聲之外，「秋蟬兒噪罷寒蛩兒叫」，林間的蟬兒，以及土中的蟋蟀（蟋蟀一名吟蛩，作者改用寒蛩，更添加了淒涼的效果）也先後附和，好似為大地合唱一曲蒼涼的輓歌；「淅零零細雨灑芭蕉」，最靠近窗口之大橢圓形的芭蕉葉上，細雨滴落的淅零零聲響，不亦正如輓歌中低調的節奏？能聽得細雨的「灑」聲，正襯托出了大地的沈寂，也襯托出了聽者心靈的落寞。

整首曲，作者全然以聲音來狀秋，風聲雨聲來自空中，蟬聲在林間，寒蛩聲在地裡，而雨灑芭蕉的聲響則在窗前，由上而下，由遠而近，各種秋聲交織成一立體之淒切悲涼的愁網，天地的化機在這裡顯，人處其間，亦在不知不覺中接受了感應，於是而有莫名的惆悵，由近而遠，由眼前的秋愁，衍生出往事的悲痛，這逆溯的反應，正是人對天地造化的謳歌。

二、白樸的〈沈醉東風／漁父詞〉

這首曲是寫漁父淡泊名利與世無爭的心境，漁父每天面對平淡的江水垂釣，生活單調，他卻能在單調的境物中領受大自然的生趣：「黃蘆岸，白蘋渡口，綠楊堤，紅蓼灘頭。」平淡的江邊，就漁父看來，已不是如此籠統無味，他看出了「岸」、「渡口」、「堤」、「灘頭」各種不同的地形，這是水流與地質交錯成的地理風采，而「蘆」、「蘋」、「楊」、「蓼」等水澤植物，在秋天裡，仍生意盎然，分別以「黃」、「白」、「綠」、「紅」的鮮明色彩，點綴得整個江邊熱鬧非凡，宛如使蕭索的秋色，又重燃起了生機，儘管大地淒然，但仍舊有一股生氣在那裡隱動，這正是《易》理所謂「陰中含陽」的氣息。

漁父既遠離塵世，不問俗務，自也無人倫中摯友的熱情，他「雖無刎頸交，卻有忘機友。」這忘機友不是別人，是「點秋江」的「白鷺沙鷗」，飛禽遊戲於自然世界中，而為漁父之友，這正說明了白鷺沙鷗之愛大自然，與漁父之愛大自然，兩兩相孚而同情，這種人禽感通，兩無相隔，忘我忘物亦忘神之大解脫的境界，即是宇宙生意流通而環抱的氣息，會得此生意，即是一具有儒、道之心與天遊、無心無物之「天人合一」的襟懷。

而富貴名利原本都是過眼雲煙，人卻往往陷溺其間，竭力爭逐，而不能自拔，「為學日益，為道日損。」有了世俗所謂的知識，反易使人之情慾日增，文飾日繁，人之愁苦煩惱也日益添加，人之心胸氣量日益狹窄。而賣弄文墨，利用權術的結果，人之心靈就會被虛幻的排場與典章制度所束縛，導致固蔽不自由，故「絕學無憂」，不識字，反少情慾文飾，而保任赤子之德性的本真，與大自然冥合，「傲殺人間萬戶侯；不識字，煙波釣叟。」漁父之能大自在大解脫，而悠游於天地之間，即因於他從江邊垂釣中，了悟了造化的機趣。

三、張可久的〈水仙子／春晚〉

這首小令，寫春晚之景，從而傷南浦送別之情。

春是陽之初動，而陽中亦隱含有陰，此即生意中亦含有化機，作者為寫春時離別的傷情，特取材於春之可傷處來抒情，亦即從春氣盎然的生意中去找尋天地所蘊存的化機。

「西山暮雨暗蒼煙，南浦春風艤畫船，水流雲散人空戀，傷心思去年。」作者一開始，即把鏡頭拉到西邊遠方的山頭，在夜幕將垂的時分，下了一陣雨，使得山外籠罩著暗青色的雲煙，他這樣的取景，用意即在營造一股傷感的氣氛，減少春的生意，好為他的傷別之情，找到可依之景，但春畢竟是生意盎然，大自然的生氣豈能任人為壓抑？於是又把鏡頭拉回到近距離來，謂「南浦春風艤畫船」，春風得意，將具有詩意的畫船，瀟灑地吹靠到向南的水岸，這一幕，又掃去了些許蒼煙的陰霾，這美麗的畫面，在朦朧中展現，理應令人陶醉，然而「水流雲散」後，他驀然驚覺，原來出雙入對的伊人已不在身旁與他共賞，如今只留孤單單的自己一人，想到此，他「人空戀，傷心思去年。」回憶去年此時，與當前的景物一樣，都充滿了春的朝氣，唯獨人事已非；此景物為何？作者特攝取三個焦點：「海棠鸜鵒，巖花杜鵑，楊柳秋千。」宋理學家邵雍有〈海棠〉詩句：「莫上南岡看春色，海棠花下卻銷魂。」海棠的姿色，十分艷麗，由此可見，它為春景帶來了別緻的風情，而鸜鴿（俗名八哥，又稱慧鳥，善擬人語）跳躍其間，輕盈的鳴叫，宛如伊人去年耳邊的私語，讓人徒增回憶與空戀；至於壁立巉岩上所生長出來的叢叢野花，雖也楚楚可愛，但杜鵑遊戲其間，高唱起「不如歸去」，好似告訴曲中人，這境物雖崢嶸古雅，煞是好看，唯獨缺伊人共賞，實在沒有意思，不如早點回去算了。而楊柳隨風搖曳，雖引來無窮的春色，令人心生浪漫，卻也帶來莫名的離情，尤其去年共坐的秋千，如今只空蕩蕩地在那裡，無語伴楊柳，更令「曲中人」心頭依依，好生傷感，作者特寫這三個鏡頭，引領讀者心靈迴響，與他一起走入喜春又傷春的境域，這種能引生共鳴之效果的媒介，正由於人對天地造化之性格的共感，所以曲中寫景以抒情，亦正是對天地造化的謳歌。

四、馬致遠的〈題西湖〉（全曲十二支錄六）

這組套曲在詠西湖之美景，及生活於其間的閒適情致。

〈新水令〉一支，為全曲總冒，目的在揭示題意，暗示造化的奇偉。

「四時湖水鏡無瑕，布江山自然如畫。」一年四季，西湖水澄如鏡，寧靜而安祥，這大自然的美景，如詩亦如畫，造物者布置山水如此靈妙，令人贊嘆，西湖的勝境，簡直網羅了天地間山水的精華，「雄宴賞，聚奢華。」一來這兒賞景，正如人享受一次匯聚天下奇珍異饈的盛宴，然而這種比喻似乎不是很貼切，因為「人不奢華，山景本無價。」人的奢華盛宴總有時而盡，唯獨天地造化所布置的神妙景色，隨時都可供人觀賞、領受，造物者無限的公心，以及大自然無價的寶藏，豈是富貴人家的氣勢可與相擬？

〈慶東原〉一支，寫的是西湖的春景。

「暖日宜乘轎，春風堪信馬，恰寒食有二百處秋千架。」在春暖風和的季節，不管乘轎出遊，或騎馬漫行，都是宜人的，西湖的美景，對一切人開放，你興致萌發，可下馬離轎，迎風盪漾處處的秋千，好盡享西湖春意的浪漫，也可佇足觀賞，體會各種花卉的性格，「向人嬌杏花，撲人衣柳花，迎人笑桃花。」「小杏妖嬈弄色紅」，在春天，造化的生意，透過杏花的姿色，為你展現嬌滴滴的艷媚；而柳條細長，隨風飄蕩，宛如一多情的少女，撲著你的衣襟，想與你搭訕；至於「桃之夭夭，灼灼其華」的鮮艷桃花，好似盛妝待嫁的少女，大方地對著人微笑，這春裡的花卉，各自展現了不同的嬌媚，也充分傳達了造化生意的姿采，人倘徉其間，飲酒作樂，盡情享受大自然的浪漫，「來往畫船遊，招颭青旗掛。」在熱鬧的氛圍中，西湖在春裡給人的，是處處盎然的生氣。

〈東鄉詞〉一支，寫的是西湖的夏景。

「納涼時，波漲沙，滿湖香芰荷蒹葭。」夏日陽氣盛，連令人淡的荷花（按：芰荷即荷花，亦即蓮花。張潮《幽夢影》論花有：「蓮令人淡」之語。）以及最不起眼的水邊荻草（蒹）、蘆葦（葭）都香溢滿湖，這正說明了造化生機的暢旺，也正由於火性強，暑氣旺，作者特把鏡頭拉到西湖的水面，寫「波漲沙」，水是清涼的，水波漲到沙岸，可讓納涼人消解暑氣；而荷葉寬大可蔽蔭，誠如《群芳譜》王象晉所言：「荷花生池澤中，最秀，凡物先華而後實，獨此華實齊生，百節疏通，萬竅玲瓏，亭亭物表，出淤泥而不染。」更能予人以清涼的意象，「瑩玉杯，青玉斝，恁般樓台正宜夏，都輸他沈李浮瓜。」在樓台上舉著裝在各式玉杯裡的淡酒涼飲迎風對酌，都不如享受浮於清泉的甘瓜，及沈於冷水的朱李，來得爽口消暑，畢竟，人為的總比不上自然的氣氛來得沁人心脾。

〈掛玉鉤〉一支，寫的是西湖的秋景與冬景。

「曲岸經霜落葉滑，誰道是秋瀟灑。最好西湖賣酒家，黃菊綻東籬下。」秋的蕭索氣息，在西湖也不例外，曲折的沿岸，在嚴霜的籠罩下，樹葉紛紛凋零，西湖的秋，仍舊披上淒切的外衣，它何曾瀟灑地脫離天地的造化？要欣賞瀟灑的景象，「最好西湖賣酒家」，那兒人氣旺盛，一掃秋意的蒼涼，尤其「黃菊綻東籬下」，黃菊不與春花鬥艷，卻在寒霜中抖擻，孑然挺立在東籬下，這種酷似高士的品節，在秋裡凸顯出了它獨特的風采。

至於冬天，「自立冬，將殘臘」，西湖所展現的是銀白的世界，「雪片似江梅，血點般山茶。」雪片繽紛，飄落在江邊的枯枝上，宛如沿岸開滿了梅花；而「長共松杉鬥歲寒，葉厚有稜犀角健，花深少態鶴頭丹」的山茶，在冰雪中，如丹頂鶴之佇立，它「爛紅如火雪中開」，這點點的血紅，為銀白的大千世界，微露出了「生」的訊息。

〈阿納忽〉一支，則簡寫作者在西湖的閒適生活。

「山上栽桑麻，湖上尋生涯，枕頭上鼓吹鳴蛙，江上聽甚琵琶？」製衣的材料可往山上栽種，飲食的物品可從湖中尋討，娛樂的旋律也不必如白居易遠赴江邊去聆聽琵琶，在西湖，隨處都有生活的資材，取之不盡，用之不竭，只要你合眼凝神，枕頭上就可享受「鼓吹鳴蛙」的悅耳節奏，畢竟，造化的機趣隨時都可在閒適者身旁展現啊！

〈尾〉是這組套曲最後的一個曲牌，其意在綜合全曲，以抒發作者淡泊名利的胸襟作結。

「漁村偏喜多鵝鴨，柴門一任絕車馬，竹引山泉，鼎試雷芽。」鵝鴨愛戲水，正如漁村人家之喜以湖水為伴，人禽同好，相映成趣，這未嘗不是造化的感通，這兒生活雖簡陋，卻有一任自然的灑脫，沒有車馬的喧囂，有的是山水的寧靜。恬淡的人才懂得茶道，懂得品茗，以竹引山泉，以鼎試好茶，茶令人心靜神清，滌盡塵慮，從現實中超拔，在西湖，造化給予人如詩如畫的山水享受足夠了，人間事物又有什麼好爭求的？「但得孤山尋梅處。苫間草廈，有林和靖是鄰家，喝口水，西湖上快活煞。」梅在嚴雪中綻放，微吐暗香，這種絕世風華所蘊存的強者寂寞，恰似林間處士玉潔孤清的操守，所以很受林和靖喜愛，在西湖上生活，能與寒梅為伴，與林處士作鄰家，即使苫間草廈，喝口水，仍覺精神愉悅，何以故？因為從梅花的凍蕊幽香裡，找到了那空靈瑩徹的雪骨霜魂的境界，在自己，也同時泛起了「半點千鈞春氣力」，這生命力的躍動，不亦正是造化在寒荒寂寞之後，所暗燃的生機？

綜上所述，可知曲與詩詞一樣，都蘊有天地造化的公情，都是對天地造化的謳歌，昔孔子要弟子學詩，謂詩可以「多識於鳥獸草木之名」，其意義，即要人在文學作品中識取客觀境物的背後精神，從這裡了悟天地造化中各種生命的機趣，以這個角度來看，我們對文學的鑑賞，又多了一層精神內涵。

【課文附錄】

散曲選

小令

(一) 大德歌　秋　關漢卿

風飄飄，雨瀟瀟，便做陳摶也睡不著，懊惱傷懷抱，撲簌簌淚點拋。秋蟬兒噪罷寒蛩兒叫，淅零零細雨灑芭蕉。

(二) 沈醉東風　漁父詞　白樸

黃蘆岸、白蘋渡口，綠楊堤、紅蓼灘頭。雖無刎頸交，卻有忘機友：點秋江、白鷺沙鷗。傲殺人間萬户侯；不識字、煙波釣叟。

（三） 水仙子 春晚 張可久

西山暮雨暗蒼煙，南浦春風艤畫船，水流雲散人空戀，傷心思去年。可憐景物依然，海棠鸜鵒，巖花杜鵑，楊柳秋千。

套曲

題西湖 全曲十二支錄六 馬致遠

【雙調】新水令

四時湖水鏡無瑕，布江山自然如畫。雄宴賞，聚奢華，人不奢華，山景本無價。

慶東原

暖日宜乘轎，春風堪信馬，恰寒食有二百處秋千架。向人嬌杏花，撲人衣柳花，迎人笑桃花。來往畫船遊，招颭青旗掛。

棗鄉詞

納涼時，波漲沙，滿湖香芰荷蒹葭。瑩玉杯，青玉斝，恁般樓臺正宜夏，都輸他沈李浮瓜。

掛玉鉤

曲岸經霜落葉滑，誰道是秋瀟灑。最好西湖賣酒家，黃菊綻東籬下。自立冬，將殘臘，雪片似江梅，血點般山茶。

山上栽桑麻，湖上尋生涯，枕頭上鼓吹鳴蛙，江上聽甚琵琶？

阿納忽

漁村偏喜多鵝鴨，柴門一任絕車馬，竹引山泉，鼎試雷芽。但得孤山尋梅處。苫間草廈，有林和靖是鄰家，喝口水，西湖上快活煞。

尾

理想的政治社會

——〈大同與小康〉釋義

「大同社會」是儒家最高的政治理想，這種理想並未實現於已有的歷史中，故孔子託始於三代前的上古（堯舜時代），冀望藉此至高治平之道，來喚醒人類省思，進而共勉赴於此道，使此理想的外王事業，得以恆久地展現於人間。此理想的政治境界為何？《禮記·禮運篇》勾勒得很清楚：「大道之行也，天下為公，選賢與能，講信修睦。故人不獨親其親，不獨子其子；使老有所終，壯有所用，幼有所長，矜、寡、孤、獨、廢、疾者皆有所養。男有分，女有歸。貨惡其棄於地也，不必藏於己；力惡其不出於身也，不必為己。是故謀閉而不興，盜竊亂賊而不作，故外戶而不閉。是謂『大同』。」

「天下者，天下人之天下也。」政治是天下人的事，所以每個人乃原則上都有權利與義務承擔政治的責任，人人參政的機會平等，此即所謂「天下為公」。政治既是「天下人的「公」事，則其中必有重重的複雜性與艱難性，故非人人都有能力去承擔，必須「選賢與能」，使「賢者在位，能者在職。」唯賢者，乃能依其「公」心成就「公」事，以其德慧釐訂政策，知能任能；唯能者，才可突破困境，有效地執行、完成使命。而人之賢能，不屬遺傳，純靠後天的修養與歷鍊，將相本無種，王侯本無種，乃至天子亦本無種，誰最努力，最有德養，最能承擔天下的「公」事，即應把職位讓給他，由他來為天下人服務，以展現其理想與抱負；而真正的賢者，亦知其自身之有限，故對其職位亦不把持牽率，時時思有所讓（這當然不是由於他有倦勤的意識），他讓位（讓位即讓權），以使其他的賢者有表現其才德的機會，能讓位讓德，政權的移轉即可在和平、理性中完成，所以孔子屢讚美堯舜的「禪讓」，禪讓以「德」讓，不以「親」讓，這是「尊尊」原則，不是「親親」原則，此讓不只成就了聖君和平的選替，更造就了天下人的福祉，此讓是一以德慧「知賢讓賢」的讓，亦即以「質」求「質」的讓，故能獲得「質」（優秀的從政人才）的絕對保證，今之民主政治以「量」（選票）求「質」（人才），政權雖可和平移轉，但未必可獲得從政之「質」的絕對保證，大同社會政權之移轉既有讓而無爭，又可獲得絕對之「質」的保證，兩全其美，故是一最最理想的政治。

當然，落實到現實上來，人總有氣質上的障蔽，總有無限追逐名利的貪慾，故而往往會假「當仁不讓」之名，行「當權不讓」之實，而對權位追求、戀棧、把抓，大道不行，「禪讓」的政治就無法實現，所以理想的社會，乃特重教育，「講信修睦」，使之成為一德化的社會，此即政教合一也。

「講信」一方面是要提撕個人的人格精神，使人人誠「信」於道，一方面要使彼此相互信任對方的人格，有此「真信」，人一切行為表現才能「由仁義行」，社會亦才能展現一自然的和諧，此即一切和諧（睦）乃發自每個人良心的自覺，而非由於對外在之社會道德規範的墨守，亦即此和諧乃由每個人之「修身」而來，故曰：「修睦」，人人「講信修睦」，客觀之自然和諧的情境形成，乃真能掃除爭權奪利的種種心習，「禪讓」政治在此氛圍中乃得以落實。

人人「由仁義行」，良知全然朗顯，就有一「推己及人」的公心展現，「故人不獨親其親，不獨子其子。」由親其親、子其子，再推廣到親人之親、子人之子，此「先己後人」的親親原則，雖是一私，卻不蔽於私，而能超越己私以向公，正凸顯了儒家仁愛的性格，親親有等，子子有殺，此乃合乎人之常情，足見儒家嚮往的大同社會，是一合乎人情而非矯情的社會。

「使老有所終，壯有所用，幼有所長。」年輕力壯者要「有所用」，都須服務於世，即見此理想的社會要有體力的人都須動起來，以自力更生，並非要人人都賦閒在家，坐享其成，等著政府來救濟，人人自食其力，各終養其老，長育其幼，慈孝的親情就在此中建立，天倫之樂亦才能在此中享受，而真正需要政府協助的，只是那些無依無靠、無力謀生的人，「矜、寡、孤、獨、廢、疾者皆有所養。」理想的政治社會，又豈是人人不事生產，只求聖君「博施濟眾」的社會？

「男有分，女有歸。」特別強調男的要有工作，女的要有歸宿，此中似隱函著「男主外，女主內」之義，內外相輔相成，無所謂孰輕孰重，所以主內主外，並無藐視或偏重那一方的意思，只是依男女陽剛陰柔的天賦質性來劃分工作承擔的性質，並非一切內務全然由女人來執行，一切外務全然由男人來從事（「主」是「主要」義，非「全然」義），一切工作依天賦之質性來劃分，即見大同的社會是一「各正性命」的社會。

「貨惡其棄於地也，不必藏於己；力惡其不出於身也，不必為己。」所惡的是人力與物力的閒置，而不惡其藏於己或為己，即見大同的社會容許私產的存在，人有恆產，乃有恆心，有恆心，乃不致「放僻邪侈」，亦唯有私產，人才有機會表現割捨私產、獻出私產的道德，人之最可貴處不在其無私產，若無私產即為最可貴，則將視貧窮本身即道德，人之最可貴處在有私產而能為有意義有價值之事消費其私產，乃至不惜全然奉獻、捨棄其私產，此有意義有價值之事，未必全在別人身上發生，亦可在自己之身上發生，故貨力之消費，雖不必全為自己，卻也不必全為別人，全為他人，則將使其人皆成純粹享福的動物，使人皆成豬，此忽略他人之人格獨立與成長，未必即是至高的德性，此所以孔子謂貨「不必藏於己」，力「不必為己」（「不必」全為自己，即可部分為己，可部分為己，即表示「不必」全為別人），必或不必，端看消費的目的是否能夠成就人格，由是知夫大同的社會經濟一方重在生產，一方重在生產之成果如何達成其對人類文化生活、道德生活之工具使命，而不全重在生產成果之平均分配，此即經濟重生產的「量」，更重消費的「質」，而不全重消費的

「量」，這與資本主義之唯重生產之「量」的豐，與社會主義之唯重消費之「量」的均，截然有別。

人人「講信修睦」，各為成就自己以及他人之人格而生活，則政治、社會、經濟等等各層面都可爭而無爭，可別而無別，人我一體而不隔，各安其分，各遂其生，「是故謀閉而不興，盜竊亂賊而不作，故外戶而不閉，是謂大同。」

至於「小康」，則是儒家「不滿意，但可以接受」的社會形態，其所以不滿意，乃因它以「天下為家，各親其親，各子其子，貨力為己，大人世及以為禮。」其所以「可以接受」，是因它「禮義以為紀」。天下為家，私心便起，人我分隔，一切爭奪由是萌發，「故謀用是作，而兵由此起。」政權世襲而不讓，當主政者生命墮落，心靈昏昧，必遭革命，社會亦亂。而禮者，理也，「大人世及以為禮」，王位之承繼雖有規有序，但此「禮」並不合理（天理），蓋天子王侯本無種，從政是一莊嚴神聖的使命，豈可以「繼」代「讓」？以「親親」原則代替「尊尊」原則（政權之轉移必重「尊尊」，尊敬可敬可尊之人而讓之，政治才能上軌道，亦才符合從政的意義，此即所謂天理也）？

鞏固權位，必先安內，安內之道，「禮義以為紀。以正君臣，以篤父子，以睦兄弟，以和夫婦，以設制度，以立田里，以賢勇知，以功為己。」不採法家的嚴刑峻罰，而實施以「禮義」，當然值得喝采，但其法不重在對百姓之人格精神的提撕，而重在外在之強制規範；謹於禮，「以著其義，以考其信，著有過，刑仁講讓，示民有常。」只求百姓「行仁義」，不教化百姓「由仁義行」，如是，百姓陶養不出自主、自律的道德人格，只成為一被動、他律的規範服從者，渾噩而行，總易役於物而變節，終非長治久安之道，故小康（康者，安也）不是最理想的政治社會。

【課文附錄】

大同與小康　禮記

昔者，仲尼與於蜡賓，事畢，出遊於觀之上，喟然而嘆。——仲尼之嘆，蓋嘆魯也。——言偃在側，曰：「君子何嘆？」

孔子曰：「大道之行也，與三代之英，丘未之逮也，而有志焉。大道之行也，天下爲公：選賢與能，講信修睦。故人不獨親其親，不獨子其子；使老有所終，壯有所用，幼有所長，矜、寡、孤、獨、廢、疾者皆有所養。男有分，女有歸。貨惡其棄於地也，不必藏於己；力惡其不出於身也，不必爲己。是故謀閉而不興，盜竊亂賊而不作，故外户而不閉。是謂『大同』。

今大道既隱，天下爲家，各親其親，各子其子，貨力爲己，大人世及以爲禮。城郭溝池以爲固，禮義以爲紀。——以正君臣，以篤父子，以睦兄弟，以和夫婦，以設制度，以立田里，以賢勇知，以功爲己。故謀用是作，而兵由此起。禹、湯、文、武、成王、周公，由此其選也。此六君子者，未有不謹於禮者也。以著其義，以考其信，著有過，刑仁講讓，示民有常。如有不由此者，在埶者去，衆以爲殃。是謂『小康』。」

養成教育與仿效學習

——《荀子·勸學篇》的精神內涵

先秦儒家對人性有兩種不同的看法：孟子主張性善，荀子主張性惡，這是眾所皆知的。「性善論」即認為道德的「理」就在自己的身上，人只要自覺，即可自發命令，自我作主地從事道德的實踐，故教育當側重在啟發，學習的路向在於一「覺」字（即道德自覺）；「性惡論」則認為人只具動物性，道德的「理」在人身之外，人要向上，乃必須設準一外在的行為規範，以資取法，故教育側重在養成，學習的路向在於一「效」字（即行為仿效）。

仿效學習當持之以恆，才能改變、超越人的自然性生命，故《荀子·勸學篇》開門見山即說：「君子曰：學不可以已。青，取之於藍，而青於藍；冰，水為之，而寒於水。」（藍、水都是自然性之物，青、冰喻改變、超越後的狀態）；仿效學習亦應培養認知心（按：荀子所說的心不是「具理」的道德心，而是「見理」的認知心）的清明，使之明確地判斷是非，始不致淪於盲目的學習，「君子博學而日參省乎己，則知明而行無過矣。」誠然，廣泛的學習，從而將所學的用來參驗省察於自己的言行，如是，這種「認知心」才能清明而不昏昧，一切依於認知心的正確判定，不為異端、外物所傾動移易，己之言行舉止方可免蹈於過錯。而生命的學問無限，吾人要觀摩之、仿效之，當取法於先王之道（按：荀子在〈非相〉、〈儒效〉、〈不苟〉等等諸篇中雖再三強調先王之道，年代久遠，難以詳知，後人對其傳聞之道，略而寡要，未可盡信，故應法後王，然畢竟後王之道——指文武周公之道，係由諸先王之禮法損益累積而來，法後王，只是求道途徑的問題，並無非薄先王之意），蓋「不聞先王之遺言，不知學問之大也。」生命的學問，由體驗而來，先王以過人的敏睿才智，創制禮義，給出了人生處事接物的路向與方法，只要吾人勤於仿效，養成了好習慣，日常之言行就能合規中矩，所以人不必捨近求遠，只剋就擺在眼前的現成禮義去努力學習，即是最為便捷之路，即可達到事半功倍之效，而不必作無謂的錯誤嘗試，故曰：「吾嘗終日而思矣，不如須臾之所學也。」

依荀子，所謂「性」，指的是「不可學，不可事」、「感而自然，不待事而後生」之一種先天本來就如此的反應（如人之感官的本能，生理或心理之欲求等即是），「可學而能，可事而成」、「感而不能然，必待事而後然」（按：以上皆〈性惡篇〉語）的人為表現（人為即不自然），即是「偽」，性不能自美自善，必待後天之「偽」的工夫才能臻於美善，此即美善不出於「性」，而出於「偽」，君子之所以能培養出「君子」的人格，全在於後天人為的養成與仿效，其先天自然的「惡」性，與俗人是沒有兩樣的，故曰：「君子生非異也，善假於物也。」（按：生即性，性是內在的，物是外在的，「善假於物」即善於向外取法、仿效之意。）

心既皆具一動物性，則性中沒有應然的道德價值取向，有的只是實然之氣質生命的盲動（此即所以謂「性惡」），此即性中沒有合理的或迎或拒的能力，只盲然依順外在的情境而或好或惡，亦即人的性中沒有道德主體，不能自主自律，只有被動的「應」與「受」，不能主動的「感」或「生」，「蓬生麻中，不扶而直，白沙在涅，與之俱黑。蘭槐之根是為芷，其漸之滫，君子不近，庶人不服；其質非不美也，所漸者然也。」一切都依順客觀的情境來轉變，「近朱則赤，近墨則黑」，自己全無「蓮出污泥而不染」的自覺自主性，則人要向善，只有借助於外在環境的薰炙，是以選擇良好的學習環境，十分重要，「故君子居必擇鄉，遊必就士，所以防邪僻而近中正也。」

外在的因素雖甚重要，但荀子並沒有輕忽學習的內在因素，故云：「物類之起，必有所始，榮辱之來，必象其德。肉腐出蟲，魚枯生蠹，怠慢忘身，禍災乃作。強自取柱，柔自取束，邪穢在身，怨之所構。……故言有招禍也，行有招辱也，君子慎其所立乎！」言語不慎，就會招來災害，行為不檢，就會招來恥辱，要之，人如怠忽傲慢，不顧利害，將必惹禍上身，所以當依於大清明的認知心而「慎其所立」。

大清明的認知心又從何而來呢？〈勸學篇〉說得很清楚：「是故無冥冥之志者，無昭昭之明；無惛惛之事者，無赫赫之功。」冥冥、惛惛，皆專默精誠之意；專者，一也，即心對不同事物可同時加以區辨，知所先後緩急，而擇其一以專心致力，以便彼一事不妨害於此一事之謂；默者，靜也，即心在計慮謀劃時，當將所有之雜念沈靜下來，使之不干擾心的正確思慮之謂；而精誠者，無私也，無私則心虛，心虛乃能包容一切，從而看清事物的整體，而知所取捨；可見冥冥、惛惛的工夫即〈解蔽篇〉所謂「虛壹而靜」的工夫，有此修養工夫，就能產生「昭昭之明」的心智，亦因而有「赫赫之功」的客觀道德事業，人在不斷的道德實踐中，終能積善全盡以成德，而臻於聖境，故曰：「積善成德，而神明自得，聖心備焉。」可知在荀子的眼中，聖人乃由積而致，不由天生，聖人之所以大過人者，在於能「積慮習能」之故。

「學惡乎始？惡乎終？曰：……其義則始乎為士，終乎為聖人。真積力久則入，學至乎沒而後止也。故學數有終，若其義則不可須臾舍也。為之，人也；舍之，禽獸也。」荀子雖主張「人之性惡」，但其學說之旨義，則在「真積力久則入，學至乎沒而後止。」勉人要努力「化性起偽」，使自己「終乎為聖人」，能時時持懷此大志，且努力以求達成，乃人之所以異於禽獸之處，此期超拔乎物性，以「終乎為聖人」之欲求，即具一種價值理想，亦即是一種至「善」的表現，所以荀子雖力主性惡，實已回歸於性善而不自知。

至於治學的步驟，荀子謂「其數則始乎誦經，終乎讀禮。」經指《詩》《書》《禮》《樂》《春秋》，「故《書》者，政事之紀也；《詩》者，中聲之所止也；《禮》者，法之大分，類之綱紀也。故學至乎禮而止矣。夫是之謂道德之極。《禮》之敬文也，《樂》之中和也，《詩》、《書》之博也，《春秋》之微也，在天地之間者畢矣。」《書》可以鑑得失，《詩》可以興情志，《樂》可以使人得中和悅，而讀《春秋》，可知微言大義（荀子不言天道、地道，只倡人道、治道，倡制天用天，而不言順天依天，此或即在誦「經」內容中，略去《易經》之故），凡此雖皆有助於進德修業，然「《禮》《樂》法而不說，《詩》《書》故而不切，《春秋》約而不速。」《禮》雖有條文，《樂》雖有聲譜，卻沒有詳細的解說，《詩》《書》雖多敘記古時故事，卻未必切適於眼前之實境，而《春秋》之詞意簡約深微，不易一見即明，所以不如習禮（按：此處的「禮」指一切之禮法制度而言，屬「經世致用」之廣義的禮，與《詩》《書》《禮》《樂》《春秋》中之狹義的「禮經」有別，參看李滌生之《荀子集釋》）來得有效，蓋「禮者，法之大分，類之綱紀也。」禮是創制法度的原則（大分），是推類事理的準繩，所以學禮可以在大千世界之紛繁事象中找到不變的共理，有系統、有組織、有條理地融會貫通之，以成就大智慧，培養出「大清明」的心智，如是，做人處世方能精思熟察，圓融自得，而臻於聖境，「故學至乎禮而止矣，夫是之謂道德之極。」

當然，仿效學習不只要積存、牢記在心，更要養成習慣，付諸實踐，不可流於道聽途說，否則，所學仍無益於身心，故荀子警之曰：「君子之學也，入乎耳，箸乎心，布乎四體，形乎動靜，端而言，蝡而動，一可以為法則。小人之學也，入乎耳，出乎口，口耳之間，則四寸耳，曷足以美七尺之軀哉！」

綜上所述，荀子的養成教育與仿效學習，雖不同於孟子啟發教育與自覺學習的教學理論，然此只是教學路向之差異，其追求人生的理想與價值，兩者實無二致，「君子之學也以美其身，小人之學也以為禽犢。」一切生命的學問，都在求自我的實現，而不應存有絲毫的功利習氣。

最後要補充說明的：荀子雖側重養成與仿效，然仍重受教者的人格尊嚴，「故不問而告謂之傲，問一而告二謂之囋。傲，非也，囋，非也；君子如嚮矣。」施教者之言或不言，都要依順受教者的求教意願，不急躁，亦不嘮叨，所以沒有半點強行灌輸的驅迫，這與孔子「可與言而不與之言，失人，不可與言而與之言，失言」（《論語·衛靈公》）的教學精神是相通相契的。

【課文附錄】

勸學

荀況

君子曰：學不可以已。青，取之於藍，而青於藍；冰，水爲之，而寒於水。木直中繩，以爲輪，其曲中規，雖有槁暴，不復挺者，輮使之然也。故木受繩則直，金就礪則利；君子博學而日參省乎己，則知明而行無過矣。故不登高山，不知天之高也；不臨深谿，不知地之厚也；不聞先王之遺言，不知學問之大也。干越夷貉之子，生而同聲，長而異俗，教使之然也。……

吾嘗終日而思矣，不如須臾之所學也。吾嘗跂而望矣，不如登高之博見也。登高而招，臂非加長也，而見者遠；順風而呼，聲非加疾也，而聞者彰。假輿馬者，非利足也，而致千里；假舟楫者，非能水也，而絕江河。君子生非異也，善假於物也。

南方有鳥焉，名曰「蒙鳩」，以羽爲巢，而編之以髮，繫之葦苕。風至苕折，卵破子死。巢非不完也，所繫者然也。西方有木焉，名曰「射干」，莖長四寸，生於高山之上，而臨百仞之淵。木莖非能長也，所立者然也。蓬生麻中，不扶而直；白沙在涅，與之俱黑。蘭槐之根是爲芷，其漸之滫，君子不近，庶人不服。其質非不美也，所漸者然也。故君子居必擇鄉，遊必就士，所以防邪僻而近中正也。

物類之起，必有所始；榮辱之來，必象其德。肉腐出蟲，魚枯生蠹。怠慢忘身，禍災乃作。強自取柱，柔自取束。邪穢在身，怨之所構。施薪若一，火就燥也；平地若一，水就溼也。草木疇生，禽獸群焉，物各從其類也。是故質的張而弓矢至焉，林木茂而斧斤至焉，樹成蔭而衆鳥息焉，醯酸而蚋聚焉。故言有招禍也，行有招辱也，君子慎其所立乎！

積土成山，風雨興焉；積水成淵，蛟龍生焉；積善成德，而神明自得，聖心備焉。故不積蹞步，無以至千里；不積小流，無以成江海。騏驥一躍，不能十步；駑馬十駕，功在不舍。鍥而舍之，朽木不折；鍥而不舍，金石可鏤。螾無爪牙之利，筋骨之強，上食埃土，下飲黃泉，用心一也。蟹六跪而二螯，非蛇蟺之穴，無可寄託者，用心躁也。是故無冥冥之志者，無昭昭之明；無惛惛之事者，無赫赫之功。行衢道者不至，事兩君者不容。目不能兩視而明，耳不能兩聽而聰。螣蛇無足而飛，梧鼠五技而窮。《詩》曰：「尸鳩在桑，其子七兮。淑人君子，其儀一兮。其儀一兮，心如結兮。」故君子結於一也。

昔者瓠巴鼓瑟，而流魚出聽；伯牙鼓琴，而六馬仰秣。故聲無小而不聞，行無隱而不形。玉在山而草木潤，淵生珠而崖不枯。爲善不積邪，安有不聞者乎？

學惡乎始？惡乎終？曰：其數則始乎誦經，終乎讀禮；其義則始乎爲士，終乎爲聖人。真積力久則入，學至乎沒而後止也。故學數有終，若其義則不可須臾舍也。爲之，人也；舍之，禽獸也。故《書》者，政事之紀也；《詩》者，中聲之所止也；《禮》者，法之大分，類之綱紀也。故學至乎禮而止矣。夫是之謂道德之極。《禮》之敬文也，《樂》之中和也，《詩》、《書》之博也，《春秋》之微也，在天地之間者畢矣。

君子之學也，入乎耳，箸乎心，布乎四體，形乎動靜。端而言，蝡而動，一可以爲法則。小人之學也，入乎耳，出乎口。口耳之間則四寸耳，曷足以美七尺之軀哉！古之學者爲己，今之學者爲人。君子之學也以美其身，小人之學也以爲禽犢。故不問而告謂之傲，問一而告二謂之囋。傲，非也，囋，非也；君子如嚮矣。……

豪傑人物的風采

——讀〈秦士錄〉

在中國的社會裡，豪傑人物素為人所尊尚，其所以能獲得尊尚，在於他有一自平地興起，以拔乎流俗之上的精神。豪傑人物常具狂狷性格，狂者志向高大而行不掩飾，狷者廉潔自愛而操守耿介，前者有為，後者有守，狂者「自反而縮，雖千萬人吾往矣。」狷者「人知之，亦囂囂。人不知，亦囂囂。」而未嘗覺得孤寞，不管積極或消極的，要之，豪傑人物的精神，在行其心之所真是，絕不順應世俗而奉陪，一切行為的表現，都出自於內在之真性情的嚮往與擔當，所以儘管受到外在的激蕩，他仍不屈不撓，不顧流俗之毀譽得失，而獨行其是，時思突破屯艱而興起，故孟子曰：「待文王而後興者，凡民也；若夫豪傑之士，雖無文王猶興。」（《孟子．盡心上》）宋濂〈秦士錄〉筆下的主角——鄧弼，即具此性格，我們且讀其文，來一睹豪傑人物的風采。

豪傑人物之所以表現「狂」態，乃因他有一強烈的精神內力，內力爆裂，任其性情為之，而不知謹守中道，故行而不掩。而人要「狂」得起來，亦往往要有一充沛的體力支應，此所以歷來狂者給人的印象，大抵皆為一魁梧壯漢，故〈秦〉文一開始，即對鄧弼之強壯外相，作了一番生動的描述：

鄧弼，字伯翊，秦人也。身長七尺，雙目有紫稜，開闔閃閃如電。能以力雄人：鄰牛方鬥，不可擘，拳其脊，折仆地；市門石鼓，十人舁，弗能舉，兩手持之行。

人高馬大，眼神炯炯，力大能扑牛舉石鼓，這是典型之狂者外相的寫照。

狂者又常與酒離不開關係，酒為亢奮劑，它可加速血液循環，亦易引發人暫時拋開人文禮教的束縛，赤裸裸展現氣質之性，所以酒後會吐真言，乃至酒後會亂性，狂者的狂性，亦正好借酒氣的發酵，而表現得淋漓盡致。狂者不是流氓、無賴，流氓、無賴內中無理性，只會妄使其野力，欺壓善良；狂者則不然，他為世間立一理想，圖擔當世間之任，時時思行其義以達其道，由於俗世人心之沈淪，他欲激揚之而未能，於是「使酒，怒視人。」其怒視，乃是對世人沈淪於現實而喪失一真性情的自我之厭惡的一種表白，想藉此來喚醒世人，並不是濫耍脾氣，無端以暴力欺壓善良，而常人不察，以為狂妄的流氓，故人見輒避曰：「狂生不可近，近則必有奇辱。」狂者是否真如我們所說的那種性格？且讀下列文字，以窺端倪：

一日獨飲娼樓，蕭馮兩書生過其下，急牽入共飲；兩生素賤其人，力拒之；弼怒曰：「君終不我從，必殺君！亡命走山澤耳，不能忍君苦也！」兩生不得已從之。弼自據中筵，指左右，揖兩生坐，呼酒嘯歌以為樂；酒酣，解衣箕踞，拔刀置案上，鏗然鳴；兩生雅聞其酒狂，欲起走，弼止之曰：「勿走也，弼亦粗知書，君何至相視如涕唾？今日非速君飲，欲稍吐胸中不平氣耳！四庫書從君問，即不能答，當血是刃。」

鄧弼力邀蕭、馮兩書生共飲見拒，揚言如不賞臉，將殺之亡命走山澤，這當然只是一種氣話，只是一種強人所難的手段，易言之，假如對方真不從，想必也不致濫殺無辜，因為狂者雖行不掩，內中仍蘊存著強烈的道德意識，他行不掩，不為一般人所接受，進而曲解、疏離他，他尚可以釋懷，唯對當世的讀書人，只讀死書，不能意會狂者背後所涵蘊之「不與世俗沈浮」之自我作主的精神，則相當憤慨，「不能忍君苦」，所以專找書生紓怨，他越氣憤，就越表現出狂妄，「呼酒嘯歌以為樂，酒酣，解衣箕踞，拔刀置案上，鏗然鳴。」酒後吐真言，鄧弼力邀他倆共飲，其實並非對他倆的敬重，只是「欲稍吐胸中不平氣耳」。昔孔子謂子夏曰：「女為君子儒，無為小人儒。」（《論語·雍也》）讀書人要自勉為一君子儒，亦即為一明道致用的大儒，為一經世濟民的通儒，而不應淪為小人儒，亦即不應淪為一識見淺狹，不能大用的陋儒，為一墨守訓詁，不知變通的迂儒，小人儒徒務記誦，以此自矜，何足敬重？比虛矜，狂者更有這份本領，所以鄧弼口出狂語，說：「四庫書從君問，即不能答，當血是刃。」這麼大的口氣，兩生自然不信，於是「遽摘七經數十義叩之，弼歷舉傳疏，不遺一言；復詢歷代史，上下三千年，纚纚如貫珠。」狂者雖不免高明自許，表現出亢舉與虛矜，事實上是要下一番實學工夫的，豈若流氓、無賴之不學無術？兩生測得鄧弼實力，乃恍然大悟，原來「未嘗見其挾冊呻吟」的鄧弼，是一深藏不露（此即「狷」的性格）

的狂者，想起過去對他不屑一顧的態度，不覺汗顏，於是「相顧慘沮，不敢再有問。」鄧弼趁機抨擊當世之所謂儒者謂：「古者學在養氣，今人一服儒衣，反奄奄欲絕，徒欲馳騁文墨，兒撫一世豪傑，此何可哉？此何可哉？」讀書人不培養浩然正氣，以士自許，不圖突破社會與外在之阻礙、壓力，閉塞與機械化，而呈現一自作主宰的精神，只會「馳騁文墨，兒撫一世豪傑」，如何使沈淪之社會客觀精神重現生機？他這席話，切要肯綮地點出知識份子的沈痾，對兩生而言，無疑是當頭棒喝，故「聞弼言大愧，下樓足不得成步。」可見豪傑人物在學絕道喪，大地陸沈之際，仍抱守先以待後之志，懸孤心於天壤，他的狂，也只是想借以引人注目，滌盪人心，改造社會，如春雷一動，使天地變化，草木孳蕃罷了。

豪傑人物之獨行其是，常出於對家國天下之大我的不忍與不安，在晦盲的時代，天地閉，賢人隱，他獨能振拔精神，英氣銳發，而一往無前，我們再讀下列一段文字，以資佐證：

泰定末，德王執法西御史台，弼造書數千言袖謁之，閽卒不為通。弼曰：「若不知關中有鄧伯翊耶？」連擊踣數人，聲聞於王，王令隸人捽入，欲鞭之。弼盛氣曰：「公奈何不禮壯士？今天下雖號無事，東海島夷，尚未臣順，間者駕海艦互市於鄞，即不滿所欲，出火刀斫柱，殺傷我中國民，諸將軍控弦引矢，追至大洋，且戰且卻，其虧國體為已甚。西南諸蠻，雖曰稱臣奉貢，乘黃屋左纛，稱制與中國等，尤志士所同憤。誠得如弼者一二輩，驅十萬橫磨劍伐之，則東西止日所出入，莫非王土矣！公奈何不禮壯士？」庭中人聞之，皆縮頸吐舌，舌久不能收。

鄧弼見當時東海島夷之蠻橫，西南諸蠻之有二心，正由於軍力不強，將帥素質低落所致，為免國體損傷，人民受害，乃自告奮勇，毛遂自薦於德王，不意閽卒不為通，於是狂性大發，連擊踣數人，其目的，就是要聲聞於王，故意被抓以獲見，他對德王說：「誠得如弼者一二輩，驅十萬橫磨劍伐之，則東西止日所出入，莫非王土矣」的一番話，即出於對家國天下之遭遇的不忍與不安，故欲一展長才，以為社稷，這不正是「舍我其誰」之豪傑精神？而庭中人聞之，皆縮頸吐舌，不亦說明了德王身邊無勇者，豪傑人物豈不更是當代之所需？

鄧弼恃才而狂，當然不是徒託空言，德王「陰戒善槊者五十人」，眾槊並進，以試其武勇，「弼虎吼而奔，人馬辟易五十步，面目無色；已而煙塵漲天，但見雙劍飛舞雲霧中，連斫馬首墮地，血涔涔滴。」這不正是積剛強於內，而發於外，不懾於權貴，不畏於威武的豪傑精神？他只斫馬首，不借機傷人，亦正凸顯出狂者之狂是極其理性的，而事實勝於雄辯，德王終於大開眼界，連稱：「誠壯士！誠壯士！」並酌酒勞弼，弼立飲不拜，狂者不肯媚上之自矜的尊嚴，表露無遺。

然則豪傑人物也有他的命限，「王上章薦諸天子，會丞相與王有隙，格其事不下。」鄧弼壯志未酬，這不只是他個人的損失，更是國家的損失，英雄氣短，但在這裡，豪傑人物便能提得起，放得下；放不下，即不能自作主宰（西方英雄亞力山大征印度不成，四顧茫茫，而滄然泣下。拿破崙囚於島上，亦未能解纜放船，對海忘機，都因於放不下），這正是英雄與豪傑最大的差異處。「弼環視四體，歎曰：『天生一具銅觔鐵肋，不使立勳萬里外，乃槁死三尺蒿下，命也？亦時也？尚何言！』遂入王屋山為道士；後十年終。」豪傑人物之竭盡所能，挺身而出，想擔當世運而未能，只有隱身而退，悠然長往，以自求其志，當無人聞風興起之時，亦可恆黃泉道上，獨來獨往，「踽踽涼涼」而未嘗寂寞，其隱退，對自己而言，即是放得下，對滔滔者天下皆是的時代而言，未嘗不是一種無言的抗議。

豪傑人物雖有或狂或狷的風采，然其一心所繫的，不在一己的成敗得失，而在於家國天下的安危，所以宋濂在〈秦〉文結尾，特評曰：「弼死未二十年，天下大亂，……使弼在，必當有以自見，惜哉！弼鬼不靈則已；若有靈，吾知其怒髮上衝也！」

在今日滔滔者皆是的現實社會裡，為找回人的真性情，從沈淪中重新振拔精神，我們正期待有更多的豪傑人物現身，以為社會人心引生振聾發聵的作用。

【課文附錄】

秦士錄

宋濂

鄧弼，字伯翊，秦人也。身長七尺，雙目有紫稜，開闔閃閃如電。能以力雄人：鄰牛方鬥，不可擘，拳其脊，折仆地；市門石鼓，十人舁，弗能舉，兩手持之行。然好使酒，怒視人，人見輒避曰：「狂生不可近，近則必得奇辱。」

一日獨飲娼樓，蕭、馮兩書生過其下，急牽入共飲；兩生素賤其人，力拒之；弼怒曰：「君終不我從，必殺君！亡命走山澤耳，不能忍君苦也！」兩生不得已從之。弼自據中筵，指左右，揖兩生坐，呼酒嘯歌以爲樂；酒酣，解衣箕踞，拔刀置案上，鏗然鳴；兩生雅聞其酒狂，欲起走，弼止之曰：「勿走也，弼亦粗知書，君何至相視如涕唾？今日非速君飲，欲稍吐胸中不平氣耳！四庫書從君問，即不能答，當血是刀。」兩生曰：「有是哉！」遽摘七經數十義叩之，弼歷舉傳疏，不遺一言；復詢歷代史，上下三千年，纚纚如貫珠。弼笑曰：「君等伏乎未也？」兩生相顧慘沮，不敢再有問。弼索酒披髮跳叫曰：「吾今日壓倒老生矣！古者學在養氣，今人一服儒衣，反奄奄欲絶，徒欲馳騁文墨，兒撫一世豪傑，此何可哉？此何可哉？君等休矣。」兩生素負多才藝，聞弼言大愧，下樓足不得成步，歸詢其所與遊，亦未嘗見其挾册呻吟也！

泰定末，德王執法西御史台，弼造書數千言袖謁之，閽卒不爲通。弼曰：「若不知關中有鄧伯翊耶？」連擊踣數人，聲聞於王，王令隸人捽入，欲鞭之。弼盛氣曰：「公奈何不禮壯士？今天下雖號無事，東海島夷，尚未臣順，間者駕海艦互市於鄞，即不滿所欲，出火刀斫柱，殺傷我中國民，諸將軍控弦引矢，追至大洋，且戰且卻，其虧國體爲已甚。西南諸蠻，雖曰稱臣奉貢，乘黄屋左纛，稱制與中國等，尤志士所同憤。誠得如弼者一二輩，驅十萬橫磨劍伐之，則東西止日所出入，莫非王土矣！公奈何不禮壯士？」庭中人聞之，皆縮頸吐舌，舌久不能收。王曰：「爾自號壯士，解持矛鼓譟，前登堅城乎？」曰：「能！」「百萬軍中可刺大將乎？」曰：「能！」「突圍潰陣得保首領乎？」曰：「能！」王顧左右曰：「姑試之。」問所需，曰：「鐵鎧良馬各一，雌雄劍二。」王即命給與。陰戒善槊者五十人，馳馬出東門外，然後遣弼往。王自臨觀，空一府隨之。暨弼至，衆槊並進；弼虎吼而奔，人馬辟易五十步，面目無色；已而煙塵漲天，但見雙劍飛舞雲霧中，連斫馬首墮地，血涔涔滴。王撫髀驩曰：「誠壯士！誠壯士！」命酌酒勞弼，弼立飲不拜。由是狂名振一時，至比之王鐵鎗云。

王上章薦諸天子，會丞相與王有隙，格其事不下。弼環視四體，歎曰：『天生一具銅觔鐵肋，不使立勳萬里外，乃槁死三尺蒿下，命也？亦時也？尚何言！』遂入王屋山爲道士；後十年終。

史官曰：「弼死未二十年，天下大亂，中原數千里，人影殆絕。玄烏來，亦失其家，競棲林木間。使弼在，必當有以自見，惜哉！弼鬼不靈則已；若有靈，吾知其怒髮上衝也！」

孝道的精神及其實踐

——〈曾子大孝〉蘊義

「百行孝為先」，中國人最重孝道，孝應如何表現？《大戴禮記．曾子大孝篇》說得十分簡賅。

曾子曰：「孝有三：大孝尊親，其次不辱，其下能養。」孝的最高表現即是「尊親」，尊親不只是子女尊敬其父母，更要讓普天下之人都能尊敬其父母。「君子之所謂孝者，先意承志，諭父母以道。」儘管父母有氣質的障蔽，有所謂的「原罪」，但在子女心中，天下恆無不是的父母，父母之生我，此「生」表示了父母不只愛其自身的生命能存在，同時也愛有別的生命存在，此超越自我之「私執」，即是一種「公」情；父母之生我，原亦無「養兒防老」之意，蓋我將來成不成器，孝不孝順，乃至父母是否活得長久，是否能獲得我之奉養，皆為不可預知之天，父母不此之問，只顧生我育我、長我教我，這種「無所為而為」的表現，即具一偉大的道德情操；父母是人，自必有人的莊嚴性，由是我知父母亦必有實踐人生理想的志向（不論其現有之生命是否已朝此方向努力），其愛我，自必望我亦能成就人生理想，表現人的精神價值，我能超越現實，悟會到父母之形上莊嚴，「先意承志，諭父母以道。」此即對父母之「敬」的第一義。復次，父母生我之前，我即等於零，即是一虛無，父母先我而存在，我為虛無之時，父母已為一實有，我以「無」承「有」，以「虛」托「實」，即是對父母之「敬」的第二義。「身者，親之遺體也，行親之遺體，敢不敬乎？」為人子女，如能以「無」承「有」，以「虛」托「實」，自感不足，而對父母生一無限的嚮往，無我空我忘我，只恆惦記父母之存在，而視自己乃父母之化身，自己生命的精神表現，即代表了父母生命的精神表現，如是，必自我收斂，處處嚴謹，「道而不徑，舟而不游，不敢以先父母之遺體行殆。」克己復禮，非禮勿視，非禮勿聽，非禮勿言，非禮勿動，「故居處不莊，非孝也，事君不忠，非孝也，蒞官不敬，非孝也，朋友不信，非孝也，戰陳無勇，非孝也，五者不遂，災及乎身，敢不敬乎？」能將父母給我的「遺體」充分去做道德實踐，而獲得普天下之人良心的自由迴響，「國人皆稱願焉」（國人之稱願不稱願，皆出於其自由的意識，故曰：「自由的迴響」），人人肯定、敬重我之精神表現，即肯定、敬重父母「遺體」的精神表現，此即是孝敬的最高義。

「民之本教曰孝」，「教」字偏旁從「孝」，即見一切的道德教育從「孝」來，何以故？蓋「夫孝者，天下之大經也。夫孝，置之而塞於天地，衡之而衡於四海，施諸後世而無朝夕。」孝為踐仁之本，仁是一切德性的通稱，「仁」字從二人（二人表示群體），此即人之道德行為，必須落實到群體中求表現，成就群體，即所以成就自己，而家庭是最原級的群體，父母是最先有恩於我者，故人思「報本返始」，當先對父母之行孝開始，然後推擴其良心之愛於天下，乃至萬事萬物。而孝不尚空談，乃必須落實到客觀的日常生活中去實踐，「其行之曰養。養可能也，敬為難；敬可能也，安為難；安可能也，久為難；久可能也，卒為難。」奉養父母不是出於子女對父母相對的權利義務感，而是出於子女自身之道德主體秉其至誠（敬）以主動發出的，一切奉養父母之言行舉止，都能為其道德心願所流注，然後在態度上才會自然和樂（《論語》子夏問孝，子曰：「色難」，即針對此點而說），此主動的道德意識，必須時時自我提撕，否則，稍一鬆懈，即隨時可能順人之氣質慣性滑落而不自知，故曰：「安可能也，久為難。」父母有生之年，子女行孝要長久，然孝行實不只表現於父母之現實存在面，父母在，我固當孝，父母不在，我亦當孝（孔子謂：「生，事之以禮；死，葬之以禮，祭之以禮。」曾子強調：「慎終追遠，民德歸厚矣。」皆具此義），能超越時空之封限，而恆念父母，這才是孝敬態度的最高表現，故曰：「卒為難。」

孝道之實踐，重在態度，而不重在功事，蓋功事之大小，有其客觀的條件限制，而態度則全憑自己作主，最好的行孝態度，即是盡己，此即就自己現有的份位上，盡心盡力做自己所能做所當做的事，「孝有三：大孝不匱，中孝用勞，小孝用力。」此所謂大孝、中孝、小孝，乃剋就行孝者之份位上說，並非從功事之大小上說，故天子之「博施備物」，諸侯之「尊仁安義」，與庶人之「慈愛忘勞」，其功事雖有輕重之分，而孝之「盡己」態度則實無別，人人能「盡己」，皆就自己份位之所及，戮力以赴，則事無大小，都能使父母之「遺體」展現出高貴可感的生命情調，此即是至孝的表現，故大孝（從態度上說）不是天子一人所獨專，乃一切人都可以做得到的。

孝敬父母，即當時時心存感激，「父母愛之，喜而不忘。」亦當從正面去看待父母，「父母惡之，懼而無怨。」父母之所以討厭我，必因於我之有過未改，故其惡我，只在警惕我蹈非之不是，此「警惕」即是一種愛，故「惡」我正所以「愛」我，我當「懼而無怨」，思過改過，更當以「愛」回報。從理型上言，天下固無不是的父母，但落實到現實層面上來，父母自亦有氣質上的無明，故我敬父母而不「盲敬」，當助父母改過，以使其復性，「父母有過，諫而不逆。」諫即出於「愛」，不逆即出於「敬」，既愛且敬，則「父母既歿」，必「以哀祀之」，此乃子女對父母的一種不容已之親情。

「天之所生，地之所養，人為大矣。」人之所以為大，即因於人乃萬物之靈，萬物皆有仁性，然因無道德的自覺（以其非靈故），自身難以表現仁，只能不自覺地提供人之生活所需，成人長人，而人依於萬物之供養，才有現實的生命，依此現實的生命，乃能表現精神價值，故吾人可謂：人之直接表現精神價值，即等同物之間接表現其精神價值，此即物依附人而顯其價值，故物之成就人，即所以成就物之自己，人之使用物、消耗物，即是成全物之「殺身以成仁」，人借物之供應而有現實之生命，然後才能表現其精神價值，故當存感激之心，惜物愛物，不隨意蹧蹋，能盡物之最大效性而善用之，即是對物有情，亦是對物之仁性的一種「敬」，此所表現的高尚精神，即是父母「遺體」所表現的高尚精神，故「伐一木，殺一獸，不以其時，非孝也。」由是知夫儒家之論孝，不只要尊親，更要尊一切人，一切物，所謂「親親而仁民，仁民而愛物。」能層層擴充出去，孝便不致淪於只為一己之父母，只為一己之家庭的「私」德，而是一切道德實踐的發端，因此，我們要提倡倫理道德，當從提倡「孝敬」開始，這也正是為什麼中國人特別重視家庭倫理的原因所在。

【課文附錄】

曾子大孝

大戴禮記

曾子曰：「孝有三：大孝尊親，其次不辱，其下能養。」公明儀問於曾子曰：「夫子可謂孝乎？」曾子曰：「是何言與！是何言與！君子之所謂孝，先意承志，諭父母以道。參直養者也，安能爲孝乎？身者，親之遺體也。行親之遺體，敢不敬乎？故居處不莊，非孝也；事君不忠，非孝也；涖官不敬，非孝也；朋友不信，非孝也；戰陳無勇，非孝也。五者不遂，災及乎身，敢不敬乎？故烹熟鮮香，嘗而進之，非孝也，養也。君子之所謂孝者，國人皆稱願焉，曰：『幸哉，有子如此！』所謂孝也。

民之本教曰孝；其行之曰養。養，可能也，敬爲難；敬可能也，安爲難；安可能也，久爲難；久可能也，卒爲難。父母既沒，慎行其身，不遺父母惡名，可謂能終也。夫仁者，仁此者也；義者，宜此者也；忠者，中此者也；信者，信此者也；禮者，體此者也；行者，行此者也；彊者，彊此者也。樂自順此生，刑自反此作。

夫孝者，天下之大經也。夫孝，置之而塞於天地；衡之而衡於四海；施諸後世而無朝夕。推而放諸東海而準，推而放諸西海而準，推而放諸南海而準，推而放諸北海而準。《詩》云：『自西自東，自南自北，無思不服。』此之謂也。

孝有三：大孝不匱，中孝用勞，小孝用力。博施備物，可謂不匱矣；尊仁安義，可謂用勞矣；慈愛忘勞，可謂用力矣。

父母愛之，喜而不忘；父母惡之，懼而無怨；父母有過，諫而不逆；父母既歿，以哀祀之；加之如此，謂禮終矣。」

樂正子春下堂而傷其足。傷瘳，數月不出，猶有憂色。門弟子問曰：「夫子傷足瘳矣，數月不出，猶有憂色，何也？」樂正子春曰：「善如！爾之問也，吾聞之曾子，曾子聞諸夫子曰：『天之所生，地之所養，人爲大矣。父母全而生之，子全而歸之，可謂孝矣；不虧其體，可謂全矣。』故君子頃步之不敢忘也。今予忘夫孝之道矣，予是以有憂色。」故君子一舉足，不敢忘父母；一出言，不敢忘父母。一舉足，不敢忘父母，故道而不徑，舟而不游，不敢以先父母之遺體行殆也。一出言，不敢忘父母，是故惡言不出於口，忿言不及於己。然后不辱其身，不憂其親，則可謂孝矣。草木以時伐焉，禽獸以時殺焉。夫子曰：「伐一木，殺一獸，不以其時，非孝也。」

興民與激民

——賈誼〈過秦論〉

賈誼的〈過秦論〉一文，洋洋灑灑約千言，重重疊疊說秦之強處無數，又說陳勝之弱處無數，最後竟「一夫作難而七廟隳，身死人手。」強秦在統一六國之後，短短十五年間即滅亡，其癥結，作者在文末畫龍點睛地指出，在於：「仁義不施，而攻守之勢異也。」全文至此，戛然而止，不再申論，作者之意，或即要讀者自我探索，我們且從文中尋找答案，加以補充、申辯。

秦之強，始於孝公之用商鞅變法，故〈過〉文一開始，即開門見山地記述這段史實：

「秦孝公據殽函之固，擁雍州之地，君臣固守，以窺周室；有席卷天下，包舉宇內，囊括四海之意，并吞八荒之心。當是時也，商君佐之，內立法度，務耕織，修守戰之具，外連衡而鬥諸侯。於是秦人拱手而取西河之外。」

商鞅「內立法度」的內容大要，《史記．商君列傳》說得很具體：

「令民為什伍，而相牧司連坐。不告姦者腰斬，告姦者與斬敵首同賞，匿姦者與降敵同罰。民二男以上不分異者，倍其賦。有軍功者，各以率受上爵；為私鬥者，各以輕重被刑大小。僇力本業，耕織致粟帛多者復其身。事末利及怠而貧者，舉以為收孥。宗室非有軍功論，不得為屬籍。明尊卑，秩等級，各以差次名田宅，臣妾衣服以家次。有功者顯榮，無功者雖富無所芬華。」

這些強力的措施，一方面在消解貴族的勢力，一方面在嚴密監控百姓，使之不敢違令、抗命，讓全體皆齊於法，激發民力而組織之，以發揮一強大的集體力量，這正是強秦之所以能成為當時超強的原因。然而這種以富強、功利、耕戰為號召的背後，只是對百姓之刻薄寡恩，並無助於提撕仁義精神的作用；凡「號召」，都應有其宗旨與理想，此宗旨與理想，也必須出於內在之悃誠，然細觀上述商君所立之法，不本於道德的理性，而本於君術的陰狠，本於保護君上的功利與事便，因而不能予百姓以理性的啟發與價值的觀念，只能使百姓迫於外在的利害，展現其暴戾之氣，而盲爽、發狂、癡呆，如是，所謂「法」治，必設重吏來刻求督責，荼毒生靈，此所以賈誼謂：「仁義不施」者也。

秦所強力實施的所謂「法」治，因不能提撕人民以精神價值，反使之淪於一粗暴的物力，其實，當時之六國，不也都近似，皆陷於一「盡物力」的決鬥，只是秦能重法治，倡耕戰，集合民力以趨國家之急，而六國則普遍鬆散，其封君貴族，游俠私劍，擅權亂法，削減了自身的力量，以「合」抗「分」，「蒙故業，因遺策」之惠文、武、昭諸王，當然勢如破竹，無懼於外強中乾、貌合神離的六國聯軍，故諸侯「嘗以十倍之地，百萬之眾，叩關而攻秦。秦人開關而延敵，九國之師，遁逃而不敢進。秦無亡矢遺鏃之費，而天下諸侯已困矣。於是從散約解，爭割地而賂秦。秦有餘力而制其弊，追亡逐北，伏尸百萬，流血漂櫓；因利乘便，宰割天下，分裂河山，彊國請伏，弱國入朝。」「合」的物力勝過「分」的物力，最後一一為秦所滅，此理之宜然，無足驚怪。

到了始皇，可謂集戰國時代生命粗暴之軍國主義的大成，他不只「振長策而御宇內，吞二周而亡諸侯，履至尊而制六合，執敲扑以鞭笞天下，威振四海。」更開疆拓土，顯威耀武，「南取百越之地，以為桂林、象郡；百越之君，俛首係頸，委命下吏；乃使蒙恬北築長城而守藩籬，卻匈奴七百餘里。」天下統一，盛況可謂空前，接著，採李斯之議，「廢先王之道，燔百家之言，以愚黔首。」李斯此主張，有他的一套弔詭論調，《史記·李斯列傳》中有一段文字記載得很清楚：

「古者天下散亂，莫能相一，是以諸侯並作，語皆道古以害今，飾虛言以亂實，人善其所私學，以非上所建立。今陛下并有天下，別白黑而定一尊；而私學乃相與非法教之制，聞令下，即各以其私學議之，入則心非，出則巷議，非主以為名，異趣以為高，率群下以造謗。如此不禁，則主勢降乎上，黨與成乎下。禁之便。臣請諸有文學詩書百家語者，蠲除去之。令到滿三十日弗去，黥為城旦，所不去者，醫藥卜筮種樹之書。若有欲學者，以吏為師。」

這種唯君王為絕對是，臣民為絕對非，君術全然正確，古道全然錯誤，以現實之權力做天下是非公斷的標準，要一切人不能有意見、有作為，即是一「純否定」的措施，此措施，本於商鞅之法，申不害之術，與夫韓非之法術合一所發展出來的大綜合，它是一無道德內容之虛無、黑暗的大渾同，此渾同，乃是否定價值，否定人性、個性，乃至窒死文化生命、文化理想，窒死人民之生機，使之純歸於物化而落於工具機械中的大渾同，教一切人都落入君上陰險漆黑之秘窟中的大渾同，它視人為愚蠢，任其玩弄如芻狗，否定一切為虛無；這種整齊劃一於法之愚民手段，要臣民捨己從君之大渾同，儼若要一切人放棄自我，心中不保留絲毫之私意的「廓然大公」，其實似是而實非，它只是要人心喪，而套入機械系統中，順著邪辟巧智的君術來桎梏自己；古聖先賢之講學，當然要人廓然大公，然此「廓然大公」是順著善性良知走，使心變為神心之用，以達最高層、最圓融的境界，此即聖賢教人「廓然大公」，乃教人由仁義之心入，由內在道德心之「性善」轉出，而李斯所言君術的「廓然大公」，則從窒死生命入，從殺戮、恐怖、狠愎的制裁中轉出，要人忍受種種屈辱、折磨，使人不成為人（參看牟宗三《歷史哲學》），要之，強秦所謂的「法」治，只能激民，而不能興民，興民者，在顯揚人光明的理性，固守道德之本，使人過文化的生活；激民者，在激發人潛隱的渾沌，以引生粗暴之氣，使人過自然生命的生活，此所以賈誼謂：「仁義不施」也。

國家乃由人民所組成，國家要強盛，治本之道，即在使人民強其本，此即在提撕人民道德之本，強秦不此之為，反倒行逆施，以「法」治讓人民盲爽、癡呆、發狂，為避免人民由此而引發大反動，於是「隳名城，殺豪俊，收天下之兵，聚之咸陽，銷鋒鍉，鑄以為金人十二，以弱天下之民。」積極從事硬體建設，「踐華為城，因河為池，據億丈之城，臨不測之谿以為固。」又陳設重兵，「良將勁弩，守要害之處；信臣精卒，陳利兵而誰何？」以「力」、「量」來作全方位的牽制，「自以為關中之固，金城千里，子孫帝王萬世之業也。」其實，這種治標不治本的所謂「富強」之道，正如以圍堵的方式來治水，終會有洪水汎濫的一天。

始皇死後，趙高、李斯相互傾軋，法令誅罰日益刻深，群臣人人自危，欲叛者眾，又大興土木，重賦斂，繁戍傜，至此抗暴的時機已告成熟，陳勝、吳廣發難於山東，他們原只是「甕牖繩樞之子，甿隸之人，而遷徙之徒也，材能不及中庸。」力量微不足道，何以頓時能「率罷散之卒，將數百之眾，轉而攻秦；斬木為兵，揭竿為旗，天下雲集而響應，贏糧而景從」？這不是陳勝、吳廣之德的感召，而是天下人心普遍不甘於屈辱，不甘於受物化的共鳴與迴響，可見只要有人在，人心向善向上之光明永遠潛存著，一切想窒死人性、窒死天下的強力作為，最後毀滅、窒死的，不是天下之民，而是他自己，所以強秦在統一後的短短十五年間，會有「一夫作難而七廟隳，身死人手，為天下笑者」的結果，自是預料中的事了。

歷史是人類的一面鏡子，強秦之亡覆，其抗暴的動源，不在外界，而在內裡，外界的對象，明顯而有定向，要攻伐征服它，容易著力，內在的民怨，則散布於各處，隱而不顯，隨時都可能引爆，防不勝防，此即所謂：「攻守之勢異也。」而人心是不可欺不可辱的，為政者只可順勢（順人性向上向善之勢）而導之以光明，不可逆勢而抑之以黑暗，亦即只能興民，而不能激民，否則，硬要讓人民淪為一物化的大渾同，將一一為普天下之理性的心靈所否決、排斥，近年來，國際共產政權的一一瓦解，在在證明了這一點，因而不管現實局勢的表相如何，暴政終必趨向毀滅，我們從〈過秦論〉一文的啟示，對歷史應有這樣的信念與見解。

【課文附錄】

過秦論

賈誼

秦孝公據殽函之固，擁雍州之地，君臣固守，以窺周室；有席卷天下，包舉宇內，囊括四海之意，并吞八荒之心。當是時也，商君佐之，內立法度，務耕織，修守戰之具，外連衡而鬥諸侯。於是秦人拱手而取西河之外。

孝公既沒，惠文、武、昭蒙故業，因遺策，南取漢中，西舉巴、蜀，東割膏腴之地，收要害之郡。諸侯恐懼，會盟而謀弱秦，不愛珍器、重寶、肥饒之地，以致天下之士，合從締交，相與爲一。

當此之時，齊有孟嘗，趙有平原，楚有春申，魏有信陵。此四君者，皆明智而忠信，寬厚而愛人，尊賢重士。約從離橫，兼韓、魏、燕、趙、宋、衛、中山之衆。於是六國之士，有甯越、徐尚、蘇秦、杜赫之屬爲之謀；齊明、周最、陳軫、召滑、樓緩、翟景、蘇厲、樂毅之徒通其意；吳起、孫臏、帶佗、兒良、王廖、田忌、廉頗、趙奢之倫制其兵。嘗以十倍之地，百萬之衆，叩關而攻秦。秦人開關而延敵，九國之師，遁逃而不敢進。秦無亡矢遺鏃之費，而天下諸侯已困矣。

於是從散約解，爭割地而賂秦。秦有餘力而制其弊，追亡逐北，伏尸百萬，流血漂櫓；因利乘便，宰割天下，分裂河山，彊國請伏，弱國入朝。施及孝文王、莊襄王，享國日淺，國家無事。

及至始皇，奮六世之餘烈，振長策而御宇內，呑二周而亡諸侯，履至尊而制六合，執敲扑以鞭笞天下，威振四海。南取百越之地，以爲桂林、象郡；百越之君，俛首係頸，委命下吏。乃使蒙恬北築長城而守藩籬，郤匈奴七百餘里。胡人不敢南下而牧馬，士不敢彎弓而報怨。於是廢先王之道，燔百家之言，以愚黔首；隳名城，殺豪俊，收天下之兵，聚之咸陽，銷鋒鍉，鑄以爲金人十二，以弱天下之民。然後踐華爲城，因河爲池，據億丈之城，臨不測之谿以爲固。良將勁弩，守要害之處；信臣精卒，陳利兵而誰何！天下已定，始皇之心，自以爲關中之固，金城千里，子孫帝王萬世之業也。

始皇既沒，餘威震於殊俗。然而陳涉，甕牖繩樞之子，甿隸之人，而遷徙之徒也，材能不及中庸，非有仲尼、墨翟之賢，陶朱、猗頓之富，躡足行伍之間，倔起阡陌之中，率罷散之卒，將數百之衆，轉而攻秦；斬木爲兵，揭竿爲旗，天下雲集而響應，贏糧而景從，山東豪俊，遂並起而亡秦族矣。

且夫天下非小弱也，雍州之地，殽函之固，自若也；陳涉之位，非尊於齊、楚、燕、趙、韓、魏、宋、衛、中山之君也；鋤耰棘矜，非銛於鉤戟長鎩也；謫戍之衆，非抗於九國之師也；深謀遠慮，行軍用兵之道，非及曩時之士也；然而成敗異變，功業相反；試使山東之國，與陳涉度長絜大，比權量力，則不可同年而語矣。然秦以區區之地，致萬乘之權，招八州而朝同列，百有餘年矣；然後以六合爲家，殽函爲宮；一夫作難而七廟隳，身死人手，爲天下笑者，何也？仁義不施，而攻守之勢異也。

人性的光輝

——讀《琵琶記·糟糠自厭》

高明的《琵琶記》為南戲傳奇的鉅著，全劇共四十二齣，演蔡伯喈與趙五娘的故事，內容大意是這樣的：漢陳留人蔡伯喈與趙五娘結婚才二個月，其父即逼他赴京應試，高中後，當上議郎，牛太師僧孺仗權勢迫他娶其女為妻，伯喈性怯懦，不敢抗拒，終入贅牛府。時陳留連年飢荒，五娘典當衣物，奉養公婆，自己以糠充飢，公婆不知情，誤會她暗自享甘旨，及明白真相，乃愧疚昏絕，後公婆相繼亡故，幸得鄰人張廣才資助，乃得料理善後，五娘後改裝道姑，彈琵琶，唱行孝曲，背公婆畫像，沿途行乞到京師尋夫，幾經波折，終會伯喈，最後一夫兩婦，同歸故里，祭掃雙親墓塚，而以大團圓收場。

「趙貞女蔡二郎」的劇目，在當時的民間流傳已久，結局大抵都謂：「賢慧的五娘遭馬踹，到後來五雷轟頂是那蔡伯喈。」(皮簧〈小上墳〉唱詞)伯喈不忠不孝，導致家庭破碎，高明何以把劇情改為「全忠全孝」，終獲大團圓，其中原因，揣測紛紜，剋就高明「不關風化體，縱好也徒然」的文學價值觀來看，高明的用意，或即在宣揚「邪不勝正。人之道德精神終究能克制氣質之性，人之良心善性最後總會自覺而呈現」之一義，此即高明想借劇說明：人雖會掉落物性的黑暗淵藪中，最後總會猛然覺醒，而呈顯人性的光輝，當然這過程中是要付出相當代價的。蔡公公溺於功名，迫其子赴京應考，未享榮華生活，即折磨而卒，伯喈沒有勇氣辭試、辭官、辭婚，最後雖獲功名，卻也無緣再事奉雙親以致孝，牛太師專橫剛愎的逼婚，其女最後也只淪為側室的下場，這些都似在暗示：天理昭彰；人跌入物性的坎陷中，最後雖自覺悔悟，卻都已付出了慘痛的代價。劇中一直能保持理性自覺、彰顯人之高貴可感之情操的，是趙五娘，女子終身幸福之所託的，就是她的婚姻，善應有善報，這才是圓融的善，高明或即為宣揚此義，於是將人間的大悲劇，改為大團圓收場，為遷就趙五娘獲得善報的結局，蔡伯喈竟撿到便宜，原本「棄親背妻」理應遭受天打雷劈，最後卻衣錦返鄉，得妻納妾，刓就伯喈的行為言，實有失正義原則，而趙五娘雖回歸嫡室，卻仍須接受其夫「納妾」的事實，這種所謂「大團圓」，以今日觀之，仍是有憾的，但在「夫權至上」的專制時代，「娶妻納妾」本屬常態，趙五娘當時是否心甘情願地接受這個事實，當時社會人心是否真能把這種結局視為「大圓滿」，則留給讀者去推敲；要之，高明改編《琵琶記》的劇情，似不在此處用心，此即「夫權至上」是否應該，「納妾」的制度是否合理，似已無關宏旨，他所著力的重點，只在強調人性的光輝，人之良心善性終會有自覺的時候，《琵琶記》最精彩的第二十一齣戲〈糟糠自厭〉在在襯托了這一訊息。

「亂荒荒不豐稔的年歲，遠迢迢不回來的夫壻，急煎煎不耐煩的二親。」夫婿在朝為官不歸，又值荒年，公婆愁苦逼迫，憂心如沸，這也是人之常情，對趙五娘而言，她如不堅強起來，這個家庭恐就支撐不下，但畢竟她「軃怯怯不濟事的孤身體」，除了「芳衣盡典」，暫時換取些粗食來糊口外，也實無計可施，這個年頭，窮困人家誰也難耐煎熬，趙五娘這弱女子，何曾例外？「幾番拚死了奴身已，爭奈沒主公婆教誰看取。」要不是顧念公婆年邁無依，她恐也會自我了斷，趙五娘為公婆而苟活，她有勇氣再活下去，全然因於「想為蔡家負責、承擔」之精神的支撐，她明知夫婿背棄她，卻仍認同這個家，沒有以牙還牙，拋棄公婆而出走，這種自求人格實現，無任何附帶條件，即是人之最高貴可感的道德情操。

趙五娘雖有一強烈的道德精神支撐力，但落到現實中來，她畢竟是人，不是神，她同樣有氣質上的重重限制，她吃糟糠，為的只是省些米飯給公婆吃，讓公婆多熬些時日，但糟糠終究不是人吃的，「這糠我待不吃你啊！教奴怎忍飢，我待吃你啊！教奴怎生吃？思量起來，不如奴先死，圖得不知他親死時。」死可以解脫苦海，又可不見公婆飢餒致死，趙五娘在殘酷現實的環境逼迫下，不斷作生與死的痛苦掙扎。

面對糟糠，除了難以吞嚥，趙五娘另有一番感觸：「糠那！你遭礱被舂杵，篩你簸颺你，吃盡控持；好似奴家身狼狽，千辛萬苦皆經歷。苦人吃著苦味，兩苦相逢，可知道欲吞不去？」「糠和米本是相依倚，被簸颺作兩處飛；一賤與一貴。好似奴家與夫壻，終無見期！丈夫，你便是米啊！米在他方沒處尋，奴家，恰便似糠啊！怎的把糠來救得人飢餒；好似兒夫出去。怎的教奴供膳得公婆甘旨。」糠被磨過、擣過、篩濾過、簸颺過，受盡種種折磨，正如趙五娘之經歷千辛萬苦，想到此，便與糠同病相憐，而不忍下嚥。糠與米原相依倚，恰如夫妻之本為一體，而今竟遭舂杵、簸颺分兩地，米貴糠賤，再也不相會，酷似趙五娘之勞碌、折磨與其夫之榮華富貴兩種處境。平時也好，飢荒歲月也好，一個家庭理應由男人來支撐門戶，贍養父母，可是這種重擔偏都落在形如賤糠的趙五娘身上，賤糠不能拯飢，她又如何有能力承荷此擔？趙五娘這兩段唱詞，比喻貼切，充滿血淚，不但極具文學的藝術價值，也留給讀者很多的省思：到底孰為為之，孰令致之？專制社會下的傳統體制、禮教、思想究竟哪裡出了問題？

趙五娘的遭遇令人同情，但也正因有這種不幸，才越發顯其「知其不可而為之」的剛毅情操。「思量我生無益，死又值甚的？」一個人的生與死，她全然置之度外，「只一件，公婆老年紀，靠奴家相依倚；只得苟活片時。片時苟活雖容易，到底日久也難相聚。謾把糠來相比：這糠啊，尚兀自有人吃！奴家的骨頭，知他埋在何處？」糠非人類食物，食之必不能久活，但她為事奉公婆，即使苟活片刻也值得，不管她負不負得起家庭的承擔，這種盡性認命，為公婆而勇敢地活下去，即顯人性的光輝。

「以糠充飢」這種慘絕人寰的事實，只有天知地知，趙五娘自己知，又有誰相信？也難怪婆婆起疑竇，說：「咦！這糠只好將去餵豬狗，如何把來自吃？」「阿公，你休聽他說謊！糠粃如何吃得？」趙五娘雖忍氣吞聲不欲辯白，但事實終歸是事實，婆婆從媳婦手中搜奪來的，分明就是糠啊！「爹媽休疑，奴須是你孩兒的糟糠妻室。」趙五娘坦摯的對白，吐露出她深內忠於夫婿，為蔡家默默受苦的心聲，終喚起公婆良心的覺醒，「媳婦！我原來錯埋怨了你；兀的不痛殺我也！」公婆悶倒，即因於良心的愧疚與自責，高明用這段情節，把人之由渾噩到自覺的心路歷程，交代得生動而感人，這不正是「人的道德心性終會克勝氣質之性；人性的光輝總會有呈現之一天」的寫照？

「公公！婆婆！我不能彀盡心相奉事，反教你為我歸黃土！」公婆之昏絕的過錯，不在趙五娘，但她「躬自厚而薄責於人」，專為自己吹毛求疵，說如果不是她自己，也不致令公婆羞愧而悶倒，她不只不怪公婆，連背棄她而遠離的夫婿，似也沒有絲毫怨言，不但沒有怨言，還想為自己之無法終養公婆告白，以求夫婿諒解：「咳！丈夫啊！我千辛萬苦，為你相看顧；如今到此難回護！我只愁母死難留父；況衣衫盡解，囊篋又無！」這一全然「行有不得，反求諸己」的情操，委實令人心動，趙五娘善良、淳厚、克己、至孝、堅強、認命、任勞任怨的精神，簡直通體是德性的化身，而公公甦醒後，說：「媳婦！我錯埋怨了你。你也不推辭，到如今始信有糟糠婦。媳婦！料應我不久歸陰府，也省得為我死的，累你生的受苦！」「天那！我當初不尋思，教孩兒往帝都；把媳婦閃得苦又孤，把婆婆送入黃泉路：算來是我相耽誤！不如我死，免得你再辜負！」在在自責過去逼子應試的不智、誤會媳婦的不仁，又再次強調了人之理性的自覺，由此自覺而展現一長者向晚輩認錯的道德勇氣，這豈不又是一種人性光輝的寫照？

本齣劇尾聲，是配角張廣才太公的出現，他以鄰居的身分，協助料理蔡婆婆後事，在蔡家最困阨的時刻，適時伸出援手，讓凝窒欲絕的氣氛，頓然萌發生機，讀者這時也領受到了人間的溫暖，天無絕人之路，趙五娘這個善良女子，終究還是可以獲得一絲喘息的機會，而張太公的善行，不也正是人性光輝的燭照？

「〔旦〕只為無錢送老娘。〔末〕需知此事有商量。〔合〕歸家不敢高聲哭，惟恐猿聞也斷腸。」結尾的唱詞，道盡了人生的艱苦，也在此艱苦中，隱隱呈露了人性光輝的曙光，這齣劇給人無限的人生感傷，從感傷中也體悟到了人之道德精神的力量，它不說教，卻生動地寓教於劇中，所以明太祖讀《琵琶記》後慨嘆地說：「《五經》《四書》，布帛菽粟也，家家皆有，至高明《琵琶記》，為山珍海味，富貴家不可無。」這一番話，豈是無的放矢？

【課文附錄】

琵琶記　糟糠自厭

高明

（商調過曲）【山坡羊】（旦上）亂荒荒不豐稔的年歲，遠迢迢不回來的夫壻，急煎煎不耐煩的二親，輭怯怯不濟事的孤身體，方衣盡典，寸絲不挂體，幾番拚死了奴身已，爭奈沒主公婆教誰看取。（合）思之，虛飄飄命怎期？難捱，實丕丕災共危！

〔前腔〕滴溜溜難窮盡的淚珠，亂紛紛難寬解的愁緒。骨崖崖難扶持的病身，戰兢兢難

捱過的時和歲。這糠我待不吃你啊！教奴怎忍飢？我待吃你啊！教奴怎生吃？思量起來，不如奴先死，圖得不知他親死時。〔合前〕

〔白〕奴家早上安排些飯與公婆吃。豈不欲買些鮭菜，爭奈無錢可買。不想婆婆抵死埋怨，只道奴家背地自吃了什麼東西。不知奴家吃的是米膜糠粃知道，只得迴避。便使他埋怨殺我，我也不敢分說。苦！這糠粃怎的吃得下？〔吃吐介〕

〔雙調過曲〕【孝順歌】〔旦〕嘔得我肝腸痛，珠淚垂。喉嚨尚兀自牢嗄住。糠那！你遭礱被舂杵，篩你簸颺你，吃盡控持；好似奴家身狼狽，千辛萬苦皆經歷。苦人吃著苦味；兩苦相逢，可知道欲吞不去。〔外、淨潛上探覷介〕

〔前腔〕〔旦〕糠和米本是相依倚，被簸颺作兩處飛；一賤與一貴。好似奴家與夫壻，終無見期！丈夫，你便是米啊！米在他方沒處尋，奴家，恰便似糠啊！怎的把糠來救得飢餒；好似兒夫出去。怎的教奴供膳得公婆甘旨。〔外、淨潛下介〕

〔前腔〕〔旦〕思量我生無益，死又值甚的？不如忍飢死了爲怨鬼。只一件，公婆老年紀，靠奴家相依倚：只得苟活片時。片時苟活雖容易；到底日久也難相聚。謾把糠來相比：這糠啊，尚兀自有人吃！奴家的骨頭，知他埋在何處？〔外、淨上〕

〔淨白〕媳婦，你在這裡吃什麼？

〔旦白〕奴家不曾吃什麼？〔淨搜奪介〕

〔旦白〕婆婆，你吃不得！

〔外白〕咳，這是什麼東西？

〔前腔〕〔旦〕這是穀中膜，米上皮。〔外白〕呀！這便是糠，要他何用？〔旦〕將來饆饠堪療飢。〔淨白〕咦！這糠只好將去餵豬狗，如何把來自吃？〔旦〕嘗聞古賢書，狗彘食人食，也強如草根樹皮。〔外、淨白〕恁的苦澀東西，怕不噎壞了你？〔旦〕嚙雪吞氈，蘇卿猶健；餐松食柏。到做得神仙侶。這糠啊！縱然吃些何慮？〔淨白〕阿公你休聽他說謊！糠粃如何吃得！〔旦〕爹媽休疑，奴須是你孩兒的糟糠妻室。〔外、淨看哭介白〕媳婦！我原來錯埋怨了你；兀的不痛殺我也！〔外、淨悶倒，旦叫哭介〕

〔仙呂入雙調〕【雁過沙】〔旦〕苦沈沈向冥途，空教我耳邊呼。公公！婆婆！我不能彀盡心相奉事，反教你為我歸黃土，人道你死緣何故？公公！婆婆！怎生割捨得拋棄了奴？

〔外醒介〕〔旦白〕謝天謝地，公公醒了！公公，你闌闠！

〔前腔〕〔外〕媳婦！你擔飢事姑舅！媳婦！你擔飢怎生度？〔旦白〕公公，且自寬心，不要煩惱！〔外〕媳婦！我錯埋怨了你，你也不推辭，到如今始信有糟糠婦。媳婦！料應我不久歸陰府，也省得為我死的，累你生的受苦！

〔旦扶外起介〕公公，且在床上安息。待我看看婆婆如何？〔旦叫不醒介〕呀，婆婆不濟事了！如何是好？

〔前腔〕〔旦〕　婆婆氣全無，教奴怎支吾？咳，丈夫啊！　我千辛萬苦，爲你相看顧；如今到此難回護！我只愁母死難留父；況衣衫盡解，囊篋又無！

〔外白〕媳婦，婆婆還好麼？〔旦白〕婆婆不好了！

〔前腔〕〔外〕天那！　我當初不尋思，教孩兒往帝都；把媳婦閃得苦又孤，把婆婆送入黃泉路。算來是我相耽誤！不如我死，免把你再辜負！

〔旦白〕公公休說這話！請自將息？　〔外白〕媳婦，婆婆死了，衣衾棺槨，是件皆無，如何是好？〔旦白〕公公寬心，待奴家區處！

〔末上白〕福無雙降猶難信，禍不單行卻是真。老夫爲何道此兩句？爲鄰家蔡伯喈妻房趙氏五娘。他嫁得伯喈方纔兩個月；伯喈便出去赴選。自去之後，連遭饑荒，公婆年紀皆在八十之上，家裡更沒個相扶持的。甘旨之奉，虧殺這五娘子。把些衣服首飾之類，盡皆典賣，辦些糧米，供給公婆，卻背地裡把糠粃饆饠充飢。這般荒年饑歲，少什麼有三五個孩兒的人家供膳不得爹娘；這個小娘子，真個今人中少有，古人中難得！那婆婆不知道，顛倒把他埋怨！適來聽得他公婆知道，卻又痛心，都害了病。如今不免到他家裡探望則個！呀！五娘子，你爲甚的慌慌張張？

〔旦白〕太公，「天有不測風雲，人有旦夕禍福。」奴家婆婆死了！〔末白〕唉！你婆婆既死了；你公公如今在那裡？〔旦白〕在床上睡著。〔末白〕待我去看一看。〔外白〕太公休怪，我起來不得了！

〔末白〕老員外，快不要勞動。〔旦白〕太公，我婆婆衣衾棺槨，是件皆無，如何是好？〔末白〕五娘子，你不要愁煩，我自有區處。

〔仙呂入雙調〕【玉包肚】〔旦〕千般生受！教奴家如何措手？終不然把他骸骨，沒棺材送在荒坵〔合〕！相看到此，不由人不淚珠流！正是不是冤家不聚頭。

〔前腔〕〔末〕五娘子，不必多憂，資送婆婆在我身上有。你但小心承直公公，莫教他又成不救。〔合前〕

〔前腔〕〔外〕張公護救，我媳婦實難啟口，孩兒去後又遇饑荒，把衣衫典賣無留。

〔合前〕

〔末白〕老員外，你請進裡面去歇息。待我一霎時叫家僮討棺木來，把老安人殯殮了，選個吉日，送在南山安葬去。〔外白〕如此多謝太公周濟！

〔旦〕只爲無錢送老娘　〔末〕需知此事有商量

〔合〕歸家不敢高聲哭　惟恐猿聞也斷腸（下）

人生是道德實踐的歷程

——試解〈慎終追遠，民德歸厚矣〉章

中國文化基本教材（《論》、《孟》）講的是人生的「真」與道德的「善」，此「真」與「善」，蘊存於字裡行間，本文擬以〈學而篇〉第九章為例，試作一番疏解與探討。

曾子曰：「慎終追遠，民德歸厚矣。」

本章的關鍵「義理」有三：一、為什麼要「慎終」？二、為什麼要「追遠」？三、何以「慎終追遠」可使「民德歸厚」？茲縷析如下：

一、慎終：「人之初，性本善。」中國人重感情，因此每每喜歡從正面去看人性的善，不忍從負面看人性，說人有洗不清的「原罪」，能從正面看人性的善，自會順理成章地把人生看做是「道德實踐」的歷程（人在現實中雖有很多過錯，但能不斷從過錯中生發智慧，體驗人生，從而改過向善，走出更踏實的人生，即是「道德實踐」），故而對個體生命的結束，不說「死」，而說「終」，「死」指的是一切人生的消滅，「終」則是「道德實踐」之

人生歷程的「完成」，設使視人生一切都消滅了，就不復有什麼價值可言，而「道德實踐」之人生歷程的完成，死者的一生便具有意義，值得後人去追思、懷念，因此對其「終」，自也當「慎」重其事，事「死」如事「生」，對生我養我育我教我有恩於我的父母，為人子女的，於其「終」，更當盡禮致孝，自不在話下。

二、追遠：人要有生命，才可能有「道德實踐」的表現，因此，奕葉祖宗之「生」父母，父母之「生」我，此「生」本身即具有意義，即是一種「道德的實踐」，我感恩於直接生我之父母，也能超越現實，感恩他們給我生命，只懷念他們在有生之年可能有的種種道德行為，而絲毫在心裡不存有他們在生前可能犯有種種罪過的念頭，亦即在我心靈中，他們通體是德性，全幅是人格精神價值的展現，我追懷、祭祀祖先，一方面是為了感恩，一方面是為了懷念他們生前的嘉言善行，從而取法，以為自己今後努力的行為指南，因此「追遠」，必求心之真誠。

三、民德歸厚：從上述的疏解來看，「慎終追遠」涵有二層意義：(一)、不管祖先、父母在事實上是否曾犯有罪過，為人子女、子孫的，只念念不忘他們的恩情、功德，而不見其他，一往真情地表達孝敬之行為，這是「道德心」主動的「自覺」，也是「仁」之惻怛之情的最高表現。(二)、人能報本返始，慎終追遠，孝心才能得到安頓，父母在，我盡孝，父母不在，我依樣盡孝，乃至我的子子孫孫都當盡孝（父母即是後世子孫的祖先），足見行孝是一不分時、空、人、事的無盡歷程，一切道德實踐亦是一不分時、空、人、事的無盡歷程。

此由「慎終追遠」而培養出之主動自發的「道德自覺心」及「道德實踐的普遍性與恆久性」，正是一切修德踐德的根本，所以說「慎終追遠，民德歸厚矣。」

【課文附錄】

〈學而篇〉第九章　論語

曾子曰：「慎終追遠，民德歸厚矣。」

心靈空間的開拓

——談孔子及其弟子的志

儒家所談的生命學問，特重心靈空間的開拓，而立志，乃開拓心靈空間的起點，所以孔子自述其生命歷程，一開始便說：吾十有五而「志」於學。志者，心之所之也，意即：「志」乃人之道德心所嚮往的理想，一個人立志愈大，他所嚮往的理想境界就愈高，心靈開拓的空間也就愈廣，人的品格即從此中看出高下，《論語．公冶長篇》第廿六章：

顏淵、季路侍。子曰：「盍各言爾志？」子路曰：「願車、馬、衣、輕裘、與朋友共，敝之而無憾。」顏淵曰：「願無伐善，無施勞。」子路曰：「願聞子之志。」子曰：「老者安之，朋友信之，少者懷之。」

子路所立的志，顯然朝向「輕財重義」的修養境上，誠然，朋友有「通財之義」，但「通財」不是交友的最高義，蓋「通財」只止於物質的層面，利的層面，從「利」顯交友的「義」，不如從道德心靈的相互感通相互提撕去顯義；且也子路把自己的「無憾」，建立在朋友「敝之」之上(用壞了車馬衣裘等物，而朋友未作適當補救措施，才可能使主人生憾)，等於是「抑」朋友的德，而「揚」自己的善，此無意中犧牲對方，以成全自己，而未能兩全其美，這才是子路進德歷程中真正的「憾」，所以子路雖願具「無憾」的包容性，其心靈空間的開拓，仍相當有限。

顏淵「願無伐善，無施勞」的志，意在求讓功、讓能亦讓德，將自己的功德，讓與自己以外的他人，自己有善，歸諸朋友，弟子有善，歸諸先生，今人有善，歸諸古人，此種凸顯別人，隱藏自己，「有若無，實若虛」，即是一尊人卑己，先人後己之最高敬讓的精神表現，他處處主動承認、肯定、尊重別人，升舉他人人格的價值，而自己似一無所有，無功、無能亦無德，如是，其心靈所呈顯的是一太虛，心處「太虛」，才有無限的空間，而容得下一切，是以顏淵所立的志，是一朝向無限心靈空間開拓的志。

上述二人所立的志，雖有境界的高下，然皆屬個人修身的工夫，亦即皆為內聖的事，孔子的志，則由內聖延展到外王，其所謂「老者安之，少者懷之」乃剋就齊家之事言，意謂：在每個家庭中，老年人都能為其子孫所敬孝，所奉養，以安享晚年，而為人父母者亦都能發揮慈愛，關懷、教育其子女，使其子女能獲得健全的人格成長，此各得其所，各安其位，各得其長，正是程子所謂的：「分明天地氣象」(今人羨歐美之社會制度，謂吾等亦當仿其福利措施，普置養老院、育幼院，此將養老育幼的責任，全然推交政府來承擔，等於剝奪子女行孝與父母致慈的神聖天職，實非理想的政治，亦違孔子立志的本義)。

至於「朋友信之」，乃屬「平天下（社會）」之事，家庭親戚之外，凡社會上之各階層，不論年齡、性別、職位等等，彼此的交往，都是朋友的關係，朋友間能相互尊敬對方的人格，相信對方的一切行為，不論是否表現得當，要之，皆一本於良心善意，如是，即或行為有過錯缺失，彼此自不致誤會，相互同情、體諒，和樂一團，即顯一太和的世界，此即孔子「平天下」的志。

我們立志，當效法孔子、顏淵，以使心靈開拓更大的空間，當然，修德工夫要先從切近處做起，因此，子路的志雖有缺憾，卻也值得我們借鏡，畢竟，立志不尚空談，更不能好高騖遠，只有踏實地去身體力行，才能使所立的志逐步實現。

【課文附錄】

〈公冶長篇〉第廿六章　論語

顏淵、季路侍。子曰：「盍各言爾志？」子路曰：「願車、馬、衣、輕裘、與朋友共，敝之而無憾。」顏淵曰：「願無伐善，無施勞。」子路曰：「願聞子之志。」子曰：「老者安之，朋友信之，少者懷之。」

亦即亦離的敬神態度

——《論語》〈敬鬼神而遠之〉章釋義

儒家所講求的生命學問，「致廣大而盡精微，極高明而道中庸。」它特重現實存在之各層面的倫理（此即其廣大處），經由此倫理以體証人有普遍的道德實體，肯定人有一形上的「神性之實」、「價值之源」（此即其精微處），這種道德實體源自於天（此即其高明處），卻又內在於人，即超越又內在，兩不相隔，人只要在人倫日用中去努力，去自我提撕，即可印証而得（此即其中庸處），可見儒家的學問具有「即人文亦宗教」的性格。

宗教離不開鬼神，儒家既即人文亦宗教，則其對鬼神又抱持何種態度呢？我們且析《論語》〈敬鬼神而遠之〉一章，即可窺得其梗概：

樊遲問知。子曰：「務民之義，敬鬼神而遠之，可謂知矣。」問仁。曰：「仁者先難而後獲，可謂仁矣。」（〈雍也．二十〉）

樊遲問怎樣才是一個有智慧的人，孔子簡答說：「做人所應盡的事，尊敬鬼神，卻必須遠離祂，可稱得上是一個有智慧的人了。」從這些話裡，可知孔子不但肯定了鬼神的存在，還進一步地敬重祂的莊嚴與價值。神者，伸也，能把情義、德性伸展、擴張出去，即具「神」性，比如天生萬物，地長萬物，將祂們「生長」之情義伸展開來，衣被於一切物上，即所以為「神」。鬼者，歸也，人生而為人，死後又重「歸」於無，所以稱為「鬼」，鬼之所以與神並提而值得吾人尊敬，即因天生人，所以人亦有天所蘊存的「神性」（此已暗示了人無所謂的「原罪」），人在生前努力開創文化業績，而恩澤後世，死後其人格依然伸展、擴大，洋洋乎如在其上，如在其左右，永遠昭昭赫赫其精神於後人的心目中，則人雖死，亦與神一般同具價值，便值得人來尊敬，此所以中國人特重三祭：除了祭天地之外，還祭聖賢、祖先。

孔子要人敬重鬼神，義即要人感通、效法鬼神之德，從而反省自己亦有此德，提撕此德而實踐於客觀的事業上，以與鬼神合德，以顯朗人的價值，如是的「敬」，才能助益人的人格成長，鬼神對人的昭示，亦才真顯其意義，否則一味祈神禱神，求其神助，貪享現成，必然鬆懈自我，不求長進，反傷害了自己踐德的意志，此所以明智的人當「遠鬼神」。易言之，孔子對鬼神所採的是「亦即亦離」的態度，「即」就是即鬼神之情義，「離」就是離鬼神之能力，故子不語：怪、力、亂、神。

「離」鬼神之力，意非否定鬼神有「力」的存在，之所以不依祂的力來助其成，只是不把鬼神當成利己的工具，如如「無所為而為」地對鬼神之情義的景仰，這才是最純淨、最崇高的「敬」。

至於人既自身有「神」性，有道德實體，何以又須「敬」鬼神，借由與鬼神之精神的感通，來反省、鞭策自己？此即因人有現實存在的氣質障蔽，人要效法鬼神之德而敬之，亦正表示了現實存在中的人不可自大，不可傲慢，不可唯我獨尊，由此可見儒家所講的人學，不是唯人之外而目空一切的人學，而是「由神通向人」的人學，了悟神之偉大，人亦才能陶養出「虛懷若谷」的情操。

人內在的神性固可透過對鬼神的「敬」，對鬼神之德的感通而自我覺醒、提撕，但落到現實上來，人畢竟是有限的，人只有在客觀的情境中不斷自我磨鍊，從艱難中不斷去突破艱難，才能體証自己的無限神性；神者，伸也，將自己之德化為踐履的力量，從而伸展、擴充出去，施予我所應施所能施的事物上，神性即在此中朗顯，此所以樊遲問仁（仁即神性），子曰：「先難後獲，可謂仁矣。」「後獲」意即行事先為別人考慮，不先考慮自己，成人所以成己，「愈以予人己愈有」，成人一分即所以成己一分，成人十分亦所以成己十分，人之神性即在此無限的成人成己中獲得圓滿。

由是知夫孔子「敬鬼神而遠之」的真義，即在勉人在現實中力行，從力行中去體証神性，以彰顯人性，並不教人一味地投思於神界，由明入於幽而不返。

【課文附錄】

論語

〈雍也篇〉第二十章

樊遲問知。子曰：「務民之義，敬鬼神而遠之，可謂知矣。」問仁。曰：「仁者先難而後獲，可謂仁矣。」

知識份子的自我期許

——《論語》〈士不可以不弘毅〉章闡義

在中國的傳統社會裡，士為四民（士農工商）之首，素為國人所敬重，四民以流品分，不以階級分，士之所以為一流品，乃因他能超越自然人的身份，努力發揮人所獨具的良知善性，以彰顯「人」的正面價值。自然人只是一客觀存在於天地間的事實，無所謂價值不價值，換言之，他可表現「正價值」，亦可表現「負價值」，唯士，則必須是一「正」價值的存在，此即士在人群中，乃是一能志道、明道、守道、行道的人。

古時候的士，原是武士之士，他不同於腐爛的貴族，也不同於無知識的平民。孔子教人為士，即教人要以武士的精神，承負起保衛華夏文化精神的重任；士無「恆產」，也無「恆位」，有的只是「恆心」與「恆德」，《白虎通．爵篇》謂：「士者，事也，任事之稱也。」可見由士而成的事，乃出於「自由」意志，此即他所做的事只為其應當做便去做，並非必求實有所得，求有恆產、恆位然後才去做，故而士是一具有獨立自主之人格的人。

士是中國社會的中心，是靈魂人物，他有人生高遠的理想，想負起民族、國家最大的責任，易言之，在他內心的修養上，常具有一宗教的精神，而不只是一個有知識的讀書人而已。今日的知識份子雖近似古時候的士，其實並不相等，今日所謂「知識份子」，只剋就曾接受高等教育，有學問、有知識，勞心而不勞力者而言，他們只接受西方的權利觀念，卻未領受宗教精神，他們雖保持了社會的中心地位，卻往往失去中心精神，亦即普遍缺乏一種為大我犧牲的宗教精神，因此，知識份子要真為士，是要自我鞭策，自我惕厲的，如何自我期許為士呢？《論語》中有這麼一段話，最值得我們取法：

曾子曰：「士不可以不弘毅，任重而道遠。仁以為己任，不亦重乎？死而後已，不亦遠乎？」（〈泰伯·七〉）

要當一個士，必須要有兩種涵養工夫：一是弘，一是毅。弘而不毅，則心力或懈，而廣大之量，何能有所植立，而持之以長久？毅而不弘，則度量窄狹，周通之意，何能寬以居之，使其恢廓而無外？所以弘與毅不可偏廢，既弘且毅，乃能「任重而道遠」，茲再說明如下：

弘者，廣大也，這裡包括了兩層涵義：一是眼光的遠大，一是心量的博大。《朱子語類》云：「所弘者，不但是放令公平，寬大容受得人，須是容受得許多眾理，若執著一見，便自以為是，他說更入不得，便是滯於一隅，如何得弘？須是容受軋捺得眾理方得。」即見士必須要有遠大的眼光，由此遠大的眼光，而生發一光明正大的理想，此理想，不是一躲在象牙塔裡之海市蜃樓的理想，而是一了解民族文化之慧眼，識取時代之精神，看出社會人心之鬱結，從而會整眾人之智慧，引領大家走出現實的框框，而為世人找到一廣大而正確之價值方向的理想，所以士可以說是社會的中堅，是靈魂人物。

士除了要有遠大的眼光外，還要有一恢宏的心量，「仁以為己任」，面對世間一切人、事、物，皆當依其仁心，以求一當如何應之之正道，而對之有一道德責任，這種態度，即陸象山所謂：「宇宙內事，即己分內事，己分內事，即宇宙內事」的態度，亦即是佛家所謂：「眾生不成佛，我誓不成佛」的大願，所以在人生歷程中，士對一切無所捨棄，無所逃避，而所負的責任，亦是至重而無限的，故「仁以為己任，不亦重乎？」在這裡，我們要加以說明的：所謂宇宙事（或天下事）即分內事，是剋就精神（質）而言的，並非從「量」上言士當一肩全擔，全量要人一肩挑，誰也挑不起，而一切要士自己全挑，不讓別人來分擔，這便成了一種「知識份子的傲慢」，士要「仁以為己任」，此承擔，只是在自己這裡，升起一種志氣，以關懷家國天下，此志氣，只是依士之道德理性的光輝去照耀家國天下，而不是自居於其上而涵蓋之，正如在夜間，士只是先點燃自己的探照燈，以引導、提醒他人別忘了也點燃各自的一盞燈，來共同照亮周遭，使無數的周遭結合如通明白晝，當千萬把燈齊照時，整體呈現無限的光明，已分不出是誰發的光，所以「仁以為己任」，不是士的專責，其實人人都有責的，士只是充當一個精神的嚮導者而已。而仁即博愛，世人無限，因此士所要引導所要關愛的責任亦無限，此所以「不亦重乎？」

士之心量雖弘大，性德雖無限，然落實到現實的存在面來，士所能達情盡心之地，也只限於當下或當機所遇的事物，為當下所能為，此以無盡的道德責任心，來負當下極為有限的責任，則當下的責任對士而言，又成了至輕，所以士之心力至寬裕而有餘，那會因「不亦重乎」而有無法承受的壓迫感呢？

士「仁以為己任」，仁心是靈敏易感，懇摯惻怛的，見一不善，心即不忍不安，而隨時有一不容已之想改正它、造就它的衝動，只要人活一天，這種不容已的踐德命令便會在生命中起作用，直到死，才不得不停止，所以說：「死而後已，不亦遠乎？」因此，士除了要弘，亦須要毅，毅即強力而堅忍之謂，不如此，則遇客觀環境之不順，而不能遂行其事，在灰心之餘，極易失去鬥志，故士須有「毅」的修養，乃能「任重致遠。」

那麼，要如何涵養「毅」的工夫呢？此中最重要的，即當時時對自己所抱持之理想有一自覺，且對之有信心與希望，蓋人如無此自覺與自信，則當見到種種不合此理想的事實充塞於前，而處處呈現黑暗，即會令自己感到悲傷與失望，長此以往，將逐漸放棄乃至厭惡自己的理想，於是轉而墮落為一苟安於現實的人，在失去自信之餘，不但理想沈淪消失了，可能連自己亦不復真實存在於自己之前，自己對自己沒有真正的自省自覺，亦便無法對自己的存在有一認識與承認，於是轉而求他人的認識與承認，以求他人對自己的認識與承認為無上的光榮，此時，人即開始成為他人精神上的奴隸，士之獨立人格沒有了，成了軟罷的人，自也不成為「任重道遠」的士了。所以士當要自覺其理想而自信自守，唯如此，亦才能真正認識自己的存在，肯定自己的存在，自尊自重，自作主宰，其求他人之認識、肯定、了解、尊重，都只在求成就自己的精神與他人的精神之相感相契，以成就客觀事業的實踐，而不只是在他人認識、肯定中，求自身的光榮。士能自覺其理想而自信自守，則必能堅信光明之照耀亦「純亦不已」，此光明之求化除掉黑暗的歷程，即是光明之理想自求實現的歷程，而人在此實踐歷程中，亦才真能展現價值與意義，士對此信道不渝，純亦不已，即可於此寄予無限的希望與信心，而生發無盡的願力，這樣，「毅」的工夫才能陶養出來。

「受苦的人沒有悲觀的權利」，只要能時時自覺其理想而自信自守，即可產生一沛然而莫之能禦的毅力，如是，遇到外在沈重打擊時，便依然可以維持內在的平衡，而一往無前，做一個永不畏縮的精神領航員，士要有這樣的決心與涵養，一個夠格的現代知識份子，也應以此來自我期許才是。

【課文附錄】

〈泰伯篇〉第七章　論語

曾子曰：「士不可以不弘毅，任重而道遠。仁以爲己任，不亦重乎？死而後已，不亦遠乎？」

不黏不滯的温柔之情

——孔子的詩教意義

文學是孔門四科之一，而《詩經》又是純文學的鼻祖，故詩教（《詩經》之教）特為孔子所重視。

詩言志，志者，心之所之也，可見詩乃作者透過藝術手法（美）表達其深內情志（善）的創作，人何以應學詩？詩的教化功能在哪裡？《論語・陽貨篇》第九章說得非常具體、明白：

子曰：「小子！何莫學夫詩？詩可以興，可以觀，可以群，可以怨；邇之事父，遠之事君；多識於鳥獸草木之名。」

詩可以興：詩依人「性情之正」（善）來表現，故無私欲夾雜其間，一切本於人性而抒發，所以詩人的心，即是天下人的公心，其所好善惡惡之情，亦必是天下人的公情，故讀詩，可使人藏修息游於其間，而與詩人之情相互融通，從而超拔於現實之上，提撕了自我的善性（此所以謂「興」），也培養了道德的心志。

詩可以觀：詩人因於對外境有所感，而抒發他的情志，外境離不開時空，所以詩亦離不開歷史背景，《詩經》中之作品，時而反應各歷史時代之政教興廢、襯托民情風俗，及對人物之贊貶等等，皆是例子。詩人把他的公心，籠罩在整個天下國家之上，再把天下國家的悲歡憂樂，化作自己主觀的心情，而透過作品表達出來，等於是當代無數人心情關懷、宣洩的代言人，故詩心，即是經過提鍊昇華後的社會心，讀詩，不只可「觀」史，更可從而體認人生之本質與究竟。

詩可以群：上謂詩乃作者透過性情之正的表現，「性情之正」為人人深內所共有，所以詩作自涵有文學藝術的公情在，此即以詩作為媒介，可使讀者主觀的私情私欲化做文學藝術的公情公欲，忘卻私我之執，而產生與作者審美的共感，故學詩，可過濾掉彼此生命的混沌與無明，使人我之心相互涵融，而陶養出樂於與人溝通的心量，故詩可以群，詩教是「溫柔敦厚」之教。

詩可以怨：「唯仁者，能好人，能惡人。」詩人對當下不如意的客觀境物，自當如如表達其「怨」情，能「如如」表達，不虛飾，不矯作，這才是真性情；但境一過往，此情亦當如如而轉，不拖沓，不黏滯，如此，才能「怨而不怒」，一切依循此性情之真，應幾而「怨」，亦應幾而轉，則心胸開敞，自主自由，了無搭掛，此之謂「天真」，「關雎，樂而不淫，哀而不傷」是天真之情，顏回「不遷怒」亦是天真之情，讀詩，即在保任此天真的性情，使人行事從容寧靜，知分而安。

事父事君：詩可陶養人之性情，使之歸於正，歸於真，以此真、正的性情來「事父事君」，自能行事恰如其分，如：子之行孝，必致父母以敬，但當父母有過，亦必本於對父母之愛而應幾以諫，不致不問是非，事事依從，使敬變質為「盲敬」，然「見志不從，又敬不違，勞而不怨。」對父母一時無法改過的無奈，為人子女者在詩教的陶養下，自有「哀而不傷」的如如情操。至於事君，亦必以道。君臣以義合，彼此建立在「整合社會力量，維持社會秩序，以保全、促進人文價值」的關係上，依此義，合則留，不合則去，當臣在職，須「敬其事而後食」，一心唯盡其職，以成就君王應然的崇高「君格」，從而達到政治理想的實現，如君有過，亦不患得患失，勇於諫諍，以格君非，當然也必須揆時審勢，可嘿則嘿，應止則止，怨臣哀而中節，才無慆淫之弊；此外，詩亦可使人知所專對，培養出「使之四方，不辱君命」的能力。

多識草木鳥獸之名：天生長萬物，成就萬物，而太陽即天之一表徵，太陽「東」起「西」落，日復一日，生命就在此中展現，所以中國人把一切物都稱之為「東西」，意即把一切物都看成有生命，對一切物都有情，中國人即因於這份情來造字，來命名，因此詩中所吟哦的鳥獸草木，並不是只在讓我們平鋪地認知它們的名字，而是從它們名字的背後，去體識其所涵蘊的生命情調，如「松柏後彫於歲寒」，即見松柏之剛健情操等皆是，所以讀詩，可使人之情感通萬事萬物，使人的心靈推展、涵蓋到整個宇宙世界。

詩可以使人從藝術的共感中培養出高尚的道德情操，使人保任「赤子之心」，情通宇宙，而建立起健全、完美的「天真」人格，所以我們可以說：孔子的詩教，是一寓藝術於人生之教，很值得普遍推廣。

【課文附錄】

〈陽貨篇〉第九章　論語

子曰：「小子！何莫學夫詩？詩可以興，可以觀，可以群，可以怨；邇之事父，遠之事君；多識於鳥獸草木之名。」

孟子的性善主張

——析論〈人皆有不忍人之心〉章

心性是人生哲學中的根本問題，心性主張的不同，往往會引導而衍生出許多不同的學說。儒家以孔子為宗師，孔子「我欲仁，斯仁至矣」之論，雖已暗示了人性本善，但「夫子之言性與天道，不可得而聞也。」在《論語》（孔子言行之代表作）中，孔子並沒有直接討論心性的問題，只概說：「性相近，習相遠。」（〈陽貨〉）此中「性」是指宋儒所謂的義理之性？抑或氣質之性？「性相近」意謂：性以其善而相近？抑或以其惡而相近？或以其無善無不善而相近？這些都是不易確知，值得我們推敲的問題，孟子為承繼道統，使邪說不得作，乃以辯說方式，指證人性本善，由是儒家性善之論，乃更明確。

有關心性問題，在《孟子》一書中有多處論及，茲僅就〈公孫丑．上〉第六章〈人皆有不忍人之心〉一文，來看其性善的主張。

孟子曰：「人皆有不忍人之心。……所以謂人皆有不忍人之心者：今人乍見孺子將入於井，皆有怵惕惻隱之心；非所以內交於孺子之父母也，非所以要譽於鄉黨朋友也，非惡其聲而然也。」此所謂「不忍人之心」，即不忍見人受害之心，不忍見人所害，當然更不忍去害人，孟子所以特舉「乍見孺子將入於井」為例，即因孺子於人，最無冤親，人對此最無冤親、最不摻雜個人主觀感情成分的孺子，在乍見之下，即起怵惕惻隱之心，馬上為他將臨的危險而驚懼，為他將臨的不幸而感到如切己之傷痛，足見此「惻隱之心」是一種不經先前計慮而直接從當下自我內部生發的反應，亦即這種「怵惕惻隱」之情是人道德無限心的一種啟動，是無對之良知的呈現，沒有絲毫「私我」、「私慾」的干擾，因此說：「非所以內交於孺子之父母也，非所以要譽於鄉黨朋友也，非惡其聲而然也。」人能如如展現其真心，即見人有本質的善性。

「由是觀之：無惻隱之心，非人也；無羞惡之心，非人也；無辭讓之心，非人也；無是非之心，非人也。」惻隱是對人不幸遭遇感到傷痛的不忍與不安；羞惡是一方面對己之不善引以為恥（羞），一方面對人之不善心生憎厭，而自知當有所不為（惡）；辭讓是對可得之事物有所不受（辭），對別人想要的，則可自我犧牲而推以予人（讓）；是非是知其善以為是（是），知其惡以為非（非），孟子所以特別強調人有不忍、不為、不受、有所不以為然等等消極的道德情操，即說明了人心不是平白地只「順」著外在的刺激做「被動地應」，而是能「逆」著客觀情境去「主動地感」，此依於「主動地感」所引生的道德意識，印証了人性本善，易言之，孟子主張的性善，是人能自我作主之本質善，亦唯能自我作主，才稱得上是「性」（不能作主的則稱「命」）。

接著孟子又說：「惻隱之心，仁之端也；羞惡之心，義之端也；辭讓之心，禮之端也；是非之心，智之端也。人之有是四端也，猶其有四體也；有是四端而自謂不能者，自賊者也。」所謂端，即開端，亦即一切事物之最源頭的地方，凡最源頭的地方，皆屬本質問題，是無法用邏輯語言解釋的，「人之有是四端也，猶其有四體也。」人何以會有四端？四端又由何而來？這正如同人何以會有四肢？四肢又為何會與生俱來一般，這是最本質的問題，是無法再詮釋下去的，由四端而萌生仁義禮智的美德，正說明了人有本質善性，性既可全由人自主而使之朗現，故「有是四端而自謂不能者，自賊者也。」四端是本質的善性，也可以說是善之自身，所以孟子主張的性善，義非人性應善，亦非人性可善，而是人性本善。

「凡有四端於我者，知皆擴而充之矣，若火之始然，泉之始達。」此本質的善性是一切踐德的質地，有本源做為依据，然後「擴充」（推廣而發揚光大之）才講得通，正如同火有燃燒之性，泉有流通之性，知所擴充，火始燃，泉始達，不知擴充，火依舊只是未點引的火種，泉仍然只是隱在地下的泉源，都顯不出其或燃燒或流通的本性，所以「知皆擴而充之矣」中的「知」字很重要，「知」是自省自覺，是工夫，亦是本體，人之所以異於禽獸者「幾希」處，即在這個「知」，這個「自覺」，孟子主張性善，不是只教吾人知有此善性，更重要的，是要本此善性之自身的自覺，去擴充四端，然後才能在客觀的踐德中顯朗人性，發揮人性，以成就一切的人文價值，否則，徒具善性而不去自覺、力行，仍於事無補，仍顯不出人性的光輝與莊嚴，故曰：「苟能充之，足以保四海；苟不充之，不足以事父母。」可見孟子性善之論，不重在理論的解辯，而重在身體力行，這正是儒家「行的哲學」之精神所在。

【課文附錄】

〈公孫丑・上〉第六章　孟子

孟子曰：「人皆有不忍人之心。先王有不忍人之心，斯有不忍人之政矣。以不忍人之心，行不忍人之政，治天下可運之掌上。

所以謂人皆有不忍人之心者：今人乍見孺子將入於井，皆有怵惕惻隱之心；非所以內交於孺子之父母也，非所以要譽於鄉黨朋友也，非惡其聲而然也。

由是觀之：無惻隱之心，非人也；無羞惡之心，非人也；無辭讓之心，非人也；無是非之心，非人也。

惻隱之心，仁之端也；羞惡之心，義之端也；辭讓之心，禮之端也；是非之心，智之端也。人之有是四端也，猶其有四體也。有是四端而自謂不能者，自賊者也；謂其君不能者，賊其君者也。

凡有四端於我者，知皆擴而充之矣，若火之始然，泉之始達。苟能充之，足以保四海；

苟不充之，不足以事父母。」

修養的層次

——析解《孟子》〈與人爲善〉章

人的修養可分為兩個層次：一是消極的「獨善其身」，一是積極的「兼善天下」。獨善其身主要的目的，在求自己德養精進，而期使自己的言行，不傷害到他人；兼善天下，則不只求自己有德養，且能擴充出去，希望也能造就別人，引領別人德養也能進步，所謂「成己兼以成人」，所以後者的境界，要比前者更進一層。

孟子曰：「子路，人告之以有過則喜；禹聞善言則拜。大舜有大焉：善與人同，舍己從人，樂取於人以為善。」

子路的個性粗獷而不馴，鄙野而剛猛，這種人很容易順著伉直的習氣，任性地去做他所認為對的事，事前沒有經過縝密的思考，事後也沒有作深切的反省，所以常常會犯下「無心」之過而不自知，然而他「人告之以有過則喜」，能坦然承擔過錯，接納別人的規勸，這是野人質樸率真之可愛可貴處，也正是為什麼他能成為孔門十哲之一的原因，所以人不必怕犯過，只要勇敢面對它，及時改正，過錯反而幫助了自己人格的成長；子路「人告之以有過則喜」，其喜不是喜於自己的犯錯，而是喜在別人之能「發現」他的過錯，他自己粗枝大葉，沒能反省得到，別人卻為他察覺到，讓他知道過錯所在，助他更進一層了解自己的有限，如果沒有別人的幫助，不知道這種自以為是的錯，還要重犯多少次？因此能獲得及時的指點，值得慶幸。子路之有過未審，固是人格上的一種缺憾，然他不掩過，而敢於承擔，赤裸裸地呈現一真誠的自我，誰還會計較他那氣質的障蔽呢？

子路之獨善其身，只專在自己的聞過改過上下工夫，禹則更進一層，他「聞善言則拜」，凡是有助於自己德養的善言，不管關不關乎自己氣質困限的範疇，他都很願意去接納，而心存感激，這比子路之光從「自身過錯」求改進的保守態度，要顯得更為積極進取，從多方、正面的進德嘉言去激發自己的向善心志，將使自己的道德領受更趨多元化，而不侷限於自己改過的心得了。

不管子路與禹的進德理路如何不同，要之，他們都是在「獨善其身」的範疇中下工夫，相形之下，舜的修養境界又進了一層，其超越處在於：「善與人同，舍己從人，樂取於人以為善。」所謂「善與人同」，即很會認同他人的意思，說得更明白些：即很會領受他人崇高的人格，認同他也是一個可欽可敬的人。凡是人，都不能十全十美，但也非無一是處，在舜慧眼的周照下，一切人的道德人格都會一一彰朗於當前，這不是說都看不到他人的缺點，只是把人的缺點淡化、鬆懈了，不記在心上，一個人具有聖潔至純的心靈，才能超越氣質的障蔽，照見他人的聖純，舜不只欣賞人可敬可愛處，且「舍己從人」，認為自己沒有什麼，「有若無，實若虛」，一切自己現有的德養，都是從別人處學習、效法來的，不只取法他人的德，以為自己內在的涵養，且「樂取於人以為善」，欣然付諸實踐，可見舜所具有的，是一「主動的感」的心，這種心，靈敏惻怛，隨時可感，亦隨處可感，「自耕稼陶漁，以至為帝，無非取於人者。」身分低賤的時候，他取人之善以為己善，飛黃騰達的時候，也不自認「官大學問大，德養高。」依舊取人之善以為己善，處處效法人家，學習人家，無限人的長處，造就了他無限的德養，而使他臻於「聖」境，這正是舜之所以為聖的性格；能容納眾善以為己善，亦見其心量之無限廣大。

舜看取人德養上的長處，以為自己進德的資具，不只可使自己長進，且在隱己顯人的過程中，已發揮了「揚善」的功效；說自己原無一是處，今日之所以有如此的德養，乃取法於某某人某某人的表現，這等於在指名道姓地表揚他人的善行，人之善行能獲得表揚，即可得到最大的精神鼓舞，如是，他必再接再厲，精益求精，以求獲得更多的肯定與讚賞，夫然，別人的善，不只因舜之效法而獲得更大更廣的發揮與豁展，且在揚善中，也使別人更自我鞭策，自求上進，而不自滿於當前的成就，如是，自會帶動整個社會民心向善，造成一股進德修德的風氣，這個社會就會揚起精神，向理想的境域挺進，此所以謂：「取諸人以為善，是與人為善者也。故君子莫大乎與人為善。」

「冰凍三尺，非一日之寒。」今之社會人心物化，已到了相當嚴重的地步，我們除了要學習子路「人告之以有過則喜」的精神，勇敢面對自己的過失，而認錯改過，活出一片真誠的自我外，也要學習禹之「聞善言則拜」的態度，讓自己品受自己過失之外的善行嘉言，更要學習舜之「善與人同」、「與人為善」的心量，多揚人之善，少說人之過，如是，一方面可提高自己修養的層次，一方面可讓整個社會人心，在祥和的氛圍中獲得淨化。

【課文附錄】

〈公孫丑·上〉第八章　孟子

孟子曰：「子路，人告之以有過則喜；禹聞善言則拜。大舜有大焉：善與人同，舍己從人，樂取於人以爲善。自耕稼陶漁，以至爲帝，無非取於人者。取諸人以爲善，是與人爲善者也。故君子莫大乎與人爲善。」

爲維護文化道統而奮鬥

——孟子力闢楊、墨的用意

中國文化以儒家為主流，儒家的代表人物，一是孔子，一是孟子，孔子繼文王、周公，孟子繼孔子，繩繩接繼，一脈相承，而形成文化的道統；文化的「道」統是什麼？一言以蔽之，即中庸之「道」，所謂中，即不偏不倚，無過不及之謂，說得更明白些，即行事適切，恰到好處，而無偏枯之弊；所謂庸，即平易自然，一切行為表現，出於人之真性情，而無絲毫做作。孟子弘揚儒學，終日汲汲營營，目的即在維護此文化道統，以正人心，其力闢楊、墨，用意亦在此。

孟子曰：「聖王不作，諸侯放恣，處士橫議，楊朱、墨翟之言盈天下。天下之言，不歸楊則歸墨。楊氏為我，是無君也；墨氏兼愛，是無父也。無父無君，是禽獸也！」（〈滕文公．下〉）楊朱為成全自家生命的真實，不使外在之天下大利扭曲、傷害自己本真，此「全生保真，不以物累形」的道家性格，原亦具有可貴可感的生命情調，然其「拔一毛以利天下，不為也」的態度，充其極，就會淪於絕對的「私」；而人原即有一公心，儒家講仁，「仁」字從二人，即見仁具「公」性，人在群體中不能離群索居，所以亦必須推此公心於天下，楊朱不能體悟到此，只想成全自我，不顧及群體，所以孟子評之曰：「楊氏無我，是無君也。」（按：君乃群體中的領導人物，無群體即無君，故楊氏之「無君」，即等於無「群體」的存在。）此忘公而專於私，已背離人良心所本具之「仁」的公性。

至於墨子「視人之身如其身」、「視人之家如其家」的兼愛，雖不是心無父母，但其以愛父母之等同的愛去愛全天下的人，「摩頂放踵利天下，為之」的大公無私之苦行僧的精神，雖可欽可敬，但充其極，便會把「百善孝為先」之情，看成一種不該有的「私」，此蔽於「公」而忘私，勢必教人按捺、折騰自我，如是即做作，做作即非真性情，此所以孟子評之曰：「墨氏兼愛，是無父也。」

楊朱蔽於「私」，墨子蔽於「公」，要之，二者都跳不出全私或全公的藩籬，孔子說：「攻乎異端，斯害也已。」（《論語．為政》）走偏枯的路線，就會產生很多流弊，所以儒家提倡中庸之道，主張「親親而仁民，仁民而愛物。」主張「欲治其國者，先齊其家，欲齊其家者，先修其身。」由近而遠，層層擴充，成已兼以成人成物，則公私相通而兩全，楊朱全然為我，這是昧著人本有「仁」性的事實；墨子全然為人，不知小我氣質困限，與客觀環境的艱難，忽略行仁施愛的順序，這是失「義」的表現，喪義失仁即是邪說，當禁絕之，以免惑眾，所以孟子說：「楊墨之道不息，孔子之道不著，是邪說誣民，充塞仁義也。仁義充塞，則率獸食人，人將相食。吾為此懼，閑先聖之道，距楊墨，放淫辭，邪說者不得作。」

總之，楊朱墨氏之弊，在於失之中庸，而人心是一切客觀事業實踐的主宰，心失中庸則不正，「作於其心，害於其事；作於其事，害於其政。」不可不慎，所以「正人心」是最源頭最根本的問題，別的地方可講禮讓，最根本的原則則不能禮讓，「豈好辯哉？予不得已也！」孟子當時為維護文化道統，力闢楊墨，其「當仁不讓」的道德勇氣，值得我們敬佩。

【課文附錄】

〈滕文公·下〉第九章

孟子

聖王不作，諸侯放恣，處士橫議，楊朱、墨翟之言盈天下。天下之言，不歸楊則歸墨。楊氏爲我，是無君也；墨氏兼愛，是無父也。無父無君，是禽獸也。公明儀曰：「庖有肥肉，廄有肥馬，民有飢色，野有餓莩，此率獸而食人也。」楊、墨之道不息，孔子之道不著，是邪說誣民，充塞仁義也。仁義充塞，則率獸食人，人將相食。吾爲此懼，閑先聖之道，距楊、墨，放淫辭，邪說者不得作。作於其心，害於其事；作於其事，害於其政。聖人復起，不易吾言矣。

昔者禹抑洪水，而天下平；周公兼夷狄，驅猛獸，而百姓寧；孔子成《春秋》，而亂臣賊子懼。《詩》云：「戎狄是膺，荊舒是懲；則莫我敢承。」無父無君，是周公所膺也。我亦欲正人心，息邪說，距詖行，放淫辭，以承三聖者。豈好辯哉？予不得已也。能言距楊、墨者，聖人之徒也。

通過人生的關卡

——詮釋《孟子》〈生於憂患，死於安樂〉章

每個人在一生之中總會遭到挫折，每一挫折，都是一種人生的關卡，通過層層關卡，即可使人格日益成長，而鍛鍊出足以應付危局的能力，所以挫折對人而言，是不幸，也是幸，歷來很多足以擔當大任的人，無一不是從重大挫折中造就出來的，孟子曰：「舜發於畎畝之中，傅說舉於版築之間，膠鬲舉於魚鹽之中，管夷吾舉於士，孫叔敖舉於海，百里奚舉於市。」這些例證，在在暗示我們：挫折也有它正面的價值，只要人不逃避，勇敢面對它，不斷通過重重考驗，就可以培養出無憂無懼、頂天立地的人格，而為家國天下承擔起重責大任。

人所遭到的挫折有大有小，小的挫折打擊力弱，人容易克服它，而從中獲得的人生體驗也往往微不足道；相對的，大的挫折衝擊力強，人要處理其中的問題，艱難而險阻，要通過這一關，必須費很大的力氣，弄不好，人的精神還可能因此而土崩瓦解，但通得過去，則會

過得很徹底，人在此中即可培養出一超乎常人之肆應一切變動的剛健，而自強不息，這正是足資擔當大任的精神所在。

孟子說：「故天將降大任於是人也，必先苦其心志，勞其筋骨，餓其體膚，空乏其身，行拂亂其所為；所以動心忍性，曾益其所不能。」老天要交付這個人大使命之前，必會為他設下重重的艱難關卡，先是「苦其心志」，使他現實所處的客觀環境，與他所秉持的理想格格不入，以考驗他是否會向現實低頭，而放棄其理想；其次，「勞其筋骨」，讓他在現實生活中，疲於奔命，透支體力，終日操勞，使他嚐盡肉體上的痛苦，甚至「餓其體膚」，連最起碼的飲食條件都成問題，使他領受到人在物質生活極度匱乏之餘，會是怎樣的煎熬？一切都讓他一無所有，一無所恃，「空乏其身」，使他如入一絕境；在行為上，也讓他處處不順遂，「行拂亂其所為」，在事與願違的情況下，看看他如何面對。總之，一切可能有的打擊都加在他身上，以培養他在大逆境中「動心忍性，曾益其所不能。」然後才能成為一隻浴火的鳳凰，從絕境中獲得重生，而鍛鍊出一足資領導群倫的才德。

所謂「動心」，即時時振拔精神，積極而進取之謂；所謂「忍性」，即不怨天不尤人，默默承受外在打擊之謂。人在最困阨的時候，之所以能依舊振作精神，莊敬自強，勇往直前，主要的即因於對自己所持之理想有一理信之故，理信也者，即信其理當成功，而不預測其何時能成功，故在現實中雖遇種種挫折，他都會視「失敗為成功之母」，從中記取教訓，從而促使他更了解自己知識、能力、經驗的限度，了解自己整個性格的優劣長短，及當前自己在環境中的合理位置，借此而調整對自己對事物的認知，矯正虛妄的部分，使自己更增加自尊與自信，把每次的失敗，都當成鍛鍊自己的資具，每克服一次挫折，即等於減少一分阻力，亦等於邁進成功一步，所以每一步都具有價值性，這也正是為什麼他要如此執於理想，而不畏挫折，一直保持著精神力量，戮力以赴之故。

能把挫折視為鍛鍊自己的資具，則事情之順遂，自會感謝老天賜予我這福份，事情不順遂，也同樣會感謝老天賜予我這次磨鍊的機會，如是，自不怨不尤，不怨不尤，則可逆來順受，每一挫折都是對他的考驗，都有其價值，則「忍性」的工夫，就無所謂的臨界點，心永不煩躁，時時自我控制，不但於行事中可免除不必要的錯誤與疏漏，且能在冷靜中，找出問題的癥結，而一一予以排除，故可「曾益其所不能」。

人是有限的，而所要面對的事物無限，以有限對無限，自會有過失發生，「人恆過，然後能改」，發現過失，才能找到過失所在，而加以改正，從改正中使自己更成熟，所以人不要患得患失，不要怕做事，應掃除「多做多錯，不做不錯」的畏縮心結，否則，如何為天下人服務？「困於心、衡於慮，而後作。」每一種挫折都會使人強化自省的能力，由近而遠，由淺而深，當挫折來臨，必會作最佳的補救，依可行的情況，作合理步驟的修正，然後有自信地再出發，因此人不必閃躲過錯，承擔它，面對它，這樣才能呈現誠實的真我，活出生命的莊嚴。

人之改過，一方面要求之於內省的工夫，一方面也要印驗之於外，以獲得指點，「徵於色，發於聲，而後喻。」別人丟我以怨色，斥我以怒聲，我都視為糾正我、促進我成長的恩人，相對的，社會上那些唯唯諾諾，隨聲附和的，反而都成了陷我於不義的人，我能從人之忿形怒聲中警覺：原來自以為是的改過措施，仍未臻於完美，於是會再予自己作更深入、更廣泛的反省，如是，事情將更通內外之障隔，而做得更圓融，天下事是複雜而艱鉅的，要擔當此重責大任，人能不有如此之力求圓融的歷鍊？

人要有大成就，要頂天立地，活得堅強，必須要通過重重的人生關卡，而國亦然，所以孟子說：「入則無法家拂士，出則無敵國外患者，國恆亡。」朝中剛正不阿，堅守原則、法度的世臣（法家）及犯顏直諫的賢士（拂士），對君上而言，都具有「徵於色，發於聲，而後喻」的警示作用，這些「天降大任」的臣子，都歷經「動心忍性」的考驗，他們曾勞筋骨、餓體膚，所以深切了解民間的疾苦，他們曾遭受「困於心，衡於慮」的窘困，所以對國事更會深思熟慮，朝中有這些棟樑，國家即有時時引發一股自立自強之力量的動源，再加上「敵國外患」所給予的刺激，將更加強全國上下的警覺，因此，個人也好，國家也好，精神必須時時武裝起來，才有希望，否則陷溺於現有的享受之中，將使心靈麻木，而沒有生氣，故孟子曰：「然後知生於憂患，而死於安樂也。」

人不幸遭到挫敗，不必氣餒，國不幸遇到外患，不必惶恐，只要莊敬自強，處變不驚，時時警覺，通過重重的關卡，就可轉危為安，化弱為強，孟子的人生體驗，對當今處於艱難情境中的我們，很有鍼砭的作用。

【課文附錄】

〈告子·下〉第十五章　孟子

孟子曰：「舜發於畎畝之中，傅說舉於版築之間，膠鬲舉於魚鹽之中，管夷吾舉於士，孫叔敖舉於海，百里奚舉於市。

故天將降大任於是人也，必先苦其心志，勞其筋骨，餓其體膚，空乏其身，行拂亂其所爲；所以動心忍性，曾益其所不能。人恆過，然後能改；困於心，衡於慮，而後作；徵於色，發於聲，而後喻。入則無法家拂士，出則無敵國外患者，國恆亡。然後知生於憂患，而死於安樂也。」

教學的藝術

——疏解《孟子》〈君子之所以教者五〉章

儒家所講的是生命的學問，主體是人，故其所教所學，旨在啟導人的理性，引發人之潛力，使之各盡其能，通過實踐，以純潔化其生命而充其極；易言之，人有各種不同的氣質限制，儒家的教學，即在轉化此限制，而使人展現各種不同的生命風采，故其教學是極具藝術性的。其教學方式為何？《孟子．盡心上》有這樣的一段記載：

孟子曰：「君子之所以教者五：有如時雨化之者；有成德者；有達財者；有答問者；有私淑艾者。此五者，君子之所以教也。」（〈盡心上．四十〉）

所謂：「有如時雨化之者」，是說教師對學生，能拿捏合宜的分寸，充分掌握到最佳的時機，使之能發揮最大的教學效果，正如草木最需要水份時，天能適時適量地下一陣雨以潤化之。可見儒家的教學，是以學生為主體，不以教師為主體，以學生為主體，便會處處考慮學生自身的條件與需要，如學生目下的程度如何？天質如何？個性如何？求學的態度如何？

乃至當前的客觀環境所可能對學生學習上的影響如何等等，都要做縝密的評估，而後因材以施教之。時雨化之，是草木自化，時雨只是助其化，故教師之教育人，引導人，不是逕將學生視為自己創作的材料，而陷於誣學生為物（視學生為物，即是對學生人格最大的不敬），抹煞學生的自主性，而只是從旁協助學生自覺自立，此即對學生人格的塑造，不視為教師自身的權利或責任，而是要引導學生自己為自己創造，自己為自己負責，教學之目的，即在隨機引發，使學生自得而已，而學生真正要有得，內中即須要有一真實生命的躍動，孔子「不憤不啟，不悱不發」（《論語．述而》）的教學中，學生之憤悱，即是真實生命的一種躍動，此時乃是施教的最佳時刻，也是最能當頭棒喝，最能引導學生大徹大悟的「幾」，故孔子之「有憤始啟，有悱始發」的方式，極具教學的藝術性。

復次，所謂「有成德者」，即教師能讓學生在教學過程中，潛移默化其氣質之偏為一德性，以顯生命的光彩。成德之方，要有二端：一是節制，以使其偏免流於過，而引生弊端，如子路有「兼人」之偏，冉有有「退」之弊，一個人喜歡「進」，發展下去，可能會變為魯莽，再發展下去，可能變成殘忍、粗暴；反之，一個人「退」，凡事怯弱，不敢面對現實，發展下去，他的心靈與生命，都可能會封閉，所以孔子「求也退，故進之；由也兼人，故退之。」（《論語．先進》）使狂狷兩種不同的個性，都能各得適度的調適，而趨向中庸，如是，即可化除氣質的錮蔽。另一是成全，從偏處引領他向上，超越此偏，以轉化為德性，如他偏處在剛，則引導他走向積極進取、剛正不阿的路上；如他偏處在柔，亦可帶領他走向溫柔敦厚、容忍禮讓的性格，要之，偏也有它體質上的長處，所以不必定要消磨它，也可從中轉化而成全它，這正是儒家教學的高明處。

所謂：「有達財（按：財通材）者」，乃剋就教師成就一個人之才氣上說的，人之秉賦，原即有各種不同的特殊處事潛能，如語言天份、數理天份、機械操作或其他的才藝潛能等等，教師與學生相處中，能發覺之，即當應幾各別輔導以成全之，《論語》特記孔門四科（德行、言語、政事、文學）十哲，在在說明了儒家之教學，不只重成德，亦重成材，德與材相輔相成，道德必須落到現實生活中去表現才能凸顯，而生活事務中的表現，亦須有各種才藝才能，以顯其多彩多姿，所以儒家才德兼重，職業無貴賤，才德無高低，現代西方教育學家主張職業教育要依學生的性向（即從事某種職業的潛能）來輔導就業，以使其將來到社會工作，得以各盡其才，此與儒家「有達財者」的理念若合符節，足見儒家之教學精神歷久彌新。

而「有答問者」雖是一最平常、最便捷的教學方式，但學生有問，教師才有答，此即說明了儒家所實施的，不是一強制的灌輸教育，而是《禮記．學記》所謂「大叩則大鳴，小叩則小鳴」的待問乃告之施教方式，此種方式，即所以使一切知識言說，皆應學者之自發之要求以施設，而免於學者之盲信權威、傳統，可見儒家所要求於學者的，重心得，而不尚多聞，重心得，則於心所感不妥，必不輕信，而知提出問題，而「言非一端，各有所當」，學生能從多方思索，亦才能發現多方面的問題。

所謂：「有私淑艾者」，即是教師對學生的一種無形身教，身教能感化人於無形，故亦曰風教、風化，《中庸》謂：「大德敦化，小德川流。」大德貴在化，教師的人格涵養安重敦厚，不動如山，而後才能化及學生，此之謂敦化，教師有其淑（淑者，善也，乃人所共有的向性）的風範，即或未直接施教，亦能引起學生的共鳴，而思有以效之，此即身教之所以能感化學生，乃出於學生生命中內在精神的自主自發，而非出於一外力的驅迫，出於自主自發，學生之德養乃可大可久，而不為世俗之習染所轉移，故「私淑艾」的教學方式，很能啟導學生人格成長，正符教「育」的精神（西方之教育，只重知識的傳授，如是，雖名曰教育，實則有教而無「育」）。

綜上五教，足見儒家的教學，施教者雖是教師，而主體則在學生，教學的活動雖由教師引發，真正活動起來的則是學生；易言之，形式上是教師為主，學生為客，實質上是學生為主，教師為客，在此亦主亦客，似客實主的教學中，培養出學生自主自立的人格，正是儒家教學的藝術所在。

【課文附錄】

〈盡心．上〉第四十章　孟　子

孟子曰：「君子之所以教者五：有如時雨化之者；有成德者；有達財者；有答問者；有

私淑艾者。此五者，君子之所以教也。」

參考書目

1、《十五經古注易讀》 鄭玄等著 永康出版社影印
2、《史記》 司馬遷撰 鼎文書局
3、《漢書》 班固撰 鼎文書局
4、《三國志》 陳壽撰 鼎文書局
5、《晉書》 房玄齡等撰 鼎文書局
6、《老子道德經》 王弼注 新興書局
7、《南華經正義》 陳壽昌輯 新天地書局
8、《白虎通疏証》 陳立疏証 廣文書局
9、《貞觀政要》 吳競撰 黎明文化事業公司
10、《詩集傳》 朱熹撰 中華書局
11、《四書集注》 朱熹撰 世界書局
12、《近思錄》 朱熹編 世界書局
13、《續近思錄·廣近思錄》 張伯行輯 世界書局
14、《朱子語類》 黎靖德編 漢京文化事業公司
15、《中國歷史演義全集·三國演義》 羅貫中撰 遠流出版社

16、《王陽明全集·傳習錄》 王陽明撰 宏業書局
17、《宋元學案》 黃宗羲撰 華世出版社
18、《盱壇直詮》 羅近溪著 廣文書局
19、《明儒學案》 黃宗羲撰 華世出版社
20、《讀四書大全説》 王船山撰 河洛出版社
21、《經史百家雜抄》 曾國藩輯 臺灣中華書局
22、《幽夢影》 張潮著 德華出版社
23、《論語會箋》 竹添光鴻箋 廣文書局
24、《荀子集釋》 李滌生編著 臺灣學生書局
25、《詩經評釋》 朱守亮著 臺灣學生書局
26、《原儒》 熊十力著 史地教育出版社
27、《體用論》 熊十力著 臺灣學生書局
28、《明心篇》 熊十力著 臺灣學生書局
29、《十力語要》 熊十力著 洪氏出版社
30、《呂氏春秋探微》 田鳳台著 臺灣學生書局
31、《東西文化及其哲學》 梁漱溟著 九鼎出版社
32、《晚學盲言》 錢穆著 東大圖書公司

33、《中國思想通俗講話》 錢穆著 東大圖書公司
34、《中國歷史精神》 錢穆著 東大圖書公司
35、《文化與教育》 錢穆著 東大圖書公司
36、《生活的藝術》 林語堂著 德華出版社
37、《吾國吾民》 林語堂著 德華出版社
38、《文化意識與道德理性》 唐君毅著 臺灣學生書局
39、《道德自我之建立》 唐君毅著 臺灣學生書局
40、《人文精神之重建》 唐君毅著 臺灣學生書局
41、《人生之體驗續編》 唐君毅著 臺灣學生書局
42、《中國文化之精神價值》 唐君毅著 正中書局
43、《青年與學問》 唐君毅著 三民書局
44、《中華人文與當今世界補編》 唐君毅著 臺灣學生書局
45、《中國文學論集》 徐復觀著 臺灣學生書局
46、《歷史哲學》 牟宗三著 臺灣學生書局
47、《圓善論》 牟宗三著 臺灣學生書局
48、《政道與治道》 牟宗三著 臺灣學生書局
49、《中國哲學與中國文化》 成中英著 三民書局

50、《論中國庭園花木》 程兆熊著 明文書局
51、《論語義理疏解》 王邦雄等著 鵝湖出版社
52、《孟子義理疏解》 王邦雄等著 鵝湖出版社
53、《儒家的生命情調—論語義理論叢》 戴朝福著 臺灣學生書局
54、《性情與文化》 曾昭旭著 時報文化事業公司
55、《且聽一首樵歌》 曾昭旭著 漢光文化事業公司
56、《道德與道德實踐》 曾昭旭著 漢光文化事業公司
57、《中國詩學（設計篇）、（思想篇）》 黃永武著 巨流圖書公司
58、《唐詩三百首鑑賞》 黃永武、張高評合著 尚友出版社
59、《迦陵談詩》 葉嘉瑩著 三民書局
60、《現代詩的欣賞》 周伯乃著 三民書局
61、《唐詩的滋味》 劉逸生等著 丹青圖書公司
62、《大唐文化的奇葩—唐代詩選》 賴芳伶編撰 時報文化事業公司
63、《唐宋詞名作析評》 陳弘治著 文津出版社
64、《新編中國文學史》 中國文學史研究委員會 復文圖書出版社
65、《不拿耳朵當眼睛》 王讚源著 東大圖書公司
66、《世說新語中所反映的思想》 朴美齡著 文津出版社

67、《六朝異聞—世說新語》 羅龍治編撰 時報文化事業公司
68、《唐山過海的故事—台灣通史》 吳密察編撰 時報文化事業公司
69、《古文觀止》 蘇石山編著 麗文文化公司
70、《高中國文（一至六冊）》 國立編譯館編 國立編譯館
71、《補校國文教師手冊（一至六冊）》 周益忠、蘇雅莉編著 龍騰出版公司
72、《起點（一至十冊）》 中央日報專刊組編 中央日報

國家圖書館出版品預行編目資料

眞善美的世界—高中高職國文賞析
／戴朝福[著]. --初版. --臺北市：
臺灣學生，民85
面； 公分
參考書目：面
ISBN 957-15-0797-0 (精裝)
ISBN 957-15-0798-9 (平裝)

1.中國語言 - 讀本

802.84 85012156

眞善美的世界
—高中高職國文賞析（全一册）

著作者：戴朝福
出版者：臺灣學生書局
發行人：丁文治
發行所：臺灣學生書局
臺北市和平東路一段一九八號
郵政劃撥帳號〇〇〇二四六六八號
電話：三六三四一五六
傳眞：三六三六三三四
本書局登記證字號：行政院新聞局局版臺業字第一一〇〇號
印刷所：常新印刷有限公司
地址：板橋市翠華街八巷一三號
電話：九五二四二一九
定價 精裝新臺幣三八〇元 平裝新台幣三一〇元
西元一九九六年十一月初版

80284

ISBN 957-15-0797-0 (精裝)
ISBN 957-15-0798-9 (平裝)

臺灣學生書局出版

中國文學研究叢刊

①詩經比較研究與欣賞	裴普賢著
②中國古典文學論叢	薛順雄著
③詩經名著評介	趙制陽著
④詩經評釋（二冊）	朱守亮著
⑤中國文學論著譯叢（二冊）	王秋桂編
⑥宋南渡詞人	黃文吉著
⑦范成大研究	張劍霞著
⑧文學批評論集	張健著
⑨詞曲選注	王熙元等編著
⑩敦煌兒童文學	雷僑雲著
⑪清代詩學初探	吳宏一著
⑫陶謝詩之比較	沈振奇著
⑬文氣論研究	朱榮智著
⑭詩史本色與妙悟	龔鵬程著
⑮明代傳奇之劇場及其藝術	王安祈著
⑯漢魏六朝賦家論略	何沛雄著
⑰古典文學散論	王熙元著
⑱晚清古典戲劇的歷史意義	陳芳著
⑲趙甌北研究（二冊）	王建生著
⑳中國兒童文學研究	雷僑雲著
㉑中國文學的本源	王更生著
㉒中國文學的世界	前野直彬著 龔霓馨譯
㉓唐末五代散文研究	呂武志著
㉔元白新樂府研究	廖美雲著
㉕五四文學與文化變遷	中國古典文學研究會主編

㉖南宋詩人論	胡　明著
㉗唐詩的傳承——明代復古詩論研究	陳國球著
㉘中外比較文學研究　第一冊（上、下）	李達三 劉介民主編
㉙文學與社會	中國古典文學 研究會主編
㉚中國現代文學新貌	陳炳良編
㉛中國古典文學研究在蘇聯	俄・李福清著 田大長譯
㉜李商隱詩箋釋方法論	顏崑陽著
㉝中國古代文體學	褚斌杰著
㉞韓柳文新探	胡楚生著
㉟唐代社會與元白文學集團關係之研究	馬銘浩著
㊱文轍（二冊）	饒宗頤著
㊲二十世紀中國文學	中國古典文學 研究會主編
㊳牡丹亭研究	楊振良著
㊴中國戲劇史	魏子雲著
㊵中外比較文學研究　第二冊	李達三 劉介民主編
㊶中國近代詩歌史	馬亞中著
㊷近代曲學二家研究——吳梅・毛季烈	蔡孟珍著
㊸金元詞史	黃兆漢著
㊹中國歷代詩經學	林葉連著
㊺徐霞客及其遊記研究	方麗娜著
㊻杜牧散文研究	呂武志著
㊼民間文學與元雜劇	譚達先著
㊽文學與佛學關係	中國古典文學 研究會主編
㊾兩宋題畫詩論	李　栖著
㊿王十朋及其詩	鄭定國著

⑤①文學與傳播的關係	中國古典文學研究會主編
⑤②中國民間文學	高國藩著
⑤③清人雜劇論略	曾影靖著 黃兆漢校訂
⑤④唐伎研究	廖美雲著
⑤⑤孔子詩學研究	文幸福著
⑤⑥昭明文選學術論考	游志誠著
⑤⑦六朝情境美學綜論	鄭毓瑜著
⑤⑧詩經論文	林葉連著
⑤⑨傣族敘事詩研究	鹿憶鹿著
⑥⓪蔣心餘研究	王建生著
⑥①眞善美的世界—高中高職國文賞析	戴朝福著